高情商故事

在故事中遇见更优秀的自己

张笑诚 著

民主与建设出版社
·北京·

© 民主与建设出版社，2018

图书在版编目（CIP）数据

高情商故事：在故事中遇见更优秀的自己 / 张笑诚著 . -- 北京：民主与建设出版社，2018.3（2022.11重印）
ISBN 978-7-5139-0794-1

Ⅰ.①高… Ⅱ.①张… Ⅲ.①故事—作品集—中国—当代 Ⅳ.① I247.81

中国版本图书馆 CIP 数据核字 (2018) 第 029508 号

高情商故事：在故事中遇见更优秀的自己
GAOQINGSHANGGUSHI ZAIGUSHIZHONGYUJIANGENGYOUXIUDEZIJI

出 版 人	许久文
著 者	张笑诚
责任编辑	刘树民
封面设计	仙境书品
出版发行	民主与建设出版社有限责任公司
电 话	（010）59417747 59419778
社 址	北京市海淀区西三环中路 10 号望海楼 E 座 7 层
邮 编	100142
印 刷	天津融正印刷有限公司
版 次	2018 年 5 月第 1 版
印 次	2022 年 11 月第 2 次印刷
开 本	880 mm × 1230 mm 1/32
印 张	10.5
字 数	240 千字
书 号	ISBN 978-7-5139-0794-1
定 价	39.80 元

注：如有印、装质量问题，请与出版社联系。

目录 CONTENTS

001　辑一
无论世界怎么黯淡，生活总有它温暖的一面

不要皱眉，即使在伤心的时刻 / 002

无论好的还是坏的，一切都会过去 / 003

无论世界怎么黯淡，生活总有它温暖的一面 / 004

这个世界上没有永远倒霉的人 / 005

对生活笑吧，这样你就能察觉它的美 / 007

快乐不能分享，就是最大的痛苦 / 008

不必羡慕别人，你也是一道风景 / 009

很好，其实这是件好事 / 010

你有没有预支烦恼的习惯 / 011

你不热爱生活，生活怎么会热爱你 / 012

钱可以买到蝴蝶，但买不到捉蝴蝶的乐趣 / 013

只要一息尚存，就不要放弃对希望的追逐 / 015

总有一些花朵儿，会在夜里慢慢开放 / 016

我竟然还有一个苹果 / 018

真正的强者，在恐惧中也能坦然前行 / 020

走进星星的世界 / 021

缺憾之美让人回味无穷 / 022

025 辑二
优秀的人都高度自律

你的自律终会让人对你望尘莫及 / 026

像爱惜羽毛一样爱惜自己的名声 / 027

欲除心灵上的杂草,必先种上庄稼 / 028

守时也是一种对别人的尊重 / 030

灵感是在行动中产生的 / 032

放任坏习惯,早晚会把自己毁掉 / 033

宁愿失去一座城池,也要做一个守信之人 / 035

克制会让你变得强而有力 / 037

严于律己,谨言慎行 / 038

能够战胜自己的人,更令人钦佩 / 039

有所节制,才能尽情释放 / 040

控制冲动,愤怒之下要慎言 / 041

对自己真实,才不会对别人欺诈 / 042

骄傲自满是自己亲手挖掘的陷阱 / 044

遇事冷静,给自己留 10 秒钟的时间思考 / 045

自省是一面镜子 / 046

如果你指挥不了自己,也就指挥不了别人 / 048

051　辑三
世界上缺的不是观点而是坚持

判断正确的人很多，坚持自己的人却很少 / 052

不设限的人生有无限可能 / 053

挺起你的胸膛，别人才会正视你 / 055

如果你坚持只要最好的，往往都能如愿 / 056

只要你认为是对的，就去坚持 / 058

短暂的激情是不值钱的 / 059

不要被自己的意志打败 / 060

不要让你的梦想，死在黎明到来前的那个晚上 / 061

金盏花的秘密 / 063

耐心和持久，远胜过激烈和狂热 / 064

有了愿望的石头，就能垒出梦想的城堡 / 066

梦想是一块电池，你需要用它补充力量 / 067

当你熬走了所有人，胜利就会属于你 / 069

当你的才华配不上梦想时 / 070

073

辑四
没有人能为你的未来买单

没人推荐你，你就自己推荐自己 / 074

你优秀，是因为你认为自己优秀 / 075

别在想象中把困难放大 / 076

你的人生，凭什么交给别人选择 / 077

穷人缺的不是钱，是野心 / 078

困难和障碍，是上天的另一种恩赐 / 080

人生如纸，关键在于你对纸的态度 / 082

可以拯救你的，永远都是你自己 / 083

自己的人生，何必让他人左右 / 085

时机到来时，应该主动出击 / 086

只要你想，你也能飞起来 / 087

如果你自己不愿意，那就不要做 / 088

先相信自己，然后别人才会相信你 / 090

每个人都是自己命运的建筑师 / 091

相信自己的判断，不轻易被别人的意见左右 / 093

打败你的是你自己，拯救你的也是你自己 / 094

097 辑五
你的勤奋让整个世界如临大敌

你是否拥有从零开始的勇气 / 098

比别人付出更多，才能比别人更优秀 / 099

即使长得缓慢，也要努力向上 / 100

把昨天的荣誉忘掉 / 102

因为懒惰，我们会失去很多机会 / 103

一切都是不可能，除非你付诸行动 / 104

尊重自己的努力：向脚下的鞋致敬 / 105

屡战屡败，那就屡败屡战 / 106

当你重视自己，别人才不敢看轻你 / 107

拒绝付出就是拒绝成长 / 108

比别人多尝试一次 / 109

你想要的，都要靠自己努力去争取 / 111

努力多一点，离梦想近一点 / 113

承认自己的平凡，然后用努力来弥补 / 114

勇于承担责任的人，才能被赋予更多的使命 / 116

小处不可随便，简单不等于容易 / 117

你的价值体现在你创造的财富中 / 119

成功就是把一件事做到极致 / 121

丢掉幻想，积极地投入到工作中 / 122

要想真正做事，就不能受太多的外界干扰 / 124

只想不做的人只能生产思想垃圾 / 125

先定一个小目标，然后实现它 / 127

129 辑六
能控制情绪的人，才能掌控人生

愤怒以愚蠢开始，以后悔告终 / 130

内心强大的人，从不害怕别人的批评 / 131

人生没有彩排，愤怒的时候不轻易做决定 / 133

血性与宽容，你都要有 / 133

越是危急时刻越是要淡定从容 / 136

能控制情绪的人，才能掌控人生 / 138

不骄不躁，才能战无不胜 / 139

身安不如心安，屋宽不如心宽 / 140

气大不如量大，平静面对无中生有的事 / 141

与轻慢你的人一般见识，会拉低你的修养 / 142

战胜恼怒，比战胜劲敌更难 / 143

稍忍须臾是压制恼怒的最好办法 / 144

把不满装箱打包锁起来 / 145

生气是用别人的错误来惩罚自己 / 147

149 辑七
改变思维，人生才会海阔天空

失误，有时是一场美丽的意外 / 150
上帝的话也值得怀疑 / 151
你的智慧是别人永远夺不走的财富 / 153
改变现状没有你想象的困难 / 154
观察力决定一个人的命运 / 156
有才华的人也需要推销自己 / 158
亲自实践，才是做事的严谨态度 / 159
上帝总是偏爱生活中的有心人 / 160
越见多识广的人，越懂得谦虚 / 162
发现，离不开用心观察 / 164
别忽略你生活中的偶然，也许它就是你的机遇 / 165
懂得运用知识，困难就能迎刃而解 / 166
很多问题并不复杂，只需要换个思路 / 168
想要让道路畅通无阻，就要学会变通 / 169

171 辑八
人生从来没有太晚的开始

只有离开舒适区,才能远行 / 172

永远保持对新事物的好奇心 / 173

只要你敢想,就没有什么不可能 / 175

人生从来没有太晚的开始 / 177

果断出击,才能抓住机遇 / 178

重要的不只是你的本领,还有你的速度 / 180

等到"万事俱备",你就已经没有机会了 / 181

犹豫是失误,后悔是错误 / 183

平静的水潭里没有大鱼 / 184

懂得舍弃,方能得到 / 185

宜未雨而绸缪,毋临渴而掘井 / 187

一个坏的开始,也比没有开始强 / 188

做好当下,永远不用担心未来 / 189

193 辑九
把欲望修剪成漂亮的风景

把欲望修剪成漂亮的风景 / 194
对名利，不刻意追逐，也不刻意回避 / 195
从来没有十全十美的生活 / 196
人生期望越多，失望就越大 / 197
尽人事，听天命 / 198
坦然面对自己的缺陷和不足 / 199
越是苛求，越难如愿 / 200
让灵魂跟得上你的脚步 / 202
除了金钱，还有更可贵的东西 / 203
夫唯不争，天下莫能与之争 / 204
能屈能伸，方为大丈夫 / 205
永不抱怨，把时间花在进步上 / 206
学会拒绝别人，也尊重别人的拒绝 / 207
越是成功的时候，越需要冷静 / 209
和自己赛跑，不要和别人比较 / 210
一味索取是得不到幸福的 / 211

215　辑十
你的善良里藏着自己的运气

如果可以，请原谅别人的自私 / 216

把别人的缺陷藏起来 / 217

别把自己的想法强加给别人 / 218

宽容不仅可以成就自己，还能成就别人 / 219

真友谊不是钱能砸出来的 / 221

困难时站在你身边的人，才是朋友 / 222

大师的善意 / 223

认真考虑指责你的人是否有理 / 224

不要揪着别人的小辫子不放 / 225

把仇恨写在沙滩上 / 226

尊重别人就是尊重自己 / 227

指点别人很容易，难的是自己保持清醒 / 229

真正的友谊是照亮人生的阳光 / 230

学会真诚地欣赏别人 / 231

记住别人的好，忘记别人的伤害 / 233

不是将其打败，而是让他同你并肩作战 / 234

237 辑十一
面对别人的冒犯,不轻易指责

面对别人的冒犯,不轻易指责 / 238

用事实说话,看得见的结果最有说服力 / 239

没有全面了解真相时,不要妄下结论 / 240

位高之人不谄媚,位低之人不轻慢 / 241

给批评裹上一层"糖衣" / 242

对身边的人多说肯定的话,比鸡汤好用得多 / 243

发自内心的真诚,更能深入人心 / 244

要学会说话,先要学会闭嘴 / 245

主动打招呼,感化他人的心灵 / 247

反驳的理由再充分,也不可咄咄逼人 / 248

晓之以理,莫忘动之以情 / 249

欲贬先扬,比直截了当的批评更易接受 / 250

不争辩,把无谓的胜利让给对方 / 251

向对方传递"你很重要"的信息 / 252

你说话的态度比内容更重要 / 253

站在对方的立场来发表观点 / 255

不轻易许诺，但言出必行 / 256

君子绝交，不出恶言 / 257

心有不满，委婉表达 / 258

幽默批评，使对方在笑声中认识到自己的错误 / 259

有一种伤害，叫"我是为你好" / 260

委婉像是一道善意的门缝 / 261

你若开了口，就得顾及听者的心情 / 262

不轻易去评价别人，因为你没有经历他的人生 / 263

遇到别人刁难，如何优雅还击很重要 / 265

辑十二
真正有实力的人，从不炫耀

先替别人的利益着想，自己的事业才能繁荣 / 268

你自以为是的聪明，其实是愚蠢 / 269

敢于暴露自己的缺点，其实也是一种吸引力 / 270

不要企图掩盖自己的无知 / 271

只有看清自己的人，才能看得清路 / 272

不要评判别人的幸福，因为你不能体会 / 273

智者不认为自己比别人聪明 / 275

高估自己的人才是渺小的 / 276

收起锐气和锋芒，才能保护自己 / 277

承认自己的伟大，就是认同自己的愚昧 / 279

留个缺口给别人 / 280

离开现在的位置，你可能什么都不是 / 281
抓住关键问题，切勿舍本逐末 / 282
没有自知之明的人，往往会成为别人的笑话 / 283
懂得学习，可以让你少走很多弯路 / 284
过高估计自己的人一定会摔倒 / 285
愚昧和固执，是人生的最大敌人 / 286
方向不对，越努力越尴尬 / 288
树大招风，避免遭人嫉妒引来祸害 / 289
真正有实力的人，从不炫耀 / 291

293　辑十三
没有一个慷慨的人是贫穷的

人心再复杂，也要保护好内心的善良 / 294
有一种善良 10 亿美元也买不到 / 295
多一点体谅，多一点温暖 / 297
没有一个慷慨的人是贫穷的 / 299
弱者需要同情，更需要帮助 / 300
换位思考，那样你就会理解别人了 / 300
帮助别人就是在帮助自己 / 302
伤害别人，最后受伤的恰恰是自己 / 303
做人不能太自私，要学会为别人着想 / 305
把你的才华用在对的地方 / 306
与人分享，你会收获双倍的回报 / 307

为别人留条后路,就是为自己积德 / 309

无论力量多么渺小,也不是你放弃报恩的理由 / 310

给予比索取更幸福 / 311

善小而为是大善 / 313

成人之美,温暖别人,也温暖自己 / 314

小到一只蚂蚁,也值得我们去保护和珍惜 / 316

打动别人的,往往是你的爱心 / 317

接受别人的善意也是一种美德 / 318

辑一
无论世界怎么黯淡,
生活总有它温暖的一面

不要皱眉,即使在伤心的时刻

著名作家沈从文先生曾被批斗,每天在历史博物馆打扫女厕所,下放到干校劳动改造……但是,面对如此侮辱,他从没有抱怨过,甚至连眉都没有皱过。

一次批斗会后,沈从文从自己背上揭下"打倒反动文人沈从文"的标语,仔细看了一遍,说:"那人的书法太不像话了,在我的背上贴这么蹩脚的书法,真难为情!他原应该好好练一练的!"

对于一个上了年纪的文豪来说,每天打扫历史博物馆的女厕所,真是一种侮辱。但沈从文却对此很看得开,他幽默地说,"这是'领导'对我的信任,虽然我政治上不可靠,但道德上可靠……"

在双溪从事劳动改造时,沈从文没有被凄苦的境遇打倒,反而在写给亲友的信中说:"这里周围都是荷花,灿烂极了……"

人生感悟

日本著名实业家稻盛和夫说:"人生的道路都是由心来描绘的。所以,无论自己处于多么严酷的境遇之中,心头都不应为悲观的思想所萦绕。"我们要时刻保持乐观的微笑,因为乌云后面依然是灿烂的晴天。

无论好的还是坏的，一切都会过去

一个国王梦到有人告诉他："在世界上你只要记住这句话，那么这一生你都将忘怀得失，能够安然度过任何的大宠大辱。"但是，国王醒来，竟把这句可以行之终身的话给忘了。

国王打造了一枚钻戒，然后对所有大臣说："谁把这句话找出来，我就把这枚钻戒送给谁。"一位聪明的老臣拿过钻戒，在戒环上刻下了一句话，然后扬长而去。这句话正是梦中之语——"一切都会过去"。

后来，王国被侵，国王不得不逃离王宫。谁知，他竟逃到了万丈深渊之前。在这生死攸关之际，国王忽然想起了那枚戒指上的话："一切都会过去。"国王的心顿时平静下来。追兵的马蹄声渐弱，国王逃过一劫。然后，他重新集结军队，经过苦战，凯旋回宫。当人们庆祝胜利时，国王不禁扬扬得意，但再看那句"一切都会过去"，他的心随即归于平静。

人生感悟

普希金曾说过："一切都是暂时的，一切都会消逝。一切逝去的，都会变成美好的回忆。"过去的终将会过去，那么当有权威时，告诉自己不可颐指气使；当春风得意时，不可得意忘形；当犯大错时，告诉自己正视事实；当遭遇痛苦时，告诉自己接受过去，珍惜现在。

无论世界怎么黯淡，生活总有它温暖的一面

北极的天气十分恶劣，而一个由 18 人组成的考察队仍然顶着种种困难在这里做研究。但是这几天天气恶劣到了极点，他们不得不在科里斯特队长的带领下，原地休息。

幸好三天后，天气又晴朗起来，队员们都感到很开心。于是，这支勇敢的队伍重新出发，继续他们没有完成的考察任务。

这时候队长科里斯特给其他 17 名队员布置了一个特别的任务，那就是要求每人每天都要写两篇日记。一篇当然是正常的考察日记，另一篇就是普通的日记。他要求大家尽量写一些自己每天看到的太阳下的景物。对这个无关紧要的任务，大家都有些不满。有人甚至抱怨说："我们的考察工作已经很辛苦了，还要写这种毫无意义的东西。况且我们只是考察员，又不是来体验生活的大作家。"尽管不少人有些不情愿，但大家还是都完成了这项任务。

考察结束的前几天，大家都非常兴奋。可是这种兴奋还没持续几天，他们便发现了一个可怕的问题："由于前面的恶劣天气导致日期延误，考察队将无法在极夜到来之前返回家乡。"这就意味着他们必须在寒冷寂寞的黑夜里待上一段时间。虽然大家都不是第一次来北极考察，但这样的情形还是第一次遇到，心里都感到很不安，但是又无可奈何。

漫漫极夜终于来临，队员们发现，黑暗和寒冷还可以勉强忍受，但那份孤寂压抑得大家都要发疯了。就在这时，科里斯特队长突然要求大家把前段时间写的日记都拿出来。他说："现在我要检查一下你们是否认真地完成了这项任务，就请大家把自己的日记朗读一下吧。"队员们立刻安静了下来，认真地倾听同伴的朗读。而朗读日记的人也声情并茂，就像在阳光下讲述一个个他们既熟悉又陌生的故事。

跟随着队员对情境的描述，大家仿佛看到了灿烂耀眼的阳光、银白色的雪原，看到北极熊憨态可掬地从水中爬上冰面……就这样，每个队员都朗读了自己写的日记，其他的队员会跟着日记的描述回忆自己经历过的美好时光，或者感受到自己未曾注意到的美景。在这种气氛下，大家的烦躁和焦虑一扫而光，整颗心都被美丽的回忆和憧憬填满了。

很快，漫长的极夜过去了，久违的太阳又缓缓地升了起来，大家欢呼着。这时候他们才明白科里斯特队长让大家写日记的良苦用心。

阳光的力量是无穷的，它可以改变事物的形态，更可以左右人的心情。每个人的心中都有一片属于自己的阳光，这片阳光就是我们对美好事物的追求和向往。拥有它，我们就能够驱散生活中的迷雾和阴影，走出迷茫和彷徨。记住：只要心里装满阳光，我们就不会惧怕烦恼。

这个世界上没有永远倒霉的人

历史上有一个伟大又倒霉的作家，他出身于一个贫穷的医生家庭，小时候没有受过什么像样的教育，长大参军后屡立战功，还得到过元帅的嘉奖。可是当他拿着元帅的推荐书，即将成为将军的时刻，他却在归国途中意外被俘，然后被卖到阿尔及利亚，做了5年劳工。

当他费尽千辛万苦回到祖国后，很不幸的是，人们早已经忘却了这位国家的英雄。他连一个普通的工作都找不到,好不容易才在海军无敌舰队找到一个后勤的职位。

一次,他下乡催征,因不肯为乡绅偷税漏税,被乡绅陷害入狱。从监狱出来以后,他改行做了税吏。

一次他把收来的税款交给一家银行暂时保管,没想到这家银行意外倒闭,他再一次入狱。二次入狱,让本来就不富裕的家庭变得更加贫困,而且家里妻子、妹妹、女儿一大帮人都靠他一个人养活。他住的地方,环境非常糟糕:楼上是妓院,楼下是酒馆。

一天,酒馆里发生了斗殴,有个受伤的人倒在地上奄奄一息。他出于同情把那人背到家里,谁知人未救活,他却因被控有谋杀的嫌疑第三次入狱。在此之后,他妻子不幸死去,他又因为女儿的事情被法庭传讯。

就这么一个三番两次被俘入狱的人,上天好像已经抛弃了他。但这轮番而来的打击没有打倒他,反而丰富了他,锻炼了他。他的智慧是把倒霉当作生命的一个必然结果加以接受,而化为生命的财富。凭着对生活的反思和那个国家斗牛士的精神,他写出了闻名世界的文学巨著——《堂吉诃德》。

这个伟大的倒霉蛋就是著名的西班牙作家塞万提斯。而作品的主人公仿佛是作者的一个自我嘲讽。他证明了承受倒霉时的痛苦和顺风时的欢乐都是人生的收入,他的账本上没有支出。

人生感悟

在生活或事业的低谷中,人往往很容易贬低、否认自己。但是,你要相信,没有永远倒霉的人,处于低谷也只是暂时的。而且,在困境中自我否认等于是对自己的二次伤害,所以不妨将目光放长远一些,勇敢面对,坦然接受,看上去不可逆转的劣势或许会为你叩开下一扇成功之门。

对生活笑吧,这样你就能察觉它的美

有一对清贫的老夫妇,想把家中唯一值钱的马拉到市场上去换点更有用的东西。

老头子先用马换了一头母牛,又用母牛去换了一只羊,再用羊换来一只肥鹅,又把鹅换了母鸡,最后用母鸡换了别人的一口袋烂苹果。

他在一家小酒店歇息时,遇上两个英国人。闲聊间,他谈了自己交换的经过,两个英国人听后哈哈大笑,说他回去准得挨老婆子一顿揍。老头坚称不会,英国人就用一袋金币打赌。

回到家,老太婆兴奋地听着老头子讲赶集的经过。每听老头子讲到用一种东西换了另一种东西时,她都充满了钦佩,不时地说着:"哦,我们有牛奶喝了!""羊奶也同样好喝。""哦,鹅毛多漂亮!""哦,我们有鸡蛋吃了!"最后听到老头子背回一袋已经开始腐烂的苹果时,她同样不愠不恼,大声说:"我们今晚就可以吃到苹果馅饼了!"

结果,英国人输掉了一袋金币。

荀子云:"小人其未得也,则忧不得;既已得之,又恐慌失之。是以有终身之忧,无一日之乐。"越放不下得失,越是在意,巨大的压力和恐惧就越会束缚你的手脚,而你离你的目标也就会越来越远。因此,不管遇到怎样的事情,都请安静地接受吧!这是人生,我们要一样地面对人生,而且要勇敢地、大胆地、永远地微笑着去接受人生。

快乐不能分享，就是最大的痛苦

从前有一位犹太教的长老非常喜爱打高尔夫球。在一个安息日，他觉得手痒，很想去打会儿高尔夫球，但是犹太教有规定，安息日的时候信徒必须休息，什么事都不能做。

但是这位长老终究没忍住，决定偷偷去高尔夫球场，想着只打9个洞就作罢。由于安息日时犹太教徒都不会出门，球场上一个人也没有，因此长老觉得肯定不会有人知道他违反了规定。

然而，长老在打第2个洞的时候就被天使发现了，天使生气地跑到上帝面前告状，说某某长老不守教规，居然在安息日这一天偷偷去打高尔夫球。上帝听了，就跟天使说，他会好好惩罚这个长老。

从打第3个洞开始，长老几乎都是一杆进洞。长老自然是兴奋非常。长老打到第8个洞的时候，天使又跑去找上帝："上帝啊，您不是要惩罚长老吗？为何还不见有惩罚？"上帝却微笑着说："我已经在惩罚他了。"

直到打完第9个洞，长老都是一杆进洞。因为打得太神乎其技了，于是长老决定再打9个洞。天使按捺不住又去找上帝："上帝，您的惩罚到底在哪里啊？"上帝只是笑而不语。

打完18洞，长老的成绩比世界上任何一位高尔夫球手都优秀，这把长老乐坏了。天使很疑惑地问上帝："这就是您对长老的惩罚吗？"

上帝说："是的，你想想看，他打出了这么惊人的成绩，心情该如何兴奋啊，但是却没有人可以听他诉说、吹嘘，你说他又得多郁闷啊！这不就是最好的惩罚吗？"

人生感悟

快乐与人分享,会变成两份快乐;痛苦有人分担,就只剩下一半。没有人分享的人生,无论面对的是快乐还是痛苦,对我们来说,都是一种惩罚。就像我们拥有一座美丽的大花园,但如果没有人愿意与我们分享,只留我们孤寂一人赏花、看草,那一切都只会索然无味。

不必羡慕别人,你也是一道风景

两个大学同学毕业后多年偶遇,一个成了商场精英,一个是小有名气的作家。酒过三巡,商人喷着酒气说:"现在房子、车子、私人沙滩等等,该有的物质条件我都有了,我什么都不缺了。"

作家猜想他是在晒自己的富有,于是,便顺着他的话,说:"是啊!我真是羡慕你,打拼了这么些年终于事业有成,下半辈子可以好好享福了。"

可商人摇了摇头,白白胖胖的脸上满是失落,他说:"物质上富有了,心里却是极大的空虚。每天的生活重心变成了养生,觉得人生一点趣味都没了。我倒是很羡慕你啊!每天做做学术、写点文章,偶尔出本书,多自在!"

人生感悟

姚明对他的朋友说:"生活能选择吗?永远像现在这样,我羡慕你清闲,你羡慕我有钱。"人就是这样,常常对已经拥有的视而不见;而对缺失的,却耿耿于怀。或许,我们都是远视眼,总是活在对别人的仰视里;或许,我们都是近视眼,往往忽略了身边的幸福。

很好,其实这是件好事

三千年前,有一个国家非常富有。原来国王有一个十分有智慧的大臣,无论发生什么事,这位大臣平时最爱说的话都是:"很好,其实这是件好事。"

有一次,国王在擦拭他的宝剑时,不小心将自己左手的大拇指割断了。智慧大臣闻讯赶到皇宫,见到国王的太医正在给他包扎鲜血淋漓的左手,智慧大臣笑呵呵地说:"很好,其实这是件好事!"而这时国王疼得龇牙咧嘴,听到大臣这样说,顿时大怒,下令将他关进大牢。智慧大臣仍然说:"很好,其实这是件好事!"

很快秋天到了,由于森林里水草丰盛,野兽们只只长得肥肥壮壮。国王骑着马带着大臣和随从来到森林里狩猎。国王看到一只羚羊,急忙追了过去。这只羚羊跑得很快,而国王的马跑得也快。他无意间竟然越过了国界,进入了食人族的地盘。食人族的族长便命令族人们将国王他们全抓了。见到国王服饰华丽,巫师便决定用国王来献祭。正要举行祭礼的时候，巫师突然发现国王左手少了一根大拇指。根据食人族的规矩，肢体不健全的人是不能用来献给祖先的。当下酋长大怒，将国王逐了出去，而那些跟随的大臣，一个也没活着回来。

侥幸逃命的国王回到宫中，想起了智慧大臣的话，连忙下令将他从牢里释放出来。国王深觉智慧大臣所说的话颇有道理，并为这几个月他所受的冤屈向他道歉。智慧大臣还是那句话："很好，其实这是件好事！"

国王不解地说："你说我少了大拇指是件好事，但是我关了你这么久，让你受了这么多苦，难道对你也是件好事？"智慧大臣笑着点点头说："当然是件好事！如果我不在牢里，一定会陪您去打猎，那么我也会被食人族杀了的。"

　　季羡林说："走运时，要想到倒霉，不要得意过了头；倒霉时，要想到走运，不必垂头丧气。"在很多人心中，福就是福，祸就是祸；面对祸时就感到烦恼，面对福时就感到欢愉。其实，任何事物都有其两面性，有有利的一面，必然也有不利的一面，需要我们正确看待。

你有没有预支烦恼的习惯

　　有两个孩子，一个笑口常开，一个整日愁眉苦脸。他们的父亲很想让这个不开心的孩子开心起来,就给了他很多玩具,并把那个天天高兴的孩子送进了马圈。

晚上,父亲发现拥有很多玩具的孩子依然哭了一整天,而在马圈中的孩子依然开心地玩了一天。

询问原因,拥有玩具的孩子说:"这么多漂亮的玩具,万一玩坏了,玩旧了,怎么办?我越想就越伤心。"在马圈里的孩子则兴奋地说:"爸爸,这里有马粪,我想着这里一定藏着一头小马驹!"

很多人都习惯预支烦恼,起床的时候,害怕迟到被扣钱;拜访客户前,想象客户刁难自己怎么办;想去买菜,又觉得超市太贵,菜市场太吵,对于缺斤少两的现象难以应付……于是,越想越窝火。

有人说:"一般人所忧虑的烦恼,有40%属于过去,有50%属于未来,只有10%属于现在。其中92%的烦恼是未发生过的,剩下的8%则是可以应付的。可见,烦恼多是自己找来的。"这就是所谓的"烦恼不寻人,人自寻烦恼"。

你不热爱生活,生活怎么会热爱你

两个青年到一家公司求职,经理把第一位求职者叫到办公室,问道:"你觉得你上一家公司怎么样?"

求职者立马长叹一声，面色阴郁地答道："别提了！那里简直不是人待的地方。同事们尔虞我诈，钩心斗角，部门经理粗野蛮横，以势压人，整个公司暮气沉沉。生活在那里令人感到十分压抑，所以我想换个理想的地方。"

"非常抱歉，我们这里恐怕不是你理想的乐土。"经理张口答道，示意他回去。

第二个求职者也被问到这个问题，他说："我们那儿挺好，同事们待人热情，乐于互助，经理们平易近人，关心下属，整个公司气氛融洽，生活得十分愉快。如果不是想发挥我的特长，我真不想离开那儿。"

"恭喜，你被录取了。"经理笑吟吟地站起来，与他握手。

法国作家萨克雷说过："生活是一面镜子，你对它笑，它就对你笑；你对它哭，它也对你哭。"你天天处在"比较烦"的状态里，生活会讨好似的给你一张笑脸吗？你对生活笑，生活将赐予你灿烂的阳光；你抱怨生活，生活也将给你失败的阴霾。

钱可以买到蝴蝶，但买不到捉蝴蝶的乐趣

有一位大富翁躺在病床上，医生说他活不了几天了。这时他看见窗外有一群孩子在广场上捉蝴蝶，就对他四个未成年的儿子说："你们去那儿给我捉几只蝴蝶来吧，我许多年没见过蝴蝶了。"

很快，大儿子就带了一只蝴蝶回来。大富翁说："你的技术真好，这么快就捉到了一只。"大儿子说："这是我用你给我的小电动摩托车换的。"大富翁点点头。

半小时后，二儿子笑呵呵地回来了，他手里有两只蝴蝶。大富翁问："你怎么这么快就捉了两只蝴蝶回来？"二儿子说："我把你送给我的小电动摩托车卖给了一位小朋友，他给了我10元钱，这两只是我用5元钱从有蝴蝶的小朋友那儿租来的。爸，你看这是那多出来的5元钱。"大富翁微笑着点点头。

不久三儿子也回来了，他手里拿着10只蝴蝶。大富翁问："你怎么捉了那么多的蝴蝶？"三儿子说："我把你送给我的小电动摩托车在广场上举起来，问：'谁愿意玩小电动摩托车？愿意玩的只需交一只蝴蝶就可以了。'爸爸，要不是怕你着急，我至少可以收到18只蝴蝶。"大富翁拍了拍三儿子的头。

最后回来的是四儿子。他满头大汗，却两手空空，衣服也弄脏了。大富翁问："孩子，你怎么搞的？"四儿子说："我捉了半天，也没捉到一只，就在地上玩赛车。要不是见哥哥们都回来了，说不定我的小电动摩托车能撞上一只蝴蝶呢！"富翁会心地笑了，笑得满眼是泪，他摸着四儿子挂满汗珠的脸蛋，把他搂在了怀里。

第二天，大富翁死了，他的孩子们在床头发现一张小纸条，上面写着：孩子们，我并不需要蝴蝶，我需要的是你们捉蝴蝶过程中的乐趣。

有人曾说："我年轻的时候，就像参加赛跑的马，戴着眼罩拼命往前跑，除了终点的白线之外，什么都看不见。"许多人如同上了发条的木偶，只知道不停地转动，却忘记了自己的初心。

要知道人生的目的不是快速走完我们的旅程，更重要的是能用心欣赏生命的历程。

只要一息尚存，就不要放弃对希望的追逐

有一个叫维克托·弗兰克尔的犹太人，被抓进了集中营。之后，他被转送到各个集中营，甚至被囚在奥斯威辛数月之久。但是维克托·弗兰克尔从没有放弃对自由和生命的渴望。

即使是在这样的恶劣环境里，维克托·弗兰克尔每天都坚持刮胡子，不是为了美，而是为了活着。因为每天早上囚犯们列队接受检查的时候，那些身体虚弱的人就会被拉出来送到毒气房。刮胡子的好习惯可以让人看起来面色红润，健康状况不错，被送入毒气房的概率就会大大减小。

维克托·弗兰克尔从未放弃过对生的渴望，他每天都在思考用什么样的办法逃出去。当他去请教其他伙伴时，在听到他的想法后，他们都嘲笑他异想天开。既然来到这个地方，还从来没人想过自己能够活着出去。他们觉得还是老老实实干活实际点，这兴许还能让你多活几天。但维克托·弗兰克尔并不这么想，他想到的是家中的妻儿老母，所以他一定要活着出去。

积极的思考终于给他带来了机会。一次，他们被拉到野外干活。他看到不远处有一堆赤裸的死尸，他想也许生的希望就在这里了。当夜幕降临时，他偷偷钻进了大卡车底下，并脱光了衣服，趁人不备，悄悄地爬到了那堆死尸上。尽管死尸散发出来的气味刺鼻难闻，还有蚊虫的叮咬，但维克托·弗兰克尔全然不顾，咬着牙一动不动地忍着装死。一直到深

夜的时候，他确信周围无人了，才光着身子一口气跑了七十公里。就这样，维克托·弗兰克尔逃了出去，他创造了奇迹，因为之前还没有人能够活着逃出那个地方。

维克托·弗兰克尔后来对人们说："在任何特定的环境中，人们还有一种最后的自由，那就是选择自己的态度。"

苏联作家加夫里尔·特罗耶波尔斯基说："生活在前进。它之所以前进，是因为有希望在；没有了希望，绝望就会把生命毁掉。"所以，无论我们身处什么样的境地，都不能让内心的希望之火熄灭。因为不管黑夜多么漫长，白昼总会到来。

总有一些花朵儿，会在夜里慢慢开放

70岁的郡乔·鲁滨孙伤心地对妻子说："亲爱的，我的视线越来越模糊。也许，过不了多久，就什么都看不到了，我将永远生活在茫茫黑夜……"

原来，几个月前，鲁滨孙就被医生诊断出，他会慢慢失明。刚开始，鲁滨孙没有办法接受这样的坏消息，他甚至拒绝治疗，说是如果什么都看不到了，不如趁早去天堂。

鲁滨孙的妻子最能体会到丈夫的感受。因为鲁滨孙身为一名园艺工人，他非常喜爱这份工作，他几乎每天都会认真观察花草点滴的变化，总是尽力地把花草最美好的一面呈现在人们面前。然而，这位痴爱着花卉的老人，将再也没有办法欣赏自己亲手打造出来的缤纷世界，那该是怎样的痛苦和难过呢？

妻子特别担心丈夫的状况。一天夜里，妻子故意打开窗户，指着窗外的一株玫瑰，说道："真美啊，又冒出来了好几个花苞！"鲁滨孙默默地在窗前站了一会儿，什么话也没说。

第二天，鲁滨孙刚起床，就听到妻子在院子里欣喜地喊道："亲爱的，昨天晚上我们看到的那些花苞，都已经绽放了！多漂亮呀！"他走过去，小心翼翼地靠近花儿，深深地嗅着花香，又用手轻轻触摸着花朵。

"你看，总有一些花朵儿，会在夜里慢慢开放。"妻子小心翼翼地对鲁滨孙说，"这就好像你就算失去了视力，还可以用鼻子和手来亲吻花朵一样，世界还是那样美丽，而你只不过是换了一种方式和它亲密接触！"

鲁滨孙听了妻子煞费苦心的一番话，忽然明白了自己应该怎么做。接下来的日子，鲁滨孙趁着眼睛还能看得见，读了不少花卉种植方面的书，又以做卡片的办法做下笔记。他还闭着眼睛在花园里来回走动，努力记住每一盆花的位置。

后来，鲁滨孙真的完全失明了。他仿佛早就准备好了接受这样的挑战，每天早早起床，凭着记忆中的位置，摸索着走过花园的每一个角落，手里拿着工具，时不时停下脚步，为这株花松松土，又为另一株花浇浇水。

在鲁滨孙的悉心照料下，花园不但没有因为他的失明而凋零，各种花儿反而比以前开得更加缤纷美丽。

有些人躺在幸福之上，却满面愁容；而有些人即使身在泥泞

之中，也可以快乐而幸福，这就是心态在起作用。我们常说："无法改变环境时，可以改变心情。"其实，快乐和幸福是非常容易得到的，只要你能够用积极的心态发现生活中的美好，那么每一个瞬间都值得快乐。

我竟然还有一个苹果

在非洲的一个大沙漠里，一场突如其来的风暴使一位旅行者迷失了前进的方向。更可怕的是，旅行者装水和干粮的背包也被风暴卷走了，这让他陷入了绝望之中。他翻遍自己身上所有的口袋，只找到了一个青青的苹果。"啊！天哪！我竟然还有一个苹果！"旅行者惊喜地叫着。

他紧握着那个苹果，独自在沙漠中寻找出路。每当干渴、饥饿、疲乏袭来的时候，他就看一看手中的苹果，抿一抿干裂的嘴唇，告诉自己："不要怕，我还有一个苹果呢！"内心不禁又多了一丝希望，陡然增添了不少力量。

一天过去了，两天过去了。第三天，旅行者终于走出了荒漠。那个他始终未曾咬过一口的青苹果，早已干巴得不成样子了，他却仍然当个宝贝似的一直紧攥在手里。他无时无刻不在心里告诉自己："我至少还有一个苹果！"

旅行者从非洲回来后，想到了自己那个可怜的孩子——一个因头颅畸形而致残的婴儿。自己在沙漠中的经历让他大彻大悟：难道身体残疾的孩子不就是我的苹果吗？

他开始后悔当时的所作所为，在儿子降生时，他曾因为儿子身体拥有巨大的缺陷，差点将儿子扔掉，当医生给儿子做手术时，他竟暗自祈祷手术失败。他还曾一度想把奶水换成糖水,让自己的骨肉自然衰竭而死。然而,头颅残疾的婴儿偏偏极其顽强地存活了下来。

现在的他终于意识到,虽然孩子不算健康,但一样也是生命的希望啊。他觉得孩子一定也会有自己的才能。

此后几年里,他给孩子做了包括绘画、棋类等多种测试,均无建树。一天,当他唱歌给孩子听时,小家伙居然跟着哼了起来,头也随着音律不停地摇动。"天哪!这个孩子喜欢音乐,我终于发现他的长处了!"他如痴如狂地大叫起来。

为了培养孩子的乐感,他录下了许多大自然的声音,让儿子聆听,教他辨别音律。多年以后,没想到自幼吸收天籁之音的儿子,居然成了有名的作曲家,他的曲子可以治疗失眠症,所以畅销日本。

后来这位父亲一边照顾残疾儿子,一边潜心创作,持续了40年。这位伟大的父亲就是日本著名作家、诺贝尔文学奖获得者大江健三郎。他在领奖时,叙述了他和儿子的故事,并幽默地说:"你们如果睡不着觉,就买我儿子的音乐听,再睡不着,就买我的小说看,那就一定能睡着了。"

人生感悟

圣克雷芒说:"如果你不去希望,你就不会发现什么东西超出你的希望。"乐观是希望的明灯,它指引着你从危险峡谷中步向坦途。所以,无论自己处于多么严酷的境遇中,心头都不要被悲观的思想所缠绕。

真正的强者,在恐惧中也能坦然前行

1920年10月的一个漆黑的夜晚,英国斯特兰腊尔西岸的布里斯托尔湾的洋面上发生了一起船只相撞事件。"洛瓦号"小汽船与一艘比它大十多倍的轮船相撞后沉没,11名乘务员和14名旅客下落不明。

"洛瓦号"小汽船上的一名乘客弗朗哥·马金纳在两船相撞时被抛了出来,在黑色的波浪中挣扎着。他觉得自己已经到极限了,救生船却还没有来。过了一会儿,附近的呼救声、哭喊声渐渐地低了下来,死一般的沉寂在周围扩散开去,似乎所有的生命全被浪头吞没了。

就在这令人毛骨悚然的寂静中,突然传来了一阵优美的歌声。马金纳听出那是一个女人的声音,那歌唱者简直像面对着客厅里众多的来宾在进行表演一样,声音没有丝毫的颤抖和走调。马金纳一会儿就听得入了神,他的心情也逐渐平静下来。他感到自己的心境完全复苏了,寒冷、疲劳刹那间不知飞向了何处。

于是,他朝着歌声传来的方向游去。靠近一看,几个女人正抱住一根很大的圆木头浮在海面上,唱歌的是她们当中一个很年轻的姑娘。大浪劈头盖脸地打下来,年轻的姑娘却仍然镇定自若地唱着。

在等待救生船到来的时候,为了不让其他人因寒冷和失神而放开那根圆木头,这位年轻的姑娘用自己的歌声给他们增添着精神力量。

终于,一艘小艇以年轻姑娘那优美的歌声为导航,穿过黑暗驶了过来,他们获救了。

在即将沉没的"泰坦尼克号"上,在死亡汹涌而来的时刻,

8位音乐家一直淡定地演奏乐曲,那飞翔的音符,淹没了人们的惨叫声、呼救声,他们用音乐书写了人类最后的尊严和高贵。当我们面对困境时,相比于垂头丧气地哭泣或哀号,倒不如把恐惧和烦恼暂时放在一边,唱支动听的歌,放松自己,也鼓舞别人。

走进星星的世界

有一个年轻的美国军官接到调动命令,将他调派到一处接近沙漠边缘的基地。他不想新婚的妻子跟着他离开会生活前往受苦,但妻子为了证明夫妻同甘共苦的深情,执意陪同前去。

年轻军官只好带着妻子前往,并在驻地附近的印第安部落中帮妻子找了个木屋安顿。该地夏天酷热难耐,风沙多且早晚温差变化大,更糟的是部落中的印第安人都不懂英语,连日常的沟通交流都有问题。

过了几个月,妻子实在无法忍受这样的生活,于是写了封信给她的母亲,除了诉说生活的艰苦难熬外,信末还说她准备回繁华的都市生活。

她的母亲回了封信跟她说:"有两个囚犯,他们住同一间牢房,往同一个窗外看,一个看到的是泥巴,另一个则看到星星。"

妻子倒不是真的想离开丈夫回都市,原也只是发发牢骚罢了!接到母亲的信件后,便对自己说:"好吧!我去把那些星星找出来。"

从此之后她改变了生活态度,积极地走进印第安人的生活里,学习他们的编织和烧陶,并迷上了印第安文化。她还认真地研读许多关于星象天文的书籍,并运用沙漠地带的天然优势观察星星,几年后出版了几本关于星星的研究书籍,成了星象天文方面的专家。

"走进星星的世界。"她常常在心底这样跟自己说。

人生感悟

朗布利奇曾说:"两个人同时向窗外观望,一个看到的是泥土,另一个看到了星星。"在现实生活中,打败我们的往往不是环境,而是自己。走进星星的世界,往往就能找到生命的依归与生活的目标,请不要抱怨环境让你无法一展长才,一定要努力从中找到属于自己的闪耀星星。

缺憾之美让人回味无穷

有一个名气不大的时装设计师,他的设计一直反响平平。由于他非常努力,他获得了一个特别好的机会,可以参加一个有众多设计名家观看的时装展。他知道,如果他的设计得到设计大师或是赞助商的青睐,他的事业有可能从此平步青云。

他精心准备了好几套他最为得意的设计,其中有一套纯白的羽毛连衣裙最为漂亮,用无数洁白羽毛和白纱拼接缝制的连衣裙看起来高贵典雅、完美无瑕,模特穿起来非常有天鹅公主的气质。可是当他在后台准备服装,模特准备换装上台的时候,一个意外发生了,工作人员不小心把那件压轴的羽毛裙子的裙角烧了一小块。

设计师非常伤心,怎么补救都恢复不了原来的样子。当他觉得这场走秀可能会完全失败时,一个念头猛然间袭上心头,他觉得不如放手一搏。于是,他取来打火机,将那件原本纯白完美的裙子沿着原来烧掉的痕迹烧去了整整一侧,留下火烧过的焦色,这件裙子立马改观,变成了一件风格独特的服装。

当正式上台走秀的时候,模特穿着这件被火烧过的羽毛裙压轴出场,惊艳四座。大家都觉得这件作品像是一个浴火的天使,那烧焦了一半的翅膀的效果更突出了羽毛的洁白,产生了强烈的视觉对比效果,体现了一种残缺美。这个设计师因此一炮走红,成为一名走红的设计新星。

人生感悟

残缺也是一种美。正因为没有十全十美的东西,这个世界才多姿多彩。每个人都以一个独立的特性存在于这个世界上,没有雷同。所以,我们不要为自己身上的缺点和不足而悲观失望,正因为自己是现在这个样子,自己才是这个世界上独一无二的自我。不要抱怨自己的身高太矮、体重太胖、没有好的外表、没有出色的才华、没有富足的家庭背景、没有高深的学历……此刻的你才是最美的。

辑二
优秀的人都高度自律

你的自律终会让人对你望尘莫及

有一天,85岁高龄的齐白石进入画室后,便闭门作画,一整天都没出来,齐老的家人看到后,心里很是担忧,毕竟齐老已到了耄耋之年。

按照齐老的生活习惯,这个时间他应该出来活动了,今天怎么在画室里闷了那么长时间呢?家人推门进去之后,齐老连忙一个劲地喊:"你们出去!出去!别来打扰我,我今天还有任务没完成!"但是家人看到画桌上已经摆放了4张刚完成的画,而按齐老的习惯,他每天只画一幅画,而他今天已画完4幅,怎么说"还有任务没完成"?

直到很晚了,家人才再次推门进去,看到齐白石老先生趴在桌子上,想站起身来,伸个懒腰,但是由于过度劳累,差点摔倒在了地上。家人赶快把他扶住,看到旁边的桌上已摆了第5幅画,画上还写了一段话:"昨日风雨大作,心绪不宁,不曾作画,今朝特此补充之,不教一日闲过也。"

原来,齐老给自己定下的规矩是,不管刮风还是下雨,有多忙,或是来多少访客,每天都必须画一幅画,一天都不能虚度。

可毕竟齐老已如此高龄,不是年轻力壮的小伙子了,却如此较真,万一累着自己,可如何是好?所以,其家人就劝他说:"干吗这样苦自己,又没人逼你画?"齐老说道:"你这样说就不对了。自己定的规定,自己都不遵守,对自己言而无信,把自己的承诺当耳旁风,那还能干成什么事情?"

人生感悟

我们常说:"从明天开始,我一定每天早起去跑步。"可是,第二天太阳早已高高升起,你却还赖在被窝里;"我一定要去找份工作,哪怕擦皮鞋、摆小摊,哪怕挑泥浆、做小工",可是,一看到外面毒辣的阳光,就去找人搓麻将了……

人啊,守诺一时难,守诺一世更是难上加难,但让你与别人拉开距离的,正是这份严格的自律与死磕。

像爱惜羽毛一样爱惜自己的名声

在著名的伯罗奔尼撒战争结束以后,雅典人抓住了苏格拉底的学生克里底亚成为傀儡政权首领这个把柄,以不敬神和败坏青年两项罪名把他逮捕入狱。

公元前399年原本是一个很平常的年份,但因为一个人,这个年份被载入史册。这一年,古希腊的大哲学家苏格拉底被法庭处死了。

在太阳落山之前,狱卒带着毒药进来后,苏格拉底以平静的语调对他说:"你应该知道怎样做,来吧,告诉我怎么做。"

狱卒答道:"你喝下这杯毒药,然后站起来走走。等你感觉到腿脚发沉时再躺下,麻木感就会传到心脏。在喝之前,你还有什么话要交代的吗?"

苏格拉底想了想,说:"我还欠邻居一只鸡,那是几年前借人家的。当时由于手头紧张,没有付人家钱,后来就一直拖了下来。请求您转告我家里的人,让他们务必代我偿还。"

狱卒没有想到这个人临死前要说的是这样一件事,于是又问他:"还有别的大事吗?""没有了,就这一件大事,它关系到我的为人。"听了苏格拉底的话,狱卒不由自主地掉下了热泪,这件事也因此而流传开来了。

人生感悟

  海涅说,生命不可能从谎言中开出灿烂的鲜花。信用是难得易失的,费十年工夫积累的信用,往往由于一时的言行而失掉。苏格拉底至死都不忘欠邻居一只鸡,就是对诚信最好的诠释。

欲除心灵上的杂草,必先种上庄稼

  大卫·休谟是苏格兰伟大的哲学家、思想家和历史学家。他的很多弟子也都知识渊博、满腹经纶。

  有一天,休谟觉得自己身体一天不如一天,将不久于人世,他门下的几个弟子虽然学习得都不错,但他还是有些不大放心,于是就决定趁自己还能动,给弟子们露天教授他的最后一堂课。

  上了课后,休谟先用手指着前面的一大片长满杂草的荒地问道:"你们看,地里都有些什么?"

  "杂草。"弟子们齐声答道。

  "那么告诉我,用什么方法能除掉这些杂草?"众弟子不禁有些诧异,心说：老师问的这个问题也太简单了吧。

大弟子带头答道："给我一把锄头就够了，我只要一下午时间，就能把这块荒地上的草锄干净。"

二弟子接着说："锄草太慢了，我看，还是用火烧来得利落，也不费力。"

三弟子不太同意前面两位师兄的办法，他反驳道："你们这样除草都不行，斩草要除根，得把野草的根挖出来才好。"

等三位弟子讲完各自的办法后，休谟微微点头，说道："今天这堂课就先到这里了，你们回去后按照各自的办法去清除一片杂草，一年之后再来这里接着上课。"

一年时光转瞬即逝。当弟子们赶来上课时，大家都愁眉苦脸的，因为他们无论采用什么方法去清除那些杂草，都没有办法除干净，有的时候还会越除越多。众弟子都等着向老师请教问题的答案。

然而，休谟并没有来上课，他已经在不久前去世了。弟子得知消息后，赶紧前往老师家凭吊，发现老师给他们留下了一本书，书中有这么一段话："你们的办法是不能把杂草彻底清除干净的，因为杂草的生命力很强。要想除掉田野里的杂草，最好的办法就是在田野里种上庄稼。你们是否想过，人的心灵不就是一片田野吗？"

人生感悟

如要使一个人没有贪心，就必须用良心占据他的心灵；要使一个人不虚荣，就必须以真诚占据他的心灵；要使一个人没有怨恨，就必须以宽容占据他的心灵；要使一个人不再麻木，就必须以清醒占据他的头脑；要使一个人不再冷漠，就必须以爱心充斥他的心灵；等等。欲无必有，欲有必无。要想心中有真善美，必须远离假恶丑。

守时也是一种对别人的尊重

1779年，德国哲学家康德打算到一个名叫珀芬的小镇子去拜访朋友威廉·彼特斯。出发前他给彼特斯写了一封信，告知对方自己将于3月2日上午11时到达。

康德按计划于3月1日下午到达了小镇珀芬。他在镇上住了一晚，第二天一大早，就跑去租了一辆马车，上了路。

朋友住的农场距离珀芬有18公里的距离，要到农场去需要经过一座桥。康德坐着租用的马车正要过桥，突然停了下来，车夫说："先生，真不巧啊，这座桥坏了，我们恐怕不能再往前走了。"

听了车夫的报告，康德马上下了车，走到了桥面上，发现桥的中间确实已经断裂了。河面虽然不是很宽，但是，水看着很深，而且结了一层薄冰。

"这附近还有别的桥能过河吗？"他着急地问道。

"有，先生，桥是有。"车夫说，"不过那座桥在上游9公里的地方。"

康德拿出怀表看了下时间，已经到了上午10点多。

"我们要是去上游的那座桥，具体什么时间能赶到农场？"

"肯定要到中午12点之后了。"

"那如果从这座桥上过去到农场，最快多久能到？"

"40分钟左右吧。"

康德问完车夫这些问题之后，四下张望，发现河边有一座破旧的农舍，他就匆忙地赶了过去，向主人打听道："先生，请问，你的这间破屋子能不能卖给我？"

"什么？"农夫听了康德的话，大吃一惊。

"我想买您的这间屋子，您出个价吧！"

"最少得 200 法郎吧。"农夫试探地问道。

没想到,康德也没讨价还价,马上掏出了钱,给了农夫,然后说道:"先生,还有一件事,麻烦你一下,您要是能够在破屋上拆下几根长的木板,并且赶在 20 分钟内把这座桥修好,我就把屋子再还给您,怎么样?"

农夫听了,心想"还有这样的好事",就赶忙把两个儿子叫了过来,帮忙一起修桥,果然没过一会儿就把桥修好了。

康德果真把破屋还给了农夫,然后立即上了马车快速地过了桥,并且让车夫快马加鞭,在乡间公路上飞奔了起来,最后按时在 11 点之前赶到了农场。

在农场门口等候的彼德特斯看到风尘仆仆的康德,高兴地说:"亲爱的朋友,您可真守时啊。"

德国有句谚语叫"准时就是帝王的礼貌"。守时是一种素质,西方人一般都讲究遵守时间。康德为了守时,付出了 200 法郎的代价,可见他对自己信誉的重视。

守时,其实并不是一件小事,它代表了你的素质和做人的态度。如果你对别人的时间不表示尊重,你也不能期望别人会尊重你的时间。

灵感是在行动中产生的

美国黑人作家阿历克斯·哈利早年在当兵的时候就想写一部小说，但不知道为什么，他总不能写出让人满意的作品。哈利认为，他必须先有了灵感才能写作，所以，他每天都必须等待"情绪来了"，才能坐在打字机前开始工作。

然而这样的"情绪"不会那么容易来。哈利几乎很难找到创作的欲望和灵感。这让他更加情绪不佳，也愈发写不出好的作品。

每当哈利想要写作的时候，他的脑子就变得一片空白，这种情况使他感到害怕。为了避免瞪着白纸发呆，他就干脆离开打字机。他去收拾一下花园，把写作暂时忘掉，心里马上就好受些。他也用其他办法来摆脱这种心境，比如去打扫卫生间，或者去刮刮胡子。

但是，对于哈利来说，这些做法还是无助于他在白纸上写出文章。后来，他偶尔听了作家奥茨的经验，觉得深受启发。奥茨说："对于'情绪'这种东西，你千万不能依赖它，从一定意义上来说，写作本身也可以产生情绪。有时，我感到疲惫不堪，精神全无，连五分钟也坚持不住了，但是我仍然强迫自己写下去，而且不知不觉地，在写作的过程中，情况完全变了样。"

哈利认识到，要实现一个目标，就必须待在能够实现目标的地方。要想写作，就非在打字机前坐下来不可。在卫生间或花园里，永远写不出什么。

经过冷静的思考，哈利决定马上行动起来。他制订了一个计划，把起床的闹钟定在每天早晨7点半，到了8点钟，他便坐在打字机前。他的任务就是坐在那里，一直坐到他在纸上写出东西为止。如果写不出来，哪怕坐一整天，他也绝不动摇。他还制订了一个奖惩办法：每天写完一页纸才能吃早饭。

第一天,哈利忧心忡忡,直到下午两点他才打完一页纸。第二天,哈利有了很大进步,坐在打字机前不到两个小时,就打完了一页纸,较早地吃上了早饭。第三天,他很快就打完了一页纸,接着又连续打了五页纸,这才想起吃早饭的事情。

后来,哈利就用这样的方法逼迫自己写作,经过了十来年的笔耕不辍,他的作品终于问世了。这本仅在美国就发行了 160 万册精装本和 370 万平装本的长篇小说,就是我们今天读到的名著——《根》,哈利因此书获得了美国著名的"普利策奖"。

人生感悟

灵感不是等来的,行动起来总能产生灵感。这就像很多人做事总是依赖情绪,经常借口于今天心情不好,明天再说。结果就是拖拖拉拉,总也等不到合适的心情,最后一事无成。等待,永远是最不靠谱的事。只要开始行动,就不会那么迷茫了。

放任坏习惯,早晚会把自己毁掉

美国石油大亨鲍勃·盖蒂,是个有名的烟鬼,抽烟抽得很凶。

有一次,盖蒂一个人开着车在法国度假,忽然下起了大雨,他只好就近赶到一个小城的旅馆过夜。疲惫不堪的他,草草地吃过晚饭后,躺下就睡着了。

在凌晨两点时分,盖蒂醒来了。他打开灯,伸手去抓睡前放在桌上的烟盒,不料里头一根烟都没有。他下了床,翻遍了所有衣服的口袋,毫无所获,他又搜索行李,看看会不会有自己无意中留下的一包烟,结果又失望了。这时候夜已经深了,旅馆的餐厅、街头的商店早关门了,他唯一有可能买到香烟的方法,就是穿上衣服,冒着雨出门,到几条街外的火车站去买,因为他的汽车停得很远,没法开车过去。

而这时盖蒂的烟瘾上来了,越是没有烟,他抽烟的欲望就越大。盖蒂脱下睡衣,准备穿衣服出门,在去拿伞的时候,他突然停住了。他问自己:我为什么要这样做?

盖蒂站在原地陷入了沉思,一个所谓的有文化的人,而且是一个成功的商人,一个自以为足够冷静做出正确决定、可以对别人下命令的人,竟然要在凌晨两点,不顾外面的滂沱大雨,离开旅馆,穿过几条街,去买一盒烟。这是一个什么样的习惯?这个习惯的力量有多么强大?

没多会儿,盖蒂终于醒悟了,他一把将那个空烟盒揉成一团扔进了垃圾桶,脱下衣服回到了床上,带着一种解脱甚至是胜利者的感觉,重新进入了梦乡。

从此以后,鲍勃·盖蒂改掉了抽烟的习惯,对自己的要求也越来越严格,当然他的事业也越做越大,成为世界顶尖富豪之一。

人生感悟

习惯的力量是巨大的,有幸养成一些好习惯,会终身受益;但要是一旦沉溺于坏习惯之中,就会不知不觉把自己毁掉。所以,我们做每一件事的时候,都应该严格要求自己,克服自己的缺点,战胜自己的弱点。这样我们就会变得越来越强大,我们的人生之路也会越走越宽广、越走越坦荡。

宁愿失去一座城池，也要做一个守信之人

春秋时期，周王室内乱，晋文公出兵相助，帮助周襄王平定了内乱。在平定了内乱后，晋文公确立了自己的威信，他想我也不能白出兵吧，于是就向周襄王要些好处。

周襄王也很明白，反正今儿不出点血是不行了！他说："那这样吧，我把我下边所属的阳樊、有温、有原等八个邑给你吧。"

周襄王给了晋文公不少土地作为报答，晋文公很高兴，也不过多停留，马不停蹄地去接收那些城池去了。

晋文公先接收阳樊，他打开城门，告诉城内百姓，愿意走的就走，愿意留的就留，绝不强求。城里百姓见晋文公如此仁厚，就没有抵抗，结果，晋文公没动一刀一枪，顺利接收了阳樊。

这次的胜利，让晋文公对接收其他城池充满了信心。在接收有原时，他信心满满地对部下许诺：只需要三天，你们的任务就能完成，并命令部队只带三天的军粮。

但是，这一次，晋文公却遭到了有原人的顽强抵抗。原来，有原这个地方，离都城很近，住的都是一些贵族和有头有脸的人，如果被晋文公收复了等于由中央归了地方，这些人非常不愿意。有些有原人为了不让晋文公接收城池，甚至在城内造谣说晋国的军队攻占有原后，会大开杀戒，连妇女小孩都不放过。有原百姓一听，便决定奋起反抗。

晋文公见状，对城内百姓喊话："我们只准备了三天的军粮，要是三天攻城不下，我们立即撤兵，决不会伤害百姓！"

可惜这番喊话并没有立即见效，有原百姓依然拼死反抗。很快，三天期限就到了，是继续围城，迫使城内百姓投降，还是信守承诺，立即退兵？晋文公陷入了进退两难境地。经过一番挣扎，晋文公最终决定，

宁愿失去一座城池,也要做一个守信之人。

就当晋文公准备撤退时,有士兵从有原前线回来,告诉晋文公一个很激动人心的消息:有原的一些百姓已经提出要投降,守城的部队也开始动摇了,晋军只要再坚持几天,就能拿下有原城。

虽然已经听到了这样的好消息,晋文公却还是坚持了自己的承诺,仍然决定撤退。有原的老百姓见晋文公如此守信,谣言立即随风而散,他们终于放下了心里的戒备,然后蜂拥而出,告诉晋文公,他们愿意归顺晋国。

因为恪守自己的诺言,晋文公收获了民心,得以兵不血刃地接收了有原。他的守信,帮他克服了前进路上的许多困难,让他成为"春秋五霸"之一。

孔子说:"人而无信,不知其可也"。因而,说到"诚信",很多人都认为是道德方面的问题,是一个人在社会的安身立命之本。可是在如今的社会,道德和利益往往是相邻而居的。不管是一个人还是一个地方,重视道德,讲究诚信,往往可以在经济上得到丰厚的收益;反之,不但会在道德上受到谴责,受到法律的严惩,更难以在经济上获得长久的利益。

克制会让你变得强而有力

胡适在年轻的时候非常喜欢喝酒。但是因为他的酒量不大，常常一喝就醉，他为此还耽误过不少的事情。有一段时间，胡适决定不再喝酒。刚开始的时候，他充满了戒酒的决心，于是对于摆在他面前的酒，他做到了无动于衷。不过每次坚持不了一个月，胡适便又开始喝酒。

随着年龄的增长，中年的胡适患上了心脏病，为了身体的健康，他只能采取少喝的办法。这一次，胡适比之前下的决心都要大，他甚至还专门写过一首戒酒诗："少年恨污俗，反与污俗偶。自高六尺躯，不值一杯酒。倘非朋友力，吾醉死已久。"这首诗最后收录在他的《尝试集》里。

不过，即使是写了一首戒酒诗，胡适还是克制不了想要喝酒的欲望。他的朋友丁友江实在看不下去，也不想胡适再这样糟蹋自己的身体，就请梁启超将那首戒酒诗题在扇面上，将扇子赠予胡适，劝其戒酒。胡适看到扇子后虽然大为感动，但由于之前一直没有戒酒成功，他也不知道自己有没有毅力做到这一点。

一年后，胡适去青岛讲学，青岛大学的闻一多等八位教授款待胡适，胡适眼看酒力不适，忽然从怀中掏出一枚戒指给大家看，只见戒指上刻着两个奇怪的字："戒酉"。大家一时间不明白这两个字表达什么意思。

胡适有些内疚地告诉大家，这枚戒指是他的夫人为了劝他戒酒而专门送给他的。原来，胡适的夫人江冬秀为劝丈夫戒酒，最后花费了近半年的时间，在胡适给她买的一枚戒指上亲自刻上了这两个字。不过，由于江冬秀的文化水平不高，将"戒酒"误刻成了"戒酉"。

大家看过那枚特殊的戒指后，心情颇为复杂，便都停止劝酒。这件事很快在胡适的朋友中间流传开来，大家都被那枚刻错字的戒指所感动，从此再也没有人劝胡适喝酒了。

人生感悟

巴尔塔萨·格拉西安说:"首先控制你自己,然后你才能控制别人。"无法控制自己的人,将永远无法控制别人。一个人一旦失去了自制,不管是什么人,都会轻易将他击败。也只有能够克制住自己的人,才会变得强大而充满力量。普罗图斯说:"能主宰自己灵魂的人,将永远被称为征服者的征服者。"

严于律己,谨言慎行

明代大学士徐溥自幼天资聪明,读书刻苦。

少年时代的徐溥性格沉稳,举止老成,他在私塾读书时,从来都不苟言笑。一次塾师发现他常从口袋中掏出一个小本本看,以为是小孩子的玩物,等走近才发现,原来是他自己手抄的一本儒家经典语录,由此对他十分赞赏。

徐溥还效仿古人,不断地检点自己的言行,在书桌上放了两个瓶子,分别贮藏黑豆和黄豆。每当心中产生一个善念,或是说出一句善言,做了一件善事,他便往瓶子中投一粒黄豆;相反,若是言行有什么过失,便投一粒黑豆。开始时,黑豆多,黄豆少,他就不断地深刻反省并激励自己;渐渐黄豆和黑豆数量持平,他就再接再厉,更加严格地要求自己;久而久之,瓶中黄豆越积越多,相较之下黑豆渐渐显得微不足道。直到他后来为官,一直还保留着这一习惯。

即使是在独处时,徐溥仍能自觉地严于律己,谨慎对待自己的一言一行。凭着这种持久的约束和激励,他不断地修炼自我,完善自己的品德,后来终于成为德高望重的一代名臣。

曾国藩在《诫子书》中写道:"慎独则心安,主敬则身强,求仁则人悦,习劳则神钦"。慎独是自律的最高境界。它能让一个人在独立工作、无人监督的时候仍然能够不被外物所左右,而是丝毫不放松自我监督的力度,谨慎自觉地按照一贯的道德准则去规范自己的言行,一如既往地保持道德自觉。

能够战胜自己的人,更令人钦佩

著名的京剧表演艺术家、麟派艺术的创始人周信芳,其唱功苍劲挺拔,浑厚有力,豪迈谐趣,深受观众喜爱。然而,在其表演艺术渐趋成熟、日臻完美的时候,一件意想不到的事情发生了:他嗓子哑了。

对一个以唱为主的须生演员来说,"倒仓"是一个致命的打击。为此,有的人不得不改行,有的人则靠耍花腔来遮丑。许多人都以为周信芳从此会一蹶不振,演唱生涯或将结束。然而,众人都想错了。周信芳并没有怨天尤人,而是一不气馁,二不取巧,决心闯出一条新路来。

他冷静地分析了自己的嗓音条件,经过反复思考,最后,决定在唱腔上讲究气势,学"黄钟大吕之音"。为此,他首先坚持不懈地下大力气练气,做到发声气足洪亮,咬文喷口有力;又特别在体会角色的思想感情方面努力学习,确切地表现出人物的性格和气质。

经过长期的钻研和探索,周信芳不仅没有受到"倒仓"的限制,反而形成了苍劲强烈、韵味醇厚的特色,创造了独树一帜的麟派艺术,让众人赞叹不已。

人生感悟

勃朗宁曾说:"一个人一旦打响了征服自我的战斗,他便是值得称道的人。"许多时候,一个人的优势往往是他的劣势,而劣势往往是他的优势。前提是,我们要学会从不同的角度观察事物。人们最大的失败,就是在没有行动之前,就给自己下了一个定论。其实,大可不必因为你现在处于劣势而烦恼,只要你努力,你一样可以将劣势转化为优势,让弱点成为闪光点。

有所节制,才能尽情释放

一天,梁实秋先生和朋友们一起吃饭。当熏鱼端上来时,梁先生说他有糖尿病,不能吃带甜味的东西;"冰糖肘子"端上来时,他又说不能碰,因为里面加了冰糖;"什锦炒饭"端上来时,他还是说不能吃,因为淀粉会转化成糖。

最后,当"八宝饭"端上来时,大家都猜他一定不会碰,没想到梁先生居然开心地说:"这个我要。"朋友提醒他说:"里面既有糖又有淀粉。"

梁大师则笑着说他当然知道,就是因为知道有自己最爱吃的"八宝饭",所以吃前面的菜时他才特别节制。

"我前面不吃,是为了后面吃啊。因为我血糖高,得忌口,所以必须计划着,把那'配额'留给最爱。"

许多伟大的人,都因为他们节制自己,集中力量在特定的事物上,才有杰出的成就。

人生感悟

卢梭说:"节制和劳动是人类的两个真正的医生;劳动促进了人的食欲,而节制可以防止他贪食过度。"在很多人看来,节制是一件痛苦、压抑的事,它意味着一个人的欲望被压抑。但梁实秋节制甜食一事,却让我们意识到节制生活中蕴含着睿智、美妙的体验。在生活中,我们只有在某一处有所节制,才能在另一处尽情释放。

控制冲动,愤怒之下要慎言

在林肯任总统期间,斯坦顿是美国陆军部长。有一天,斯坦顿来到林肯的办公室,气呼呼地对林肯说,有一位少将指责他护短,并且对他进行了人格侮辱。林肯平静地说:"是吗?这个家伙的确很可恶。你应该写一封尖酸刻薄的信回敬他,把他臭骂一顿才对。"

斯坦顿听了这话,立马就写了一封措辞强烈的信,然后拿给总统看。

林肯看了这封信后,连声叫好:"太好了,斯坦顿!就是这样,骂得他狗血喷头才叫过瘾,这样才能狠狠地教训他。"

但是当斯坦顿把信叠好装进信封时,林肯却叫住他:"你准备干什么?"

"当然是寄给他呀!"斯坦顿急不可耐地说。

"不要胡来,斯坦顿!"林肯大声说,"这封信不能发,快把它扔到炉子去。凡是生气时写的信,我都是这么处理的。这封信写得好,写的时候你已经解了气,现在感觉好多了吧?那么就请你把它烧掉,再写第二封信吧。"

人生感悟

著名学者周国平说:"在较量中,情绪激动的一方必居于劣势。""谨言慎行"自古以来就是我们的传统美德,特别是一个人在愤怒之下,更是要慎言。许多人往往无法克制自己的情绪,从而暴跳如雷、口无遮拦,但是在情绪波动过后,我们往往发现,愤怒不仅于事无补,还可能带来更加糟糕的结局。这正如西方的一句谚语:"愤怒的律师打不赢官司。"

对自己真实,才不会对别人欺诈

18世纪末,一个蓬头垢面、衣衫褴褛的英国小男孩在漆黑寒冷的大街上卖火柴,这时走过来一位绅士,小男孩拦住这位绅士,恳求道:"先生,请您买一包火柴吧。""我不买。"绅士回答道。说着,绅士躲开男孩继续走。"先生,请您买一包吧,我今天还什么东西也没有吃呢。"小男孩追上来说。

绅士看到躲不开男孩,便说:"可是我没有零钱呀。""先生,你先拿上火柴,我去给你换零钱。"说完男孩拿着绅士给的一个英镑快步跑走了,绅士等了很久,男孩仍然没有回来,绅士无奈地回家了。

第二天,绅士正在自己的办公室工作,仆人说来了一个男孩要求面见绅士。于是男孩被叫了进来,这个男孩比卖火柴的男孩矮了一些,穿得更为破烂。"先生,对不起了,我的哥哥让我给您把零钱送来了。""你的哥哥呢?"绅士道。

"我的哥哥在换完零钱回来找你的路上被马车撞成了重伤,在家躺着呢。"绅士深深地被小男孩的诚信所感动。"走!我们去看你的哥哥!"绅士去了男孩的家一看,家里只有两个男孩的继母在招呼受到重伤的男孩。

一见绅士,男孩连忙说:"对不起,我没有给您按时把零钱送回去,失信了!"绅士却被男孩的诚信深深打动了。当他了解到两个男孩的亲父母双亡时,毅然决定把他们生活所需要的一切都承担下来。

人生感悟

英国作家莎士比亚曾经说过这样的一句话:老老实实最能打动人。意思是说做人要老实,只有自己诚实,别人才会被你所打动。一个不具备诚实素质的人,最终只会落得个害人害己的下场。只有诚实,才能赢得别人的信任。所以,我们应该树立"言而有信,无信不立"的观念,养成诚实守信的好习惯,遵守诺言就像保卫自己的荣誉一样。

骄傲自满是自己亲手挖掘的陷阱

杨万里是南宋著名的诗人，他知识渊博，才华横溢，所写的诗，一直蜚声四方。但他为人很低调，一直非常谦虚。

江西有一个名士一向很自负。他常常说自己学识渊博，天下没有人胜得过他。后来，他听说杨万里很有名，非常不服气，决定给杨万里写一封信，说要亲自到杨万里的家乡——吉水去拜见他。杨万里早就听说这个人一贯骄傲得不得了，就给他回了一封信，说："我很欢迎您的到来，冒昧地向您提一个小小的要求，听说你们家乡的配盐幽菽非常有名，很想亲口尝一尝滋味，请您来时顺便捎带一点。"

那个名士拆信一看，不禁一下子愣住了。什么是配盐幽菽呀？自己从未听说过啊。他想了很久，也想不出什么东西，他又不愿意放下身份去问别人，只好自己在街上到处乱找，但找了很久也没有找到。后来，他实在想不出是什么东西，只好空着手来到吉水。他见到杨万里后，寒暄了两句就问："您信中提到的配盐幽菽是不是卖的地方比较偏僻，我找了很久也没有找到。实在抱歉！"

杨万里听了哈哈大笑起来："你们那里家家户户都有啊。"说着，他随手从书架上取下一本《韵略》，翻开当中的一页。名士接过来一看，上面明明白白地写着"豉，配盐幽菽也"一行字。他这才明白，原来所谓配盐幽菽，就是家庭日常食用的豆豉啊！豆豉是用黄豆或黑豆泡透、煮熟，再发酵后制作的食品，再配上盐，这道家常小菜的别名就叫配盐幽菽。

名士看了非常惭愧，他这才明白自己平日读书太少了。从此后，他再也不敢骄傲自大、目中无人了。

人生感悟

陈毅元帅曾说:"九牛一毫莫自夸,骄傲自满必翻车。历览古今多少事,成由谦逊败由奢。"做一个自律的人,一定要戒骄戒躁、虚心学习。我们要学会做人,学会求知,争取不断完善自己的人格和情操,使自己在社会生活中有更大的进步和收获。

遇事冷静,给自己留10秒钟的时间思考

周末,一个大型剧场为观众带来了一次惊心动魄的表演——高空走钢丝,并且没有任何保护措施。

只见一位技艺高超的走钢丝的演员,面带微笑地站在16米的高空中,小心地一步一步往前走,钢丝在颤抖着,可他的脚下就像有着吸铁石一般,抬脚、转身、倒走……一切动作都如行云流水一样顺畅。

突然,他在走到一半的时候停了下来,观众可能并没有发觉任何不对的迹象,但他的助手却马上意识到了他在上边可能遇到了麻烦,顿时紧张得手心里冒出了冷汗。经验丰富的助手知道,在这样的关键时刻决不能去打扰走在钢丝上的人,否则就会使对方分心,从而导致难以想象的后果。

因此,助手并没有向钢丝上的他问话,反而告诉身边的工作人员示意在场的观众保持安静。

时间一分一秒地过去了,台下的所有人都在为这位杂技演员悬着一颗心。突然,高空中的他开始向前挪步了,很快,动作又恢复了之前的

流畅。此时,台下响起了一片热烈的掌声。

表演结束后,回到地面的杂技演员紧紧握住了助手的手,说:"兄弟,谢谢你救了我一命。"助手问道:"天哪!我简直都快被你吓死了!你在上面到底发生了什么?"

杂技演员回答:"刚刚一阵微风吹过,屋顶上的灰尘掉进了我的眼睛里,我一下什么都看不见了,这对于站在16米高空的我来说简直是致命的。可我不甘心,我在等待命运之神的眷顾。我一分一秒地数着,绝望的泪水从我的眼中涌出,它带走了尘埃,带来了希望。你不知道,如果那时台下的你叫唤我,我一定依赖你的救助,也就流不出那绝望的眼泪了。是你救了我啊,兄弟。"

人生感悟

狄更斯说:"不管发生什么事,都要冷静、沉着。"我们的生活中总会出现意想不到的事情,此时,不要急躁,给自己留10秒钟的时间思考,先让剧烈跳动的心脏平静下来,然后发挥自己的理性思维,让阅历和经验来做主,把风险控制到最低,等待另一种命运的结局。

自省是一面镜子

一只乌鸦因为总是受到人们的歧视,非常伤心,于是打算搬家飞往南方。途中,它遇到了一只鸽子,于是一起停在了树上休息,鸽子疑惑不解地问:"你这么辛苦地搬家,要搬到什么地方去呀?"

乌鸦叹了口气,愤愤不平地说:"说实话,我在原来的地方已经住了好多年,那里有我喜欢的气候,还有我吃不完的食物,其实我也不想离开。我住的那片树林附近有一个村子,那里的居民都讨厌我的叫声,他们一听到我叫就仇视我,还撵我走,尤其有些小孩,他们经常用石子丢我,所以我想搬到别的地方去。"

鸽子带着同情的口气说:"不过,你唱歌的声音的确很难听,也怨不得人们都讨厌你,甚至还把你当成不吉祥的动物。其实,你只要改变一下你的声音,或者闭上嘴巴,不要唱歌,人们就会接受你。如果你不改变自己的叫声,即使你现在搬到另外一个地方,也是白费力气,那里的人们照样不会喜欢你的。"

人生感悟

季米特洛夫说:"要利用时间,思考一下一天之中做了些什么,是正号,还是负号,倘若是正号,则进步;倘若是负号,就得吸取教训,采取措施。"

在我们的生活中,有很多人,不论遇到什么事都会抱怨,把一切原因都归结到外界环境或者别人身上,却很少反省自己。那么,自己的人际关系不顺畅,或生活不如意,究竟是自己的因素,还是别人或者环境的因素?当我们能积极主动地反省自己,我们会发现,原来,一切都开始变得好起来了。

如果你指挥不了自己,也就指挥不了别人

爱因斯坦小时候十分贪玩。他的母亲常常为此忧心忡忡,再三告诫他应该怎样怎样,然而对他来讲如同耳边风。这样,一直到16岁的那年秋天,一天上午,父亲将正要去河边钓鱼的爱因斯坦拦住,并给他讲了一个故事,正是这个故事改变了爱因斯坦的一生。故事是这样的:

"昨天,"爱因斯坦父亲说,"我和咱们的邻居杰克大叔清扫南边工厂的一个大烟囱。那烟囱只有踩着里边的钢筋踏梯才能上去。你杰克大叔在前面,我在后面。我们抓着扶手,一阶一阶地终于爬上去了。下来时,你杰克大叔依旧走在前面,我还是跟在他的后面。后来,钻出烟囱后,我发现一件奇怪的事情:你杰克大叔的后背、脸上全都被烟囱里的烟灰蹭黑了,而我身上竟连一点烟灰也没有。"

爱因斯坦的父亲继续微笑着说:"我看见你杰克大叔的模样,心想我肯定和他一样,脸脏得像个小丑,于是我就到附近的小河里去洗了又洗。而你杰克大叔呢,他看见我钻出烟囱时干干净净的,就以为他也和我一样干净呢,于是就只草草洗了洗手就大模大样上街了。结果,街上的人都笑痛了肚子,还以为你杰克大叔是个疯子呢。"

爱因斯坦听罢,忍不住和父亲一起大笑起来。父亲笑完了,郑重地对他说:"其实,别人谁也不能做你的镜子,只有自己才是自己的镜子。拿别人做镜子,白痴或许会把自己照成天才的。"

爱因斯坦听了,顿时满脸愧色。

马来西亚有句名言:天上的繁星数得清,自己脸上的煤烟却

看不见。我们每个人都是独一无二的，都有着自己特有的禀赋和价值，若是我们能认识到这些，不仅能更加全面地完善自己，还能在不断提升自我的过程中，实现自我，真正成为自己。

辑三
世界上缺的不是观点
而是坚持

判断正确的人很多,坚持自己的人却很少

苏格拉底是位著名的哲学家。

有一天,有位弟子向苏格拉底请教:"怎样才能坚持真理?"

苏格拉底并没有直接回答这位弟子的提问,而是让大家都坐下来。他自己去屋外捡了一块苹果大小的石头。他手拿着这个石头,用一块黑布把石头盖上,慢慢地从大家身边走过,一边走一边说:"请大家注意集中精力,仔细嗅空气中的味道。"

绕着大家走了一圈后,他把盖着黑布的石头举起来晃了晃,问:"你们中间谁闻到了苹果的味道?"

有一位弟子立即举手回答说:"我闻到空气中有一股香甜的味道!"

苏格拉底摇摇头,然后他再次绕着大家走了一圈,不过这次他走得特别慢,还边走边叮嘱:"大家一定要集中精力,仔细嗅一嗅空气中苹果的味道。"

这时,其他同学就更集中精力,不敢轻易举手。过了片刻,苏格拉底再次从众弟子当中走过。他拿着石头,在每位弟子跟前停留片刻,然后又问道:"现在大家都闻到苹果的味道了吗?"

这一次,除了一位弟子外,其他弟子都高高地举起了手。苏格拉底微笑着看那位没举手的同学。可是那位弟子四处一瞅,看到大家都举手了,也赶紧举起了手。

苏格拉底失望地摇了摇头,脸上的笑容也不见了。他举起苹果左右摇晃了一下说:"非常遗憾,这不是一个苹果,而是石头,石头什么味

道也没有。"

我们总是考虑太多,却没有勇气坚持自己的判断,稍微受到质疑,便立即放弃自己的看法。他人的评论只不过是他站在自己的角度看问题罢了,你认为有道理就听,认为不正确就可以不理会,主动权应该掌握在自己的手里。如果对他人的评价看得太重,就必定会失去自我。

不设限的人生有无限可能

1796年的一天,一个很有数学天赋的18岁青年在德国哥廷根大学里吃过晚饭后,开始做导师给他单独布置的三道数学题,这也是他每天的惯例。

青年很顺利地就把前两道题做完了,而写在另外一张纸上的第三题却让他绞尽脑汁。这道题的要求是:只用圆规和一把没有刻度的直尺,画出一个正十七边形。时间一秒一分地过去了,青年还是毫无进展,无法得出正确的答案。

然而,这位青年人并没有因此而放弃。就这样,当窗外迎来第一缕晨曦时,青年人终于长舒了一口气,他把这道难题给解决掉了。

等到他把自己的答案交给导师时,青年自责地说:"我辜负了您对我的栽培,您给我布置的第三道题,我竟然做了整整一个通宵……"

导师接过他的作业一看，特别惊讶，同时也非常激动。导师用微颤的声音向青年问道："这真的是你自己按照题目的要求做出来的吗？"

导师的反应让青年觉得很诧异，但还是低着头回答说："是的。但是，我花了整整一个通宵才做出来。"

导师当即在书桌上铺开纸，取出圆规和直尺，请他坐下，并要求他当着自己的面再画出一个正十七边形。

于是，青年三下五除二地完成了。看罢，导师万分激动地对他说："你知道吗？你解开了一个有两千多年历史的数学悬案！牛顿没有解决，阿基米德也没有解决，而你竟然只用了一个晚上的时间就解出来了，你是一个真正的天才！"

直到7年后这位青年才知道，原来导师一直在试着解开这道难题，但是一直没有成功，那天导师是不小心将自己做的题目夹在了其他题目中。因为失误，才会把写有这道题目的纸条交给了他。

多年以后，这位青年由衷地感慨道："如果有人告诉我，这是一道有两千多年历史的数学难题，我可能永远也没有信心将它解出来。"这位青年就是被世人称为"数学王子"的高斯。

人生感悟

柏拉图曾指出："人类具有天生的智慧，人类可以掌握的知识是无限的。"很多事情不是我们做不到，而是因为我们常常喜欢给自己设限，认为自己做不到。自我设限的存在，让我们惧怕失败，不敢去尝试更高的目标。

挺起你的胸膛，别人才会正视你

曾经有一位挪威青年男子，为了报考巴黎音乐学院，独自一人来到法国。在考试的时候，尽管他已竭尽全力，但还是落榜了。

身无分文又饥饿难耐的青年男子迫于无奈，只好来到学院外不远处一条繁华的街上，在一棵榕树下默默地拉起了手中的琴。他的曲声悠扬婉转，不多久便吸引了无数路人驻足聆听。演奏结束后，饥饿的青年男子捧起了自己的琴盒。围观的人们见状，纷纷拿出钱来，轻轻地放在了琴盒里。

这时走过来一个无赖，他鄙夷地将钱扔在这位挪威青年的脚下。挪威青年望了望无赖，轻轻地弯下腰拾起地上的钱，并递给他说："先生，您的钱丢在地上了。"

可是无赖接过钱之后，又重新扔在青年男子的脚下，并且傲慢地说："这钱已经是你的了，你必须收下！"

挪威青年再次望了望无赖，不但没有表现出丝毫的愤怒，反而深深地对他鞠了个躬说："先生，谢谢您的资助！刚才您掉了钱，我弯腰为您捡起。现在我的钱掉在了地上，麻烦您也为我捡起！"

无赖被青年男子这一出乎意料的举动震撼了，羞得满脸通红。最终，他捡起了地上的钱，放入青年男子的琴盒中。

令人意想不到的是，在围观的人群中一直有一个人在默默关注着这个青年男子，而他就是考试时的那位主考官。青年男子的举动让他甚为感动，于是在围观的人群渐渐散去之后，他将这个孩子带回学院，并最终录取了他。

后来，这位青年男子成为挪威小有名气的音乐家，他的名字叫比尔·撒丁。

人生感悟

当你陷入生活最低谷的时候,会遭遇肆意践踏你尊严的人;当你处在为生存苦苦挣扎的关头时,会招致一些无端的蔑视。针锋相对的反抗往往会让那些缺知少德者变本加厉地报复,我们不如以理智去应对,以一种宽容的心态去展示并维护我们的尊严。

如果你坚持只要最好的,往往都能如愿

他在英国被誉为"莎士比亚第二",就连马克思也赞叹他为"杰出的小说家"。他就是著名的作家狄更斯。

在狄更斯很小的时候,有一次他和父亲外出游玩,他们经过肯德郡一处叫格德山庄的房子。狄更斯仰起头目不转睛地盯着房子看。

他的父亲看到儿子这么喜爱这所房子,张开宽厚的手掌抚摸着他的头,然后和蔼地对他说:"只要你努力,而且坚持不懈,总有一天你会走进这栋房子,并且拥有它。"狄更斯使劲地点了点头,牢牢地记住了父亲的话。

然而,因为种种原因,狄更斯的家境日渐穷困,债台高筑,一家人不得不离乡背井,迁居到伦敦。但移居未久,家里旧债未清,新债又来,他父亲最终被投入债务监狱。这时的狄更斯仅仅10岁,但他已是一群弟妹的大哥,因此,他不得不担起家长的责任。为了生活,狄更斯投靠到一个远房亲戚的作坊里学制皮鞋油。他的工作是包扎皮鞋油瓶,每星期得6个先令。过了一段时间以后,他的工作技巧非常熟练了,狄更斯的

雇主就把他作为广告,放在橱窗中,让过路人看他如何劳作,借以推销商品。附近的小孩跑来,一边吃着东西,一边把鼻子紧贴在玻璃上,看他劳作,就像看动物园里的猴子表演一样。

在他最困窘的时候,他仍然惦记着父亲的话和绿色的格德山庄。格德山庄始终是支撑他在逆境中坚持下去的一个梦想。

狄更斯为了实现这个梦想,拿起了笔,他把穷人的苦难生活栩栩如生地呈现在大众面前。他的第一部作品《匹克威克外传》在他年仅24岁那年问世。当他的长篇小说《雾都孤儿》问世后,他揭开了处于社会底层的人们哀苦无告的生活画面,创造出一个个善良而受侮辱的儿童形象,深深打动了当时英国的读者。

狄更斯36岁那年,他果真买下了格德山庄。1870年6月9日,他在自己理想的宫殿终老一生。狄更斯去世的消息传出时,居然有一个孩子大哭起来:"唔……狄更斯先生死了,那么,那么圣诞老人也要死了吗?"

丁玲曾说过:"人,只要有一种信念,有所追求,就什么艰苦都能忍受,什么环境也都能适应。"只要我们心中的信念不垮,任何贫困和苦难就都不能打倒我们,那么我们就能够实现自己心中的宏伟蓝图。

只要你认为是对的,就去坚持

1921年6月,以李大钊、马叙伦为首的北京八校教职人员索薪罢教,被反动政府强行镇压,引起了著名的"六三血案"。为表示支持,北京市的大、中学校联合会酝酿全市学生总罢课。清华学校学生会也积极响应,通过了举行无限期罢课的决议。

闻一多、吴泽霖他们是这一届的毕业班学生,一个月后就要举行毕业考试,大家都开始准备出国留学了。但大局当前,他们决定响应罢课,不去参加毕业考试。学校召开紧急会议,规定毕业班学生必须参加毕业考试,否则取消学籍,不给毕业证,这对毕业班学生来说是一个严峻的考验。

开始时大家都一气同声,但到了考试的前一天,全班分化成了两派。有一大半的同学没有顶住压力,参加了考试,而剩下的二十几个同学觉得既然参加了罢课运动,就不能为了自己的利益而半途退出行动,否则就是破坏罢课、分化学生运动、出卖清华学生会的荣誉。于是,闻一多、吴泽霖等人没有参加毕业考试,默默接受了处分,离开了学校,出国也因此无望了。

没想到,在同年8月,清华学校召开了董事会,对学校当局处分闻一多、吴泽霖等罢课学生很不满意。为了挽回学校的颜面,学校教务处给他们一个补救的机会,说只要交上一份悔过书,9月就可以回学校补习一年,第二年再毕业出国。

于是他们就聚到一块儿商量,征询大家的意见。闻一多坚持不肯写悔过书,一切等回学校后再谈。经过讨论,大家一致都没有写悔过书。后来学校没办法又做出了让步,说既然不愿意个人悔过,写一张集体悔过书也行。闻一多坚持认为自己行为本来就没什么错,集体悔过书也不能写。学校最后没办法,只得使悔过一事不了了之。后来又经过一年的学习，闻一多还是顺利地毕业出国了。

五月天有一首歌叫《倔强》，其中唱道："当我和世界不一样，那就让我不一样，坚持对我来说就是以刚克刚……我不怕千万人阻挡，只怕自己投降，我和我最后的倔强握紧双手绝对不放……"

人生中的很多事情，只要你认为是对的，就去坚持，不要在乎别人的眼光，不要受外界的影响。当你真正坚持到最后，无论这个结果是好是坏，都已经不那么重要。

短暂的激情是不值钱的

传说在很久很久以前，知了还不会飞，有一天它看到一只大雁在天空中自由地飞翔，十分羡慕，便央求大雁教它飞行。大雁见它很是诚恳，就答应了它。

大雁一步步地教它："你把翅膀抬起，用力扇动来练习力气，等你翅膀有力了，自然就会飞了。"知了开始还很努力地去扇动翅膀，但是几天后它就对这种单调的练习感到厌烦了，开始心不在焉。大雁看出了它的心思说："想要学习某样本领就要不怕苦不怕累，持之以恒，不要半途而废。"知了还是听不进去，大雁用了很多方法来激励知了，但是都没有效果，只能摇摇头飞走了。

知了依旧不会飞，它艰难地爬到树上，气喘吁吁，这时大树对它说：

"你学会了飞的本领,来我这儿就不费吹灰之力,而且可以飞遍整个森林,从这棵树飞到那棵树。"知了听了这话这才领悟过来,它厚着脸皮再次找到了大雁,希望可以再学一次飞行。大雁很好心地原谅了它,再次认真地教了起来,知了这次也是起早贪黑,不辞辛劳,终于,他的努力获得了收获,一个月后它学会了飞行,可以从这棵树飞到那棵树,能飞遍整个森林。它高兴地大叫起来,它成了世界上第一只会飞的知了。之后,它的子孙后代也学会了飞翔。

人生感悟

马云曾说:"短暂的激情是不值钱的,只有持久的激情才是值钱的。"一时兴起的热爱往往导致一事无成,但是当你拥有了坚持、耐心,你会发现一切都如同朽木,都会在你强大的心灵面前、在你强大的智慧之下灰飞烟灭。

不要被自己的意志打败

阿耶克塞耶维奇14岁的时候就参加了推翻沙俄反动统治的革命活动,在战场上出生入死,立下过不少战功。不幸的是,24岁的时候,他双目失明了,而且全身瘫痪。命运对他如此不公平。但是阿耶克塞耶维奇并没有向命运低头,他决定用笔作武器,把自己战斗的一生记录下来,以激励后人。于是,他把病床当成新的战场,夜以继日地挥笔疾书。凭借他巨大的毅力、顽强的斗志,他克服了重重困难,终于在1927年写成了《暴风雨所诞生的》一书。

更加不幸的事情发生了,原稿在邮寄中丢失了,这对他是多么巨大的打击啊!但是,他依然没有因此丧失勇气,而是决定一切从头开始,再次提笔写作。而这时,阿耶克塞耶维奇的双眼已经完全看不清东西了,两只手也只剩下肘能活动。经过三年努力,通过自己口述、他人听写,他终于完成了影响极为广泛的自传体小说《钢铁是怎样炼成的》,他就是奥斯特洛夫斯基,一个伟大的无产阶级战士,为人类的幸福而一直斗争着的勇士。

狄更斯说过:"顽强的毅力可以征服世界上任何一座高峰。"意志是一颗种子,当你充满斗志的时候,它就会发芽,成长,直至长成参天大树。但当你内心灰暗时,它会渐渐腐烂,直到化为虚无。顽强的意志会给你带来帮助,助你成长;怯弱的意志则只能让你失去信心,灰心丧气。

不要让你的梦想,死在黎明到来前的那个晚上

斯克劳斯的母亲是一位小小的裁缝,他在少年时代就受到母亲的影响而喜欢上了时装,并一直梦想着要成为一名出色的时装设计师。

他常常偷来母亲裁剪后的布的边角料,把它们拼凑起来,做成各种各样的小人衣服。然而那些有限的边角料是母亲做鞋底的材料,所以斯克劳斯常常会因此而遭到父亲的责备。

但是没有布就做不了衣服，斯克劳斯的创作欲望也无法得到满足。有一次，斯克劳斯看到父亲从自家的凉棚上撤下来一块废棚布，就高兴地捡了回去，为自己裁制了一件衣服。当他穿着自己做的衣服走在大街上的时候，看到的人都认为他是疯子，因为这种粗布在当时是专门用于盖棚的。

看到儿子如此痴迷于服装设计，母亲开始有所触动。于是她鼓励斯克劳斯去向当时的时装大师戴维斯请教。

刚满18岁的斯克劳斯带着自己设计的粗布衣服来到了戴维斯的时装设计公司。戴维斯的徒弟们看到他带来的衣服时，都忍不住大笑起来，因为他们从来没有看到过如此粗俗的衣服。

幸运的是，戴维斯还是让他留了下来。戴维斯鼓励并帮助他设计了大量的粗布衣服。然而没有人对这些衣服感兴趣，所以斯克劳斯设计的这些衣服全部都积压在了仓库里。

这时，戴维斯开始怀疑自己当初留下斯克劳斯的决定是个错误。但斯克劳斯仍然相信自己设计的衣服会受到人们的欢迎。在这个地方不行，那么他就到别的地方去试。于是，斯克劳斯试着将那些粗布衣服运往非洲。由于粗布价格低廉、耐磨，因此很受那里的劳工的欢迎，运去的衣服很快就被销售一空了。

这让斯克劳斯看到了希望，也增加了他继续设计的信心，后来斯克劳斯又将那些粗布衣服做成了适合旅行者穿的款式，一时间竟成了旅行爱好者的必备品。

接着，斯克劳斯又设计出了更多的款式。人们惊奇地发现，这种衣服不但男女老少、不分季节都可以穿，并且穿在身上还有一种很特别的感觉。一时间，人们开始争相购买斯克劳斯设计的粗布衣。如今这种粗布衣服已风靡全球，那就是以斯克劳斯与戴维斯为品牌的牛仔衣。

人生感悟

马云说:"今天很残酷,明天更残酷,后天很美好,但绝大多数人都死在明天晚上,看不到后天的太阳!"每个人都不希望自己的梦想死在黎明到来前的那个晚上,唯一办法就是——坚持不放弃。

金盏花的秘密

美国曾有一家报纸刊登了一则园艺所重金征求纯白金盏花的启事,高额的奖金让许多人趋之若鹜。但是在自然界,金盏花除了金色的就是棕色的,要培植出纯白色,简直就是一件难如登天的事,所以许多人没过多久就纷纷放弃了。

转眼20年过去了,一天,那家园艺所意外地收到了一封应征信和一粒纯白金盏花的种子。当天,这个消息就不胫而走,引起轩然大波。

寄种子的是一位老太太,她是一个地地道道的爱花人。20年来,她一直致力于培育出纯白的金盏花。为了这个追求,她不顾儿女的一致反对,义无反顾地去尝试、去坚持。

她撒下了一些最普通的种子并精心侍弄。一年之后,金盏花开了,她从那些金色的、棕色的花中挑选了一朵颜色最淡的并任其自然枯萎,以取得最好的种子。次年,她又把它种下去,然后,再从这些花中挑选出颜色更淡的花的种子栽种……日复一日,年复一年。

20个春夏秋冬过去了,她在那片花园中终于看到了一朵金盏花,不是接近于白色,也不是类似白色,而是真正的如银如雪的纯白。

人生感悟

　　成功最怕三心二意,一个人今天想开餐馆,明天想做代购,后天又琢磨着做英语培训,终将一事无成。你必须选准一个专业领域,朝着一个方向努力,如果能坚持10年甚至更长的时间,一定会成为这个行业内的权威专家。

耐心和持久,远胜过激烈和狂热

　　有一天,一位即将退休的著名推销大师被社会名流邀请在城中最大的体育馆中进行一场演说,传授一些成功的经验。

　　那天,整个会场座无虚席,人们都在焦急地等待那位大师现身说法。然而当大幕徐徐拉开后,所有的人都感到莫名其妙,因为舞台正中央吊着一个大铁球,而大师就站在旁边一言不发。

　　工作人员抬了一把大铁锤到台上,这时主持人邀请了两位年轻人到台上,告诉他们只要挥动这把铁锤去击动那个大铁球,大师就会私下给他们一些经验。

　　听到这些,两位年轻人感到很激动,只见其中一位不等主持人说完,就立刻拿起了大铁锤,使出全身力气向铁球挥去。只听"咣"的一声,铁球纹丝不动。年轻人不相信自己的眼睛,于是再次挥动大铁锤,可是几次下来,不仅铁球一动不动,他自己也气喘吁吁,只好放弃了。另一位年轻人也不甘示弱,但是他也失败了。所有人都不知道大师葫芦里卖的什么药,只能等大师解释。

大师一句话也没有说,只是轻轻地从上衣口袋里掏出了一把手掌大小的铁锤,然后在人们疑惑的目光之下,敲打起铁球来。一下,两下,三下……老人就那么持续地敲打着。

10分钟过去了,30分钟过去了,人们开始议论,许多人认为老人在故弄玄虚。有人干脆大骂大师名不符实,甚至有很多人愤然离席,会场也变得十分嘈杂。但是老人依旧在慢慢敲打着,有一些耐心的人留了下来。

一个小时过去了,突然人群中响起了一个声音:"动了,铁球动了!"所有的人都像从沉睡中醒过来一样,把目光集中在那个铁球上。这时老人仍在一锤锤地敲打着,人们可以很明显地看到铁球果然已经开始动起来,而且伴随着老人的敲打越荡越高,最后铁球竟然拉动着铁架子"哐哐"作响。所有人都被这一幕震撼了。

人群中响起了热烈的掌声。老人静静地转过身,默默地收起铁锤,面向着观众,意味深长地说出了整个演讲会唯一的一句话:"在成功的道路上,你如果没有耐心去等待成功的到来,那么你只好用一生的耐心去面对失败。"

人生感悟

矫健的骏马在开始时总是呼啸在前,然而漫漫长路上,最终能够抵达目的地的,却往往是充满耐心和毅力的骆驼。耐心是一切聪明才智的基础,对我们的人生也十分重要,正如培根所说:"耐心是高尚的秉性,坚韧是伟大的气质。无论何人,若是失去耐心,便失去了灵魂。"

有了愿望的石头,就能垒出梦想的城堡

一位叫薛瓦勒的法国人,他是一名乡村邮差,每天的主要任务就是徒步奔走在乡村的每一个地方送信。

有一次,当薛瓦勒兴致勃勃地赶路时,却不小心被一块石头给绊倒在地。薛瓦勒爬起来后,拍拍身上的尘土准备再走,可是他突然发现绊倒他的那块石头的样子十分奇异。他弯腰拾起那块石头,左看右看,便有些爱不释手了。最后他索性把那块石头放在了自己的邮包里。

当他到达村子的时候,人们看到他的邮包里除了信之外,还有一块沉重的石头,感到很诧异,大家好意地劝他:"把它扔了,你每天要走那么多路,这可是个不小的负担。"他却取出那块石头,得意地说:"你们谁见过这样美丽的石头?"人们都笑了,说:"这样的石头山上到处都是,够你捡一辈子的。"

赶了一天的路,他回家后疲惫地睡在床上,当他发呆的时候,脑海中突然迸发了一个念头:如果用这样美丽的石头建造一座城堡,那将会多么迷人。从那天开始,他每天在送信的途中寻找石头,每天总是带回一块,没过多久,他便收集了一大堆奇形怪状的石头,但建造城堡还远远不够。

为了能够每次多带一些漂亮的石头回家,他开始推着独轮车送信,只要发现他中意的石头都会往独轮车上装。从此以后,他再也没有过上一天安逸的日子。因为白天的时候,他不仅是一个邮差,还是一个运送石头的苦力,晚上他又是一个建筑师,他按照自己天马行空的思维来垒造自己的城堡。他这样拼命地盖城堡,几乎让认识他的人都感到不可思议,有的人甚至认为他的精神出了问题。

没想到,在接下来的二十多年里,薛瓦勒不停地寻找石头,运输石

头,堆积石头。慢慢地,在他的偏僻住处,出现了许多错落有致的城堡,当地人都知道有这样一个性格偏执、沉默不语的邮差,在干一些如同小孩子筑沙堡的游戏。

直到1905年,法国一家报纸的八卦记者偶然发现了这群低矮的城堡,这里的风景和城堡的建筑格局都令他叹为观止。他为此写了一篇介绍薛瓦勒的文章,文章刊出后,薛瓦勒迅速成为新闻人物。许多人都慕名前来参观城堡,连当时最有声望的毕加索也专程参观了薛瓦勒的建筑。

现在,这个城堡已成为法国最著名的风景旅游点,它的名字就叫作"邮差薛瓦勒之理想宫"。在城堡的石块上,薛瓦勒当年的许多刻痕还清晰可见,有一句话就刻在入口处一块石头上:"我想知道一块有了愿望的石头能走多远。"据说,这就是当年那块绊倒过薛瓦勒的石头。

人生感悟

当一块块石头有了愿望,它们就会垒成美丽的城堡,筑成一座座理想之宫。那么,当人有了理想,当思想有了河床,当灵魂有了归宿,照样会开出绚烂之花。每个人都有梦想,有些人实现了,有些人没有实现,而实现不了的那些人,往往是被困难给吓得退缩了。其实只要坚持、努力,梦想就一定会实现。

梦想是一块电池,你需要用它补充力量

有这样一名年轻人,他从小就将"成为一名出色的赛车手"作为自

己的梦想。有时候，他常常幻想自己开着赛车在路上一路狂飙，最后站在领奖台的最高处……

但是，很可惜，他并没有按照自己预期的计划成为一名职业赛手，而是去服了军役。在接受各种军事训练之余，对于赛车痴心不改的他，就在笨重的卡车上磨炼车技，这为他的车技打下了厚实的基础。

退役后，他靠着自己的驾驶优势在一个农场做司机，驾驶的虽然不是梦想中的赛车，但他就拿这份工作得来的收入去参加那些业余车队的训练和比赛。遗憾的是，几年过去了，他并没有获得像样的成绩，反而因为参赛开销太大而负债累累。

有一次比赛时，他原本很有希望获得好的名次，然而不幸的是，就在比赛进行到一多半的时候，他前面的两辆赛车发生了相撞事故，连他的车也被撞到了车道旁的墙壁上，并且车子还起了火。他的全身多处被烧伤，被送到医院后，经过7个小时的手术，他保住了性命，然而他的体表烧伤面积达40%，他的手萎缩得像鸡爪一样，医生说他以后再也不能开车了。

但他并没有因此而灰心绝望，他对自己说昨天已经成为过去，自己的未来正从明天开始。为了能够回到赛场，他积极接受一系列的植皮手术。他每天忍着钻心的疼痛，用那双不完整的手不停地练习抓木条，就是为了恢复自己手指的灵活性。

在最后一次手术做完之后，他仍然坚持回到农场去开推土机，他想用这种方法使自己的手掌重新磨出老茧，以便可以继续练习赛车。

凭着良好的心态和过人的毅力，在距离上次事故仅仅9个月的时间，他就重新返回了他热爱的赛场，并在一次全程200英里的汽车比赛中荣获第二名。

又过了两个月，在上次发生事故的那个赛场上，他赢得了250英里比赛的冠军！他就是美国颇具传奇色彩的伟大赛车手吉米·哈利波斯。

人生感悟

林语堂曾经讲过:"梦想无论怎样模糊,总潜伏在我们心底,使我们的心境永远得不到宁静,直到这些梦想成为事实才止;像种子在地下一样,一定要萌芽滋长,伸出地面来,寻找阳光。"对于那些真正有梦想的人,任何困难和挫折都无法阻挡他们前进的脚步。

当你熬走了所有人,胜利就会属于你

很多年前,一个富有的农场主和仆从一起来到自家的谷仓巡视,一不小心将一块名贵的金表掉在了谷仓里,当他发现丢了后赶紧回到谷仓里找了半天,最后也没有找到。

那块表不仅很名贵,还是他妻子送的。所以,这位农场主非常舍不得自己的那块金表,他想找人帮忙寻找,就在自己的农场门口贴了一张告示:如果谁能够从谷仓里面找出金表,那么谁就能拿到100美元的赏金。

这样的好事自然吸引了很多人前来寻找。他们卖力地在谷仓里面四处翻弄,可是谷仓里面满是谷粒和稻草,在这里面要想找到一块金表无异于大海捞针,这100美元真是太难赚了,于是,很多人都放弃了。

最后,只剩下一个穷人家的男孩在众人走后仍不死心地继续找着。他已经整整一天都没有吃饭了,他特别想得到那100美元,因为这100美元能够解决家里一个月的生活开支。小孩心里越急越无法找到,这时候天已经开始黑了,如果再找不到他只能回家了。

男孩在稻草上坐了下来,他在想用什么方法能找出金表来。就在这时,他发现当四周安静下来后,有一个奇特的声音,那声音"嘀嗒,嘀嗒"不停地响着,正是那只金表。小孩赶紧屏住呼吸,向那个声音走去,不一会儿,他就找到了金表,拿到了100美元,高高兴兴地回家去了。

人生感悟

俄国作家陀思妥耶夫斯基说过:"起初热心的人很多,而不久就冷淡下去,撒手不做了,因为他已经明白,不下一番苦功夫是做不成的,而只有想做的人,才忍得过这番痛苦。"当你认准了某件事时,就坚持做到底,直到把所有同你竞争的人全部熬走时,机会就会悄然而至。

当你的才华配不上梦想时

晗昱对康康说:"我要离开这个公司。我恨这个公司!"

康康建议道:"我举双手赞成你辞职!对这样的破公司一定要给它点颜色看看。不过你现在离开,还不是最好的时机。"

晗昱问:"为什么要这么说呢?"

康康说:"如果你现在走,公司的损失并不大。你应该趁着在公司的机会,拼命去为自己拉一些客户,成为公司独当一面的人物,然后带着这些客户突然离开公司,公司才会受到重大损失,非常被动。"

晗昱觉得康康说得非常在理，于是他努力工作，事遂所愿，半年多的努力工作后，他有了许多忠实客户。

再见面时康康问晗昱："现在是时机了，要跳赶快行动哦！"

晗昱淡然笑道："老总跟我长谈过，准备升我做总经理助理，我暂时没有离开的打算了。"

其实，这也正是康康的初衷。

没能力跳槽，就要忠诚。职场中，任何业绩的质变都来自于量变的积累。只有付出大于得到，让老板真正看到你的能力大于位置，才会给你更多的机会替他创造更多利润。你每一次发奋努力的背后，必有加倍的赏赐。

辑四

没有人能为你的未来买单

没人推荐你,你就自己推荐自己

李开复曾跟人说起过这样一件事情:

我接手了一项极为重要但又缺乏资源的项目,正当我考虑要怎么把它做好时,我很意外地收到了一封毛遂自荐的信。这封信来自一位在微软技术支持中心工作的经理。

她在信中说:"虽然我没有这方面的经验,但是我曾在多个部门工作,而且学习很快。我愿意用我自己的时间帮你把这件事情做好。我不需要酬劳,我也不是申请工作,我只是希望为中国做点事情。你选择我没有风险,因为我至少可以把每个细节都帮你想清楚,这样可以节约你的时间。"

我当时怎么也不会想到要把这个工作交给一位业余而又没有相关经验的人来做。事实证明,我的选择是对的。她把这件事情做得非常好,微软后来3年中提供给中国的外包业务量增加了3倍。

后来,微软亚洲研究院有一个很好的工作机会,沈向洋院长要我推荐人选,我想到了这位多才多艺的志愿者。她就是今天微软亚洲研究院高校合作部总监宋罗兰。

人生感悟

敢于举荐自己的人,总会抓住每一个能锻炼自己、提高自己的机会,他不仅相信自己可以胜任这个任务,而且会做得很好。

有着这样一种强烈的自信心，还怕他会完成不好任务、受不到重用吗？

你优秀，是因为你认为自己优秀

杰克非常喜欢玩棒球。一天，他头戴球帽，一手拿着球，一手拿着棒，全副武装地来到自家后院。

"我是世界上最棒的打击手！"他充满信心地喊道。他把球往空中一扔，用力挥棒，但却没有打中。他毫不气馁，又往空中一扔，大喊一声："我是最厉害的打击手！"

他再次挥棒，可惜又落空了。

他愣了半晌，仔仔细细地将球棒和棒球检查了一番。

他站了起来，又试了一次，这次他仍告诉自己："我是最杰出的打击手！"

然而他第三次尝试又落空了。

"哇！"他突然跳了起来，"原来我是一流的投手！看我投的球，都能让人接不住。"

杰克大声叫着告诉他的妈妈："妈妈，我会成为一个最棒的打击手的。因为做过一流的投手之后，我就要做一流的打击手了。"

我们要时刻保持自信，在任何情况下，都不必显出羞愧、尴

尬或压抑的样子，正如罗斯福夫人所说的："没有你的同意，谁也不能让你觉得自己差人一等。"你只有先相信自己，然后别人才会相信你。

别在想象中把困难放大

琼斯刚大学毕业就考入了《明星报》任记者。一天，上司交给他一个任务：采访大法官布兰代斯。琼斯大吃一惊，道："我去单独采访他？我们又不认识，这怎么可能！"

在场的一个记者立即拿起电话打到布兰代斯的办公室，与大法官秘书通话说："我是《明星报》新闻部记者琼斯，我奉命访问法官，不知他今天能否接见我呢？"待听到对方回答后，他又说："好，谢谢你。明天1点15分，我准时到。"

同事放下电话，对琼斯说："你的约会时间安排好了。"

多年以后，昔日羞怯的琼斯已成了《明星报》的台柱记者。回顾此事，他仍觉得刻骨铭心："从那时起，我学会了单刀直入的办法，做来不易，但很有用。而且，第一次克服了心中的畏怯，下一次就容易多了。"

困难在想象中常常会被放大一百倍，实际上，"黑云压城"不过是掩饰外强中干的手段。正如里希特在《长庚星》中所言："苦难有如乌云，远望去但见墨黑一片；然而，身临其下时，你

会发现它不过是灰色而已。"

你的人生，凭什么交给别人选择

芒提·罗伯兹在很小的时候，就跟着他那当驯马师的父亲一起流浪着生活。有一次，老师布置了一篇作文，要每个孩子写出自己的梦想。

他花了很长时间来写这篇作文。在长达7页的文章中，他详细叙述了他的远大理想。他说，将来他希望能拥有一座属于自己的牧马场。不仅如此，他还绘制了一张占地达200英亩的牧马场的图纸，并打算建造一栋占地4000平方英尺的大房子。

第二天，老师把他叫到办公室，说："你的这个理想，简直就是白日做梦。这样吧，你重新写一个比较切合实际的理想，我会重新给你打分的。"

一个星期后，小男孩将没有做任何改动的作文交给老师。他说："尽管您可以继续给我零分，但是，我也绝不放弃我的梦想！"

许多年过去，芒提成了一座200英亩的牧马场的主人，并建造了一栋占地4000平方英尺的大房子。直到今天，他还保留着那篇中学时写的作文，并且把它镶在镜框里，挂在壁炉的上方。他告诉人们：无论多么困难，都请不要让任何人偷走你的梦想。

梭罗说过，他希望世界上的人越不相同越好，每一个人都能

谨慎地找出并坚持自己的活法，而不是简单地抄袭和模仿他父亲或母亲的，或是邻居和别人家孩子的生活方式。一个圆能画出多少条半径，人生就有多少种活法。为什么我们总要去尾随着别人的路线，亦步亦趋地走钢丝呢？只有走在自己热爱的路上，我们才能用尽力量。

穷人缺的不是钱，是野心

年轻的巴拉昂是一位以推销装饰肖像画起家的媒体大亨。在短短10年的时间里，他迅速进入了法国前50位的富翁之列。1998年巴拉昂因前列腺癌在医院去世。临终前，他留下遗嘱，遗嘱中有一个问题，只要谁能揭开谜底，就将获得一笔巨额的专项资金。

巴拉昂通过法国《科西嘉人报》刊登了他的遗嘱。他说，以前的我是一个穷人，死去的时候却变成了一个亿万富翁。而我能赚这么多钱有一个秘诀，我不想把这个秘诀带走，现在秘诀就锁在我在法兰西中央银行的保险柜内，我的律师和我两位代理人帮我保管着保险柜的3把钥匙。只要谁能揭开我的成功秘诀，就能得到我的祝福。当然，那时我已经无法为他的睿智而欢呼，但是他可以从那只保险箱里荣幸地拿走100万法郎，那就是我给予他的鼓励。

遗嘱公开面世之后，很多读者积极地参与到了这个竞猜之中，《科西嘉人报》每天都能收到大量的信件，其中的答案也五花八门。

很大部分人觉得，穷人不就是缺钱吗，除此之外还能缺少什么？还有一部分人认为，穷人其实最缺少的是机会，一些人能够一夜暴富，就是因为遇到了好的机遇。另一部分人认为，穷人最缺少的是政策的支持和领导的关爱，每个党派在上台前，都给失业者大量的许诺，然而他们一旦当选，又有几个政客真正关心那些穷人呢？另外还有一些人的角度很特殊，她们觉得，穷人最缺少的是美貌，是名牌的外套，是宽敞的别墅……总之，答案是无奇不有。

很快一年过去了，当人们都等得迫不及待时，律师按他生前的交代，在巴拉昂的逝世周年纪念日那天，由公证处的工作人员打开了那只保险柜，揭晓了问题的答案，在总共5万多封来信中，只有一位叫蒂勒的小姑娘猜对了巴拉昂的秘诀。她认为：穷人最缺少的是野心。

在颁奖那天，《科西嘉人报》的记者问出了大众的心声，"为什么想到是野心，而不是其他的答案？"年仅9岁的蒂勒答道："每次我姐姐把她11岁的男朋友带回家时，总是警告我说：'不要有野心！不要有野心！'我想，也许人只要有了野心就可以得到自己想得到的东西。"

巴拉昂的谜底的揭晓和蒂勒富有深意的回答经过众多媒体的报道后，引发了巨大反响。一些创业成功的年轻富翁和好莱坞的新贵们在接受记者关于这个话题的采访时，也都毫不掩饰地承认：野心是永恒的生命动力，是所有奇迹燃烧的火种。

人生感悟

野心是人类挑战自身惰性时的一种积极的心理状态，是面向一切看似不可能的事情时勇于问一句"谁说我不行"的勇气。一个人必须有野心，才能得到想要的东西，如果连想都不敢，那么这个人不要提赢了，连输的资格都没有。一个有野心、不断向着目标前进的人，整个世界都会为他让路。

困难和障碍，是上天的另一种恩赐

凯瑟琳·格雷厄姆出生在美国纽约一个富裕的家庭里，她的丈夫菲利普·格雷厄姆是《华盛顿邮报》的发行人。可是天有不测风云，正在《华盛顿邮报》经营得如火如荼时，菲利普却患上了严重的精神抑郁症，没过几年就因为不能忍受病痛的折磨开枪自杀身亡。

面对这一局面，做惯了家庭主妇的凯瑟琳一下子不知道何去何从，当时所有人都认为凯瑟琳会把报社卖给别人。出人意料的是，凯瑟琳不仅没有把报社卖掉，还很快就站出来，接过了报纸的管理大权。她开始努力学习新闻的基本业务和经营手段，并用女性特有的爱心和无私作为管理的核心，广泛征求意见，任用比自己更优秀的人才，并向他们虚心请教。

当她听说报社下属机构《新闻周刊》有个叫布拉德利的人非常优秀时，便立刻约见布拉德利，并礼貌地询问布拉德利对什么职务感兴趣。布拉德利半开玩笑地说："如果邮报总编的位子让出来的话，我愿意去补这个缺。"让布拉德利没想到的是，凯瑟琳居然真的让布拉德利掌管了报社的总编辑大权！布拉德利见自己的这个玩笑竟然被凯瑟琳当真了，震惊之余便下定决心要努力工作。而《华盛顿邮报》也在他的带领下开始走向振兴。

1972年6月，有消息称5名男子因私自闯入民主党全国总部所在地水门饭店而被捕。当时的绝大多数媒体都没把这个消息当回事。然而《华盛顿邮报》却敏锐地嗅到了大新闻的味道，并开始对此事进行深入的调查。后来他们发现，这件事的真相竟是共和党政府为了破坏民主党的竞选活动而想要在民主党总部安装窃听器，结果被人识破。很快《华盛顿邮报》便对此做了追踪报道。几个月后，尼克松总统因此事被迫辞职。《华盛顿邮报》因为这一系列的报道而获得了当年的普利策奖,并重新确立了自己的地位。

凯瑟琳在掌管《华盛顿邮报》期间,采取了一连串开源节流的措施以节省成本。然而她的部分举措却招来了印刷业工会的不满,印刷厂和广告部门的工人决定用罢工来表示抗议。

他们火烧了《华盛顿邮报》印刷厂,部分罢工者还袭击报纸采编人员,这使得罢工第一天的报纸无法刊印出版。凯瑟琳命人用直升机从报馆天台将版样运到邻近州府的印刷厂印刷,同时派人去接洽广告合作甚至操作印刷机。经过长达5个月的谈判,罢工潮终于平息。而《华盛顿邮报》在凯瑟琳的冷静领导下,成功地在罢工潮中将损失降到了最低限度。

亨利·基辛格非常钦佩地评价她说:"她的传奇是一种智慧、勇气和高质量生活的象征,她是一个不可替代的人。"

人生感悟

　　人的成长实则是堆砌在困难之上,纵观古今中外的伟人,他们都是将困境踩在脚下的人。罗曼·罗兰有句名言:"人免不了遇到障碍,然而障碍会创造天才。"困难是上天给予人生的另一种恩赐,它磨砺和美化了人的个性,教给人以耐心和不屈,提升出最深邃和最高尚的理想。

人生如纸，关键在于你对纸的态度

期末考试过后的一天，班里的一个同学因为各门功课都考得一塌糊涂，所以情绪失落，在哲学课上无精打采。他的异常引起了教授的注意。

于是，教授故意把他从座位上叫了起来，顺手拿起一张纸扔到地上，问他："这张纸有几种命运？"

或许是因为心不在焉，或许是因为惊慌，那位同学愣了好一会儿才慢悠悠地回答："扔到地上就变成了一张废纸，这就是它的命运。"

教授不禁皱起了眉头，显然这并不是他想要的答案。教授又当着全班人的面在那张纸上踩了几脚。然后，教授又请这位同学回答这张纸片有几种命运。

"都脏了，还有什么用呢？"这个同学很是惋惜地说。

教授没有说话，捡起那张纸，把它撕成两半扔在地上，然后，心平气和地请那位同学再一次回答同样的问题。

教授的行为让这位同学很是糊涂，他红着脸回答："这下纯粹变成了一张废纸。"

教授没再说话，而是不动声色地拾起撕成两半的被踩脏了的纸，挥笔画了一匹奔腾的骏马，而刚才的脚印恰到好处地变成了骏马蹄下的原野。

骏马驰骋田野，充满野性的张力，让人浮想联翩。

最后，教授举起画问那位同学："现在请你回答，这张纸的命运是什么？"

那位同学看到纸上骏马，脸色明朗起来，干脆利落地回答："您给一张废纸赋予了希望，使它有了价值。"

教授缓缓说："大家都看见了吧，起初并不起眼的一张纸片，我们以消极的态度去看待它，就会使它变得一文不值。我们再使纸片遭受更多的厄运,它的价值就会更小。但如果我们以积极的心态对待它,给它一些希望和力量,纸片就会起死回生。一张纸片是这样,一个人也一样啊。"

　　一张纸片可以变成废纸扔在地上,被我们踩来踩去;也可以折成纸飞机,飞得很高很高,让我们仰望。一张纸片尚且有多种命运,更何况我们呢?关键就在于我们自己的心态,如果我们能够对自我和生活做出积极的、实事求是的评价,那么,就可以不断塑造自己的品格,使我们的人生变得更加美好。

可以拯救你的,永远都是你自己

　　曾经有一个经理,他把全部财产投资在一种小型制造业上,却由于世界大战爆发,无法取得工厂所需要的原料而破产。他的心血全部付诸东流,为此他也变得一蹶不振。看着自己消极厌世的状态,无可奈何的他离开了妻子和儿女,成为一名流浪汉。

　　然而,一次偶然的机会,他捡到了一本名为《自信心》的书。这本书给他带来勇气和希望,他决定找到这本书的作者,请作者帮助他再度站起来。

　　他历经千辛万苦终于找到了这本书的作者。等他激动地讲完自己的故事后,那位作者却对他说:"我已经以极大的兴趣听完了你的故事,我希望我能对你有所帮助,但事实上,我却绝无能力帮助你。"

听完作者的话后，流浪汉的脸立刻变得苍白。他低下头，自言自语地说道："我这辈子算是真的完蛋了！"作者停了几秒钟，然后说道："虽然我没有办法帮你，但我可以介绍你去见一个人，他可以协助你东山再起。"流浪汉立刻跳了起来，激动万分地抓住作者的手，说道："看在老天爷的分上，请带我去见这个人。"

于是，作者把他带到一面高大的镜子面前，用手指着镜子说："我介绍的就是这个人，在这世界上，只有这个人能够使你东山再起。"他朝着镜子向前走几步，用手摸摸他长满胡须的脸孔，对着镜子里的人从头到脚打量了几分钟，然后退几步，低下头，开始哭泣起来。

几个月后，作者在街上再次碰见了这个人，他的步伐轻快有力，头抬得高高的。他从头到脚打扮一新，看起来很成功的样子。

"那一天我离开你的办公室时还只是一个流浪汉，我对着镜子找到了我的自信。现在我找到了一份年薪 3000 美元的工作。"他还幽默地对作者说，"我正要前去告诉你，将来有一天，我还要再去拜访你一次。我将带一张支票，签好字，收款人是你，金额是空白的，由你填上数字，因为你介绍我认识了自己。"

人生感悟

菲茨杰拉德曾经感叹道："在我们 18 岁的时候，信念是我们站在上面眺望的山头，但是到了 45 岁，我们的信念就成了藏身的山洞。"你还在期望他人的帮助，或者等待幸运女神的"眷顾"吗？别再等待了，可以拯救你的，永远都是你自己，也只有你，才能把握自己的命运。

自己的人生,何必让他人左右

有一次,一群蟾蜍比赛爬上一座高塔。

有许多人聚在高塔周围观看。他们不相信参赛的蟾蜍能登上塔顶,于是大声喊:"别费劲啦!你们这些蟾蜍是不可能到达终点的!"

听到这些话,一些蟾蜍开始退出比赛,但还有一些蟾蜍始终在坚持,向塔顶不断前进。

观众们仍旧在喊:"别费劲啦!你们这些蟾蜍是不可能成功的!"参赛的蟾蜍们听见人们这样说,渐渐失去了信心,最后纷纷放弃了比赛,只有一只蟾蜍还在默默地向上爬,而且越爬越有劲,竭尽全力到达了终点。

放弃比赛的蟾蜍都很好奇,想知道这只蟾蜍是如何坚持下来的。

后来,它们发现,原来这只蟾蜍是个"聋子"!而这只蟾蜍一直以为那些人是在为自己加油打气。

人生感悟

戴尔·卡耐基说:"人最大的弱点,就是太看重别人的看法和反应,顾虑重重,将本来挺简单的事情倒办得复杂化了。"一个人想主宰自己的人生,就要坚持走自己的路,无须理会旁人异样的目光。如果有人说你无法实现自己的梦想,那么就"装聋作哑"吧!

时机到来时,应该主动出击

白宫里曾经有一名撰稿人叫布罗斯,在白宫工作的撰稿人可以说是一个十分特殊的群体,美国的大部分市政文件和领导人的演讲稿都是他们起草、修改、润色完成的。因此也可以说他们就是国家形象的代表。也正是因为这样,撰稿人的选拔程序十分严格,在他们的内部也按资历分成森严的等级。

然而布罗斯却是个异类。22岁的布罗斯在第一次进入白宫时,他那种特立独行的性格和一头格外扎眼的红发,在工作人员当中引起了一阵不小的骚动。

当初来乍到的布罗斯向上司陈述自己的意见时,他独到的见解并没有得到上司的认同。同事们对他也是冷嘲热讽。在好友的劝说下,布罗斯逐渐收敛起自己张扬的行事作风,他开始变得沉默寡言,但是他在自己的心灵深处始终没有放弃希望。

2005年,前国务卿鲍威尔辞职,这让白宫的撰稿人一时感到惶恐不安。谁也不敢说自己一定能继续留在白宫,因为他们都深知"一朝天子一朝臣"的道理。

果然,没过多久,新任国务卿赖斯就召集大家开会。出人意料的是,赖斯明确表示她只是想听听众人对撰稿的意见,自己并不打算裁员。吃了定心丸的撰稿人又恢复了保守沉默的本性,没有人站出来说一句话,沉寂的会议室里甚至有人打起了瞌睡。

赖斯对此非常失望,就打算结束这次无聊而又浪费时间的会议,这时候却有人高高地举起了手,表示自己有话要说。大家一看是这个红头发的叛逆青年,就开始哄堂大笑起来。在大家都想着他这次又会有什么惊人之举的时候,布罗斯略显慌乱而拘谨地陈述了自己的意见。

虽然他的点子中没有多少创意,但这个勇敢的年轻人还是给赖斯留下了深刻的印象。会议结束后,赖斯对自己的助手交代说:"帮我注意一下这个红头发的孩子。"

布罗斯没过多久便从众多的撰稿人中脱颖而出,一篇篇文章展现着他独到的见解。在赖斯担任国务卿期间,布罗斯成了赖斯不可或缺的得力助手,同时也是白宫最年轻的高级顾问。

正如一位美国大企业家说的:"生产了好的商品,而不去宣传它,就不能招来顾客,得不到人们的承认。"一个人的一生里机遇并不是很多,错过一个就不知道下一个什么时候才能到来。因此,当有机会让你展现的时候,一定要勇敢地站出来。

只要你想,你也能飞起来

多年前,一位贫苦的牧羊人领着两个年幼的儿子以替别人放羊来维持生活。

有一天,他们赶着羊来到一个山坡。这时,一群大雁鸣叫着从他们的头顶飞过,并很快消失在远处。牧羊人的小儿子问父亲:"大雁要往哪里飞?""它们要去一个温暖的地方,在那里安家,度过寒冷的冬天。"牧羊人说。他的大儿子眨着眼睛羡慕地说:"要是我们也能像大雁一样飞起来就好了,那我就要飞得比大雁还要高,去天堂,看妈妈是不是在那里。"小儿子也对父亲说:"做个会飞的大雁多好啊!那样就不用放羊了,可以飞到自己想去的地方。"牧羊人沉默了一下,然后对两个儿子说:"只要你们想,你们也能飞起来。"

结果,两个儿子试了试,没有飞起来。他们用怀疑的眼神瞅着父亲。牧羊人说:"让我飞给你们看。"于是他飞了两下,也没飞起来。牧羊人肯定地说:"我是因为年纪大了才飞不起来,你们还小,只要不断努力,就一定能飞起来,去想去的地方。"儿子们牢牢记住了父亲的话,并一直不断地努力,后来他们果然飞起来了。他们就是发明了飞机的莱特兄弟。

松下幸之助说过,"在荆棘道路上,唯有信念和忍耐能开辟出康庄大道。"信念的力量就如同种子的力量。种子只要在环境许可的情况下,总会生根发芽,破土而出。一个人只要强烈地、坚持不懈地追求,他就能达到目的。

如果你自己不愿意,那就不要做

在公众的眼里,曾任美国国务卿的希拉里向来是女性独立自信的榜样,因为她有很强的适应新环境的能力,而且不管遭遇什么困难,她总能克服,并最终成功掌握自己的人生方向。

一次,杰奎琳邀请希拉里出海游玩。在游艇上,其他人都爬到离水面十多米高的甲板上兴致勃勃地跳水,并怂恿希拉里也试一试。希拉里虽然心里并不乐意，但是人们又吹口哨又鼓掌，她只好硬着头皮，十分不情愿地顺着梯子往甲板上爬，心中还暗自懊恼："我为什么被卷进来了？"

当她无奈地站在甲板上时，人们又齐声喊："快往下跳，快！"这时，杰奎琳发话了："希拉里，你不要听他们的！只要你自己不愿意跳，不管别人怎么说，你都不要跳。"

希拉里瞬间清醒过来，对杰奎琳喊道："你说得对！"说完，希拉里便从甲板上下来了。希拉里认识到：尊重自己的意见比什么都重要。

有一段时间，媒体大肆攻击希拉里，说她的发型和化妆多么糟糕："第一夫人的发型不符合传统总统夫人的风格，有损于总统形象。"面对这样的舆论，希拉里的自信心遭受了严重的打击。

希拉里找到曾经身为"第一夫人"的杰奎琳诉苦，她说："我已经筋疲力尽了，太累了，我是不是应该向舆论屈服？"杰奎琳断然回答："不，你应该做你自己。希拉里，如果你完全按照别人的意见行动，别人就会按照他们自己的意志判断和决定你。这样一来，别人的想法必定会对你的信心和判断力产生巨大的影响。"

希拉里听从了杰奎琳的忠告，用自己的人格魅力赢得了更多人的认可，媒体最终也停止了对她的攻击，希拉里又重新找回了自己的自信。

她不仅仅是在应对媒体上表现出自己的个人主见，作为总统的参谋，每当希拉里要做出艰难的政治性决断时，她都忠实地履行"不要被别人的意志动摇，一定要相信自己"的信条，这也使她最终成了美国历史上最"铁腕"的"第一夫人"。

莎士比亚曾说过："人们可以支配自己的命运，若我们受制

于人,那错不在命运,而在我们自己。"相信自己对于一个人的事业发展简直是奇迹,有了它,你的才智可以取之不竭。相反,如果一个人没有自信,过分依赖别人,那他的一切都会掌握在别人手里。因此,一个人要想成功,就必须要靠自己,找到自己的路。

先相信自己,然后别人才会相信你

希腊著名哲学家苏格拉底临终前要求他的得力助手在半年内给他找一位最优秀的人来继承他的思想,助手点头答道:"好的,我知道您思想的光辉只有最优秀的人才能很好地传承下去。"

苏格拉底说:"是的。我需要的最优秀的人要非常有智慧,还要有绝对的信心和非凡的勇气。可是,这样的人我到目前为止还没有找到,你能帮我找一位吗?"

助手很快应承下来。然后,助手就开始了大海捞针一般的寻找。他不辞辛苦地走过很多地方,找到很多有智慧、有勇气的人。可是,他们最后都被苏格拉底否决了。直到苏格拉底病入膏肓,他最得力的助手依然没有找到那个"最优秀的人"。

苏格拉底看着助手眼底的愧疚,想最后一次点化他,就硬撑着坐起来,拉着他的手说:"辛苦你了!不过,你找来的那些人在我看来还不如你优秀。"他的助手听后更加愧疚地说:"我一定更加努力地去寻找。即使走遍全世界,我也要把那位最优秀的人找到。"苏格拉底听后,失望地摇摇头,不再说话。

苏格拉底的病情一天比一天加重,而那个最优秀的人还是没有找到。他的助手又伤心又羞愧:"我真对不起您,直到现在也没有找到那个最优秀的人,令您失望了。"

苏格拉底撑着最后一口气说:"失望的是我,对不起的却是你自己啊!"他喘了喘气,接着说道:"最优秀的人其实就是你自己。可是你不敢相信自己,最终把自己耽误了……"说完,他就永远地闭上了眼睛。而他的助手默默地流下了悔恨、伤心的泪水。

助手因为不敢相信自己就是那个最优秀的人,白白失去了一个获取成功的最好机会。现实中有很多人像那个助手一样,只看到别人身上的优点,却看不到自己身上的优点,在机会面前否定自我,不敢进取,自甘沉沦,最后和成功失之交臂。

人生感悟

> 自信是成功的第一秘诀。深窥自己的心,而后发觉一切的奇迹在你自己。任何人都应该有自尊心、自信心、独立性,每个人都有自己的位置,每个人都能找到自己的位置,发出自己的声音,踏出自己的道路,做出自己的成就。

每个人都是自己命运的建筑师

欧洲有一位艺术家,要画一幅耶稣的画像。由于耶稣是上帝的儿子,代表着神圣的形象,应该画得庄严肃穆,因此这位画家便四处寻找一位相貌很好的模特儿,并且完成了这幅千古佳作,受到举世的赞扬。

过了几年,有人提议,光有这幅惟妙惟肖的耶稣画像还不够,不能显现耶稣的伟大。如果再画一张魔鬼撒旦的像和此相比照,效果一定更好。可是面貌长得像魔鬼的人要到哪里去寻找呢?最后画家只好到监狱找一个面相凶恶的囚犯做模特。

当画家为囚犯画像时,这个囚犯突然掩面哭泣起来。画家就问他:"你怎么哭了呢?"

"我是触景伤情,忍不住悲伤才哭的。"

"什么事让你如此痛心呢?"

"几年前我也曾经当你的模特儿,想不到数年后我又遇到你,可是人生的境遇却完全两样!"原来,这个囚犯就是先前充当耶稣画像的模特儿。

画家听了大吃一惊说:"你的相貌怎么变得如此凶狠可怕呢?"

囚犯说,当时他得了这笔奖金,吃喝嫖赌,做尽坏事,甚至以身触法,坐进牢狱,相貌也因此变凶恶了。

每个人的命运都是不一样的,因为每个人把握命运的方式不一样。法国的文学家雨果曾经说过这样一段经典名言,他说:"我宁愿靠自己的力量打开我自己的前途,而不是去祈求别人给我的帮助。"你才是自己命运的主人,你的心可以让你变耶稣,也可以让你变撒旦,就全看你自己如何建筑了。

相信自己的判断，不轻易被别人的意见左右

小泽征尔是世界著名的交响乐指挥家。在一次世界优秀指挥家大赛的决赛中，他按照评委会给的乐谱指挥演奏，敏锐地发现了不和谐的声音。起初，他以为是乐队演奏出了错误，就停下来重新演奏，但还是不对。他觉得是乐谱有问题。

这时，在场的作曲家和评委会的权威人士坚持说乐谱绝对没有问题，是他错了。面对一大批音乐大师和权威人士，他思考再三，最后斩钉截铁地大声说："不！一定是乐谱错了！"话音刚落，评委席上的评委们立即站起来，报以热烈的掌声，祝贺他大赛夺魁。

原来，这是评委们精心设计的"圈套"，以此来检验指挥家在发现乐谱错误并遭到权威人士"否定"的情况下，能否坚持自己的正确主张。前两位参加决赛的指挥家虽然也发现了错误，但终因随声附和权威们的意见而被淘汰。小泽征尔却因充满自信而摘取了世界指挥家大赛的桂冠。

人生感悟

马尔顿说："坚定的信心，能使平凡的人做出惊人的事业。"每个人都应该有自己的主见，如果我们认为自己是正确的，就要坚持自己的主张，不要人云亦云，受别人的控制。只有这样，才能有属于自己的见解，从而使自己变得杰出。

打败你的是你自己，拯救你的也是你自己

威尔逊先生是一位上市公司的总裁。有一天，他从办公楼里走出来，刚走到街上，就听见身后传来"嗒嗒嗒"的声音，那是盲人用竹竿敲打地面发出的声响。

威尔逊先生愣了一下，缓缓地转过身。

那个盲人感觉到前面有人，连忙从包里掏出一个打火机，放到威尔逊先生的手里，说："先生，这个打火机只卖1美元，这可是最好的打火机啊。"

威尔逊先生听了，叹口气，把手伸进西服口袋，掏出一张钞票递给盲人："我不抽烟，但我愿意帮助你。这个打火机，也许我可以送给开电梯的小伙子。"

盲人用手摸了一下那张钞票，竟然是100美元！他用颤抖的手反复抚摸着这钱，嘴里连连感激着："您是我遇见过的最慷慨的先生！仁慈的富人啊，我为您祈祷！上帝保佑您！"

威尔逊先生笑了笑，正准备走，盲人拉住他，又喋喋不休地说："您不知道，我并不是一生下来就瞎的。都是23年前布尔顿的那次事故！太可怕了！"

威尔逊先生一震，问："你是在那次化工厂爆炸中失明的吗？"

盲人想用自己的遭遇打动对方，争取多得到一些钱，于是可怜巴巴地说了出来："您不知道当时的情况，火一下子冒了出来！仿佛是从地狱中冒出来的！逃命的人都挤到一起，我好不容易冲到门口，可一个大个子在我身后大喊：'让我先出去！我还年轻，我不想死！'他把我推倒了，踩着我的身体跑了出去！我失去了知觉，等我醒来，就成了瞎子，命运真不公平呀！"

威尔逊先生冷冷地道:"事实恐怕不是这样吧?你说反了。"

盲人一惊,用空洞的眼睛呆呆地对着威尔逊先生。

威尔逊先生一字一顿地说:"我当时也在布尔顿化工厂当工人。是你从我的身上踏过去的!你长得比我高大,你说的那句话,我永远都忘不了!"

盲人站了好长时间,突然爆发出一阵大笑:"这就是命运啊!不公平的命运!你在里面,现在出人头地了,我跑了出来,却成了一个没有用的瞎子!"

威尔逊先生用力推开盲人的手,举起了手中的一根精致的棕榈手杖,平静地说:"你知道吗?我也是一个瞎子。你相信命运,可是我不信。"

人生感悟

命运不是注定的,一个人也许不可以改变自己的出身,但能改变自己的命运,关键就是你一定要有改变自己命运的信念与行动,并且一定要持之以恒。在这个世界上没有做不到的事,只有想不到的事;只要你能想到,下定决心去做,你就一定能做到,你的命运也会因此而改变。

辑五
你的勤奋
让整个世界如临大敌

你是否拥有从零开始的勇气

台湾著名作家刘墉,不仅文章写得好,而且擅长绘画,还是一个画家。他的散文和温馨励志书籍经常成为华人世界的畅销书,他被称为"沟通青少年心灵的专业作家",而他的画,也曾多次获奖。

有一年,他的画参加了一家历史博物馆的当代名家画展,被邀展的有张大千、黄君璧等著名画家的作品,而能参加此次画展,也证明他的作品是很有影响力的。

刘墉对能参加这样级别的画展有些自得,在画展出的时候,他的一位画家朋友称赞他说:"你的画画得真好,还是过去画的样子。"朋友这么一句随口的夸奖,让刘墉很震撼。在回家的路上,他的脑海中不断回荡着朋友的话,"还是过去画的样子",他想,朋友这样说,是不是自己的画已经没有了新的突破,还在一直吃老本的意思呢。

刘墉开始重新回望自己画画的经历,虽然获过不少奖项,但很多都是靠自己的聪明得来的虚名,自己还有很多需要提高的地方,而自己怎么能一直沉浸在这一点成功的满足之中,原地踏步呢?

是重新再出发,还是继续这么浑浑噩噩下去?经过痛苦的抉择,刘墉果断辞去工作,离开台湾转去美国留学,一切重新开始。而之所以离开自己熟悉的地方,就是为了离开掌声和喧嚣,从而能得到一个良好的学习环境。

人生感悟

每个人都应有"自觉不足"的谦虚品德,而后才能积聚起"从零开始"的勇气。退回到起点,重新来过,这是一种智慧,也是一种启迪。张艾嘉在给初入社会的青年写的一封长信《年轻人,怕什么》中说道:"我们都敢放手原来固有的东西,敢去拼、去创新,我们到这个年纪都不怕,年轻人,你们怕什么?我永远的心态,是鼓励大家要有勇气去做一些不一样的事情。"

比别人付出更多,才能比别人更优秀

美国标准石油公司建立初期,董事长洛克菲勒非常重视本公司及其产品的对外宣传。

公司里有一名年轻的小职员,他在出差住旅馆时,总是在自己签名的下方写卜"每桶四美元的标准石油"字样。不仅如此,他在书信及收据等上面也都不例外地写上同样的字,这似乎成了他的一种职业习惯。他因此被同事们叫作"每桶四美元"。

洛克菲勒得知这件事后非常感动,他亲自接见这位年轻的小职员,问他:"你是一个普通的小职员,只要干好自己分内的工作就可以了,为什么还要这样做呢?"

小职员不假思索地回答:"新公司最需要宣传,而作为公司的一员,我认为我有义务为公司及公司的产品做宣传,所以我并不认为这是我分外的工作。而且,我还想比别人更优秀,要做到这一点,我必须要比别人付出更多!"

洛克菲勒满意地点点头。后来,洛克菲勒卸任,当年的这位小职员成了美国标准石油公司的第二任董事长。他就是阿基勃特。

比别人多付出一分努力,就意味着比别人多积累一份资本,比别人多一份才华,比别人多闪现一份美德,比别人多一次成功的机会……不要小瞧自己比别人多付出的那一份努力,它也许就能改变你的一生。

即使长得缓慢,也要努力向上

一个小男孩出生的时候因为母亲难产,他到3岁多的时候还不会说话。他的父母一度认为他是个哑巴。后来,他总算能说一些简单的词语,但是说得非常不流利,而且他讲的每一句话都好像经过吃力的思考后才说出来。

直到9岁他才开始上学,但是他的语言表达还是很差。最后,教过他的老师给他的评价是:"智力迟钝、不守纪律"。因为不善于沟通,几乎没有小朋友愿意和他交往。更有甚者,有位老师甚至毫不客气地对他父亲说:"你的儿子将来不会有出息!"于是,自卑的他想到了逃学。

直到有一天,他的父亲带他到郊外散心。走到两棵树的面前时,父亲突然问："你知道那两棵树叫什么名字吗？"他呆呆地说："不知道。"

父亲说道："高的叫沙巴，矮的叫冷杉，儿子，你觉得哪棵更珍贵？"

"应该是沙巴树吧，你看它那么高大。"男孩回答道。

"错！长得快，木质一定疏松。长得慢，木质坚硬才好卖钱哩！而且，贪长的树不成材，别看沙巴树初期长得疯，3年之后就越长越慢了，我还未见过超出10米的沙巴树呢。冷杉则不同，别看它长得慢，但它始终如一地坚持生长，而且寿命极长，活上万年都不成问题。"说着，父亲把他领到一棵大树面前。这棵直插云霄的千年冷杉至今仍生机勃勃，枝繁叶茂。他仰头对父亲说："爸爸，你是想叫我做一棵树，一棵虽然长得缓慢但永远向上的冷杉树，对不对？"父亲满意地点了点头。

于是，他又重新回到了学校，再也没有逃过学。凭借着后天的不断努力，这名男孩最终成了科学巨匠。他就是后来名震中外的科学巨匠爱因斯坦。

人生感悟

西方有一句名言：能登上金字塔顶端的有两种生物，那就是雄鹰和蜗牛。那个爬到顶端的蜗牛曾经感慨道："我只要爬到金字塔顶端，我眼中所看到的世界，我收获的成就，跟雄鹰是一模一样的，即使是现在还没有爬到金字塔的顶端，但是只要我在爬，就足以给自己留下令生命感动的日子。"

把昨天的荣誉忘掉

2011年10月,美国加州大学伯克利分校教授索尔·佩尔马特获得了诺贝尔物理学奖。据说,当时,这位天体物理学家正在监考,接到通知时,他很淡定地告诉大家:"我终于也有自己的停车位了。"

原来,加州大学伯克利分校风景优美,气氛活跃,但车辆不能随意出入,更不能随便停车。在这里,只有残疾人和诺贝尔奖得主才能有专属的停车位,其中,蓝色的标有"NL"的停车位是学校给获奖者的唯一奖励。

对于得了诺贝尔奖,不涨工资不升职,照样上课,照样监考,照样做实验,只给一个停车位这件事,该大学的教授是这么解释的:"做学问如果没有一颗淡定的心,就没法继续,更不可能前进。"

人生感悟

有首歌这样唱道:"昨天所有的荣誉,已变成遥远的回忆。勤勤苦苦已度过半生,今夜重又走入风雨。"无论是任何人,取得了任何荣誉,都应该抱着淡然处之的态度,把昨天的荣誉忘掉,继续埋下头来,做自己该做的事情,为未来而努力奋斗。

因为懒惰,我们会失去很多机会

康拉德·希尔顿是美国旅馆业大亨。在他13岁那年,发生了一件平常的小事,但却深深地印在了他的记忆中,并对他的一生产生了很大的影响。

那天,希尔顿因为夜晚等待送货的火车而在早晨睡过了头。

半梦半醒间,希尔顿听到了父母的一段对话。

"咱们的儿子怎么还在睡呢?"父亲问。

"就让他多睡一会儿吧,因为他等了一夜的火车。"母亲心疼地回答。

这时,他听父亲叹了口气,"唉,真不知道他会不会就这样睡完他的一生。"

听到这句话,希尔顿马上睁开了眼睛,从床上爬了起来。

从那以后,希尔顿就再也没有睡过头,工作中非常认真。

英国诗人布莱克说:"光会想而不行动的人,只是生产思想垃圾。成功是一架梯子,双手插在口袋里的人是爬不上去的。"不要为自己的懒惰找借口,这无益于你的人生,人与人之间的区别,不是成功的能力,而是勤劳的意志。

一切都是不可能,除非你付诸行动

在美国的圣路易斯奥比斯波,有一位叫丽萨的年轻女士,她决定用仅有的5000美元的积蓄代理销售活动房屋。但是这一想法得到了家人和朋友的一致反对。

朋友告诉她最低的资本投入是她积蓄的数倍;业内顾问对她说:"你看竞争多么激烈,你又没有什么销售房屋的实际经验,更别提业务管理了。"

即使这样,丽萨仍决心实践自己的想法,并且马上行动。她收集了最新的房地产行业资料,不断地研究自己可能遭遇的困难。丽萨觉得自己在销售方面很有天赋,可以做得比任何人都好。结果,她真的做到了,她用坚定不移的信心赢得了三位投资者的信任,还有几乎不可能的优惠:一家活动房屋制造商答应在不需要现金的条件下,限量供应她一些存货。

第一年,丽萨卖出了价值50万美元的活动房屋。第二年,她说:"我的目标是超过500万。"结果,她提前完成了这个计划。现在的丽萨已经是当地非常著名的销售专家,许多房地产商都想把她招入旗下。

　　一张地图,无论多么翔实,比例多么精确,它永远不可能带着主人周游列国;严明的法规条文,无论多么神圣,永远不可能防止罪恶的滋生;凝结智慧的宝典,永远不可能缔造财富。只有行动才能使地图、法规、宝典、梦想、计划、目标具有现实意义。

尊重自己的努力：向脚下的鞋致敬

大家都知道《黄土地》是陈凯歌导演的成名作，而鲜有人知的是《黄土地》的摄像是著名导演张艺谋。

当年拍摄《黄土地》时，张艺谋还只是个摄影师，衣着极其简单，拍戏两个月，就穿一双军用胶鞋。他穿着这双胶鞋跑来跑去，忙前忙后，可以说这双胶鞋为拍出好片子立下了汗马功劳。

当拍摄任务完成之后，张艺谋和陈凯歌等人急着回北京冲洗胶片，他们从早上7点出发，天黑了才进入山西境内，当时山西省全省各地都在修路，道路极其难行，午夜时分，天降大雨，更走不通了，他们只有掉头回来，转去太原。掉头之后，眼看上了好路，即将离开山西之际，张艺谋急令司机停车，只见他下车脱下那双陪着他拍片的黄胶鞋，把它恭恭敬敬地摆在公路中央，口中念念有词道："兄弟，你跟我不易呀，现在戏拍完了，我要感谢你，我把你留在这里了。"

这并不是张艺谋突发奇想的作秀，曾担任《十面埋伏》武打替身演员的成都英雄特技队队长丁涛也看到过这样的一幕。在拍摄《十面埋伏》时，张艺谋在片场总穿球鞋，丁涛说："拍张艺谋的戏最大特点就是累，张艺谋累，他身边的人也很累。每次在片场我都看见他忙忙碌碌，紧锁眉头和工作人员不断地交流。那时他好像身体不太好，随身带了一堆药。但每次有人劝他休息，他总是摇头。"当片子好不容易拍完后，张艺谋也举行了一个特殊的仪式：向那双旧球鞋鞠躬告别！

一双鞋，包含着各种艰辛磨难，见证了脚下的路，承载了张艺谋走过的风风雨雨。张艺谋对鞋鞠躬，既是对自己努力的尊重，也是对生活的感恩。

人生感悟

生活中,为什么有时候我们的付出不被尊重?是因为我们自己都不尊重自己的努力。尊重自己的努力并不是自恋、自大、自负、自夸,而是自信、自豪。一定不要否定自己曾经努力过的过去以及此刻正在努力的这条道路。

屡战屡败,那就屡败屡战

哈伦德·山德士5岁时失去父亲,14岁时被迫辍学开始流浪。此后,他先是在农场干杂活,后当过电车售票员,但都很快被解雇了。走投无路的他谎报年龄参加了美军,却被分配在后勤部门。

17岁他开了个铁匠铺,但不久就倒闭了。18岁时,他结了婚,但几个月后,在得知太太怀孕的同一天,他又被新东家解雇了。不久,太太卖掉了他们所有的财产,逃回了娘家。

他的一生就是一个失败的总和,里面充斥了生活上、工作上大大小小的一千多次失败。很多年后,他接到了105美元的退休金支票,上面写着:"当轮到你击球的时候你都没打中,现在不要再打了,该是放弃、退休的时候了。"

山德士愤怒了,他不相信自己的人生已经结束,他要继续奋斗,就算在失败的履历上再添上一笔他也不在乎。于是,他用支票上的那一笔钱开了一家炸鸡店——肯德基家乡鸡。哈伦德·山德士,全世界第一大快餐连锁店——肯德基的创办者,在88岁才获得了事业上的成功。

人生感悟

诺贝尔文学奖得主罗曼·罗兰说:"累累的创伤,便是生命给予我们的最好的东西,因为在每个创伤上面,都标志着前进的一步。"失败并不等于自己是一位失败者,失败只能说明自己暂时还没有成功。所以,失败了并不要紧,要紧的是总结经验教训,收拾好过去,投入到下一次奋斗中去。

当你重视自己,别人才不敢看轻你

美国有一位黑人少年,他一直以为自己的未来就像身边的其他黑人一样,会受到不公平的待遇与奚落,于是他加入了街头小混混的行列,终日与"同伙"们偷鸡摸狗,敲诈勒索。

一天,学校新来的校长在路上与他打了个照面,当时他正在与别人打闹。校长上下打量他一番后,对他说:"你是有着非凡未来的人,将担任纽约州的州长,你怎么能这样不珍惜自己?"

他心中一惊,竟然相信了校长正言厉色的预言,从此便以州长的范例严格要求自己。40年后,他51岁时真的成了纽约州的州长,他就是纽约历史上第一位黑人州长罗杰·罗尔斯。

人生感悟

面对未来时,很多人容易犯这样一个错误,就是觉得自己这辈子不会有大的作为。其实，人生的起点由不得你选择，你出生在什么家庭由不得你选择。不过为什么人有两条腿？就是为了让你跑，是为了让你跑得更快，只要你坚持跑下去，你就会跑出你自己意想不到的距离。你把自己看重了，没人敢看轻你。

拒绝付出就是拒绝成长

悉尼·布伦纳是南非著名的生物学家，2002年诺贝尔生理学奖获得者。

一次，布伦纳应邀前往伦敦大学做演讲。当布伦纳准备向学生们介绍自己的科研成果时，没想到坐在前排的一位学生站起来说："布伦纳先生，你今天能从生物学的角度，向我们讲一讲为人处世方面的一些经验吗？"

布伦纳没想到这位学生竟然提了这样一个有趣又很难回答的问题。但学识渊博的布伦纳很快就反应了过来，他一边思考这个问题，一边微笑着对提问的同学说："当然没问题。"说完，他反问这位同学："如果你走进一片苹果园，你能凭肉眼很快找出园中最粗的那一棵苹果树吗？"这位同学想了想，然后摇摇头："这应该很难办到。"

布伦纳扫了一眼台下的观众，说道："方法其实很简单，哪棵苹果树结的果子最多，哪棵苹果树就一定是最粗的。""这有根据吗？"有人马上反问布伦纳。

布伦纳提高了声音："因为地球上的生命是个相互连通的整体。从生物学的角度来讲，每个个体都是地球能量的载体和流通的管道。只有自己的能量输送出去了，才会有更多的能量补充进来。所以，我们就经常会发现这样一个现象：苹果树结果的初期，有些果树长得又粗又壮，但因结果少,几年后就被结果多的果树超过了。只有那些愿意奉献自己能量的苹果树,才能得到土地的能量回馈,从而长得更加粗壮,结出更多的果实来。"

为人处世其实就和苹果树结果一样,拒绝付出就是拒绝成长。一个奉献得越多的人,就会变得越强大,生命也就愈加丰盛。世间唯一可以证明的因果就是你付出多少努力,就必定会有多少收获。

比别人多尝试一次

爱因斯坦大学毕业大半年多过去了,但还是没有找到工作,哪怕是份仅够糊口的工作。想想自己已经成年,而年迈的父亲却还在为他的生计而奔波劳累,爱因斯坦几乎跌到了人生的谷底!

绝望之际,爱因斯坦无意中在一册杂志上看到一则介绍德国伟大化学家奥斯特瓦尔德的文章,文章中把奥斯特瓦尔德称为"科学伯乐",因为他曾发现并培养了许多科学人才。爱因斯坦决定向奥斯特瓦尔德自荐,于是他写了一封信给奥斯特瓦尔德,希望能在奥斯特瓦尔德身边谋得一份工作。但信寄出去后,过了好久都没有收到回信,几天后,他又给奥斯特瓦尔德寄了一张明信片,在明信片上说上次写信可能忘了写回信地址,因此这次是特意告诉他地址的,可仍然没有回音。

"这究竟是怎么了？难道是地址有误吗？"爱因斯坦困惑极了，他再次详细地对照了奥斯特瓦尔德的实验室地址，发现自己并没有写错，"就算是地址有误，邮局也会把信件退回来，这究竟是怎么了？"

爱因斯坦心想，可能是奥斯特瓦尔德忙于工作，一时没空拆信而搁在哪个角落里忘记了吧！于是爱因斯坦给奥斯特瓦尔德写了第三封信，这次他用了一张明信片，他心想，这样奥斯特瓦尔德总应该可以顺利看见这封信的内容了吧！

让爱因斯坦意想不到的是，这封明信片寄出去一个月后，他依旧没有收到奥斯特瓦尔德的回信。

"奥斯特瓦尔德一定是太忙碌了！我必须为他节约更多的回信时间！"爱因斯坦心想。几天后，爱因斯坦又拿笔写起了第四封信。这次，他不仅是再次采用明信片，而且还在明信片的反面，捎带上一个写着爱因斯坦自己地址的回信信封！

爱因斯坦的父亲看见这情形，心疼地对他说："我看还是算了吧，不要再做这种无谓的努力了，可能奥斯特瓦尔德并不认为你是一个值得培养的人才！"

"不，父亲！我的努力不一定会给我带来满意的结果，但如果不努力，却代表着绝对不会拥有满意的结果！"爱因斯坦说。

这连回信用的信封都捎上的第四封信寄出去以后，爱因斯坦满怀信心地足足等了一个多月，但是很遗憾，他同样没有收到任何回信，更不用说奥斯特瓦尔德能为他送上什么鼓励和帮助了！

就这样过了大半年，爱因斯坦刚准备写第五求职信。那天清晨，邮递员敲开了他的家门，爱因斯坦收到了一封来自瑞士伯尔尼专利局的来信，邀请爱因斯坦就职于一个专门审查各种新发明的技术职位，并且希望爱因斯坦能接受。

奥斯特瓦尔德与瑞士伯尔尼专利局并无任何瓜葛，为什么写信给奥斯特瓦尔德，却收到了瑞士伯尔尼专利局的邀请？爱因斯坦困惑了。

原来，在爱因斯坦寄出第一封信的前几天，奥斯特瓦尔德已经搬离了实验室，爱因斯坦寄去的所有信件，都被塞进了实验室外那只已成摆设的邮箱里！奥斯特瓦尔德在这个实验室工作的时候，有一位年轻的助手，他在奥斯特瓦尔德搬离实验室之后就去了瑞士伯尔尼专利局工作。有一次，那位年轻助手在途经昔日工作过的实验室门口时，无意间在那座空房子门口来回走了走，而正因此，爱因斯坦的所有信件才得以被发现。更加让人无法置信的是，奥斯特瓦尔德的那位年轻助手，就是爱因斯坦的大学同学和朋友——格罗斯曼！

对于爱因斯坦的才华，格罗斯曼是绝对了解的。凭着这些信件，他向自己所在的专利局推荐了爱因斯坦，恰好当时专利局设立了一个专门审查各种新发明的技术职位，于是专利局迅速向爱因斯坦发来了邀请函。就这样，爱因斯坦终于凭着四封自荐信，成功实现了就业。

人生感悟

有句话说得很好，成功根本没有什么秘诀可言，如果有的话，就是两个：第一个就是坚持到底，永不放弃；第二个是当你想放弃的时候，回过头来看看第一个秘诀——坚持到底，永不放弃。

你想要的，都要靠自己努力去争取

曾经有一位心理学家做了这样一项调查：他选取了50位成功人士，同时又选出了50位有犯罪记录的人，分别给他们写信，请他们谈谈母亲对他们的影响。

其中有两封信谈的都是同一件事,小时候母亲给他们分苹果的故事——

那位身处监狱的犯人在信中如此写道:

有一天妈妈拿了几个苹果,大小不一样,我一眼就看见中间那个又红又大的,十分喜欢。这时候,妈妈把苹果放在桌上,问我和弟弟:"你们想要哪一个?"我刚想说我想要最大最红的那个,这时弟弟抢先说出了我想说的话。妈妈听了,瞪了他一眼,责备他说:"好孩子要学会把好东西让给别人,不能总是想着自己。"于是我灵机一动,对妈妈说:"妈妈,我要那个最小的,把大的留给弟弟吧。"妈妈听了非常高兴,在我的脸上亲了一下,并且把那个最大最红的苹果奖励给我了。我得到了我想要的东西,从此我学会了说谎,后来我又学会了打架、偷抢,为了得到想要的东西,我不择手段,直到落到这种下场。

而那位著名的成功人士是这样写的——

有一天妈妈拿来了几个苹果,有大有小,我和两个弟弟都争着要最大的,妈妈就把那个最大最红的苹果举在手中,对我们说:"这个苹果又大又红肯定很好吃,你们都想要得到它,很好。这样,让我们来做个比赛,我把门前的草坪分成三块,你们三人一人一块,负责修剪好,谁干得最快最好,我就把苹果奖励给谁!"我就和两个弟弟比赛除草,结果,我赢得了那个最大的苹果。我非常感谢母亲,她让我明白一个最简单也是最重要的道理,想要得到最好的、最多的,就必须靠自己的努力争取第一。

人生感悟

努力的意义在于:只要你去做了,那么你就会有收获。就好像一向不擅长跑步的你突然爱上了跑步，你知道你其实是跑不远的，但只要你每天都坚持努力去跑步，那么你就会越来越能跑，从最初的1000米到后来的5000米、10000米或者更加远。所以，许多你想要的东西，你自己去努力争取就好了，哪怕是做出小小的努力，你也会得到应有的收益，因为越努力，越幸运。

努力多一点，离梦想近一点

苏步青是我国著名的数学家、学者，曾任复旦大学名誉校长。他出生于贫苦的农民家庭，从小就在地里劳动：放牛、割草、犁田，什么都干。那时他想，这辈子肯定没有读书的机会了。

恰好，村里一户有钱人请了家庭教师，教他的公子读书。苏步青有空，就在窗外听听，随手写写画画。想不到，那位公子没学好，苏步青却因此学到不少知识。他的叔叔见他这么想学习，便拿出钱，说服苏步青的爸爸，把他送到百里之外的一所小学去读书。

在小学的第一个学期，苏步青考了个倒数第一名，老师把他叫到办公室，不住地鼓励他。这使苏步青大受感动，决心发愤图强。真下了决心，情况就不一样了，从第二学期起一直到大学毕业，他每学期都考第一。

苏步青是抓紧时间、努力学习的典范。他从小学起，就抓紧时间读了好多书。进初中后，他的第一篇作文交上去，教师一看，那写作方法，很像是古代著名的《左传》的写法，便怀疑这不是苏步青自己写的。

上课时，老师要考考他，随便点了《左传》上的一篇文章，要他说说写的是什么。不料，他立即一字不错地把那篇文章背给老师听。这使老师和同学们大吃一惊：原来，他已经把《左传》背下来了！

人生感悟

哈佛大学的老师常在课堂上说:"成功不是一蹴而就的,如果我们每天都能让自己进步一点点——哪怕是1%的进步,那还有什么阻挡得了我们走向成功呢?"只有比别人付出更多的努力,且不放松自己,对自己严要求的人,才有可能成为佼佼者。

承认自己的平凡,然后用努力来弥补

明代著名的哲学家和教育家王守仁出生在一个封建贵族家庭。他父亲官至兵部尚书,但是,王守仁天生愚钝,似乎完全没有遗传到做大官的父亲的聪明才智。

王守仁小的时候,大家都以为他是一个白痴,也有人觉得他是个哑巴,因为他到了5岁还不能说话。但是他父亲觉得王守仁肯定是因为生病了才不会说话,他带着王守仁四处找名医诊治,王守仁6岁的时候终于能够开口说话了。

因为小时候不会说话,也没有读过书,因此,虽然王守仁是话是会说了,但智力却显得很普通,甚至是更笨拙一些。有人冷嘲热讽地说:"他6岁才学会说话,这么笨!也别指望他以后能成才。"

王守仁听到别人这样嘲笑自己,本来就很自卑的心理变得更加难受,他受够了旁人的风言风语,就到父亲那里哭着说:"父亲,大家都说我笨,我真的有那么笨吗?"

父亲听了他的话说:"孩子,不必太在意他人的评价,你一点也不笨。

父亲会好好教你,你自己也要发愤学习,你会有出息的。不蒸馒头争口气,好吗?"

在父亲的鼓励下,王守仁开始渐渐自信起来。他牢记父亲给他讲过的"笨鸟先飞"的典故,并时时刻刻都不放松。平时读书的时候,读一遍不会,那他就读五遍、十遍甚至百遍,他把别人玩耍的时间都用在了学习上。白天他在私塾里认真听老师的课,回到家后,就抓紧一切可以利用的时间来学习。他会趁着等待吃饭的一点时间,一个人跑进父亲的书房,读一会儿书,直到家人催促他吃饭;饭后他还会挑灯夜读,年年如此,从不间断。

父亲见儿子如此争气,心中甚是欣慰。他一有空就给王守仁辅导功课,有时还请一些朋友给他辅导。家里来了客人,王守仁就会主动向人请教,大人谈论天下大事的时候,他也会站在一旁长长见识。母亲见了非常高兴,更加关心他的生活,给王守仁单独收拾出了一间书房,禁止任何人去打扰他学习。

就这样,在自己不懈的努力和父母的鼓励支持下,王守仁的学问开始日益精进,先生问什么问题,他都能对答如流,最后从一个"差生"变成了先生最喜爱的弟子。

王守仁凭借着自己刻苦勤奋和笨鸟先飞的精神,长大后,成了著名的哲学家和教育家。

人生感悟

著名科学家徐光宪说过:"我的天分并不特殊,靠勤奋,也能'笨鸟先飞',同学们更没有问题。"我们每个人成功的钥匙都掌握在自己手中,能否在这行进的队伍中成为佼佼者,全都是靠自己勤奋努力,因为客观的条件并不是成功的主要因素,成功的主要因素是自己的个人奋斗。

勇于承担责任的人，才能被赋予更多的使命

孔僖，是孔子的后人，他出生在东汉时期的鲁国郡，精通《毛诗》。

孔僖有个好友叫崔骃，也很博学多才。孔僖和崔骃曾同在太学读书，二人志趣相投，很合得来，所以常常一起谈天说地，谈古论今。这一天，他们又议论起了先王汉武帝，认为"他开始做天子，尊崇圣人的治国之道，五六年间，名誉已超过了文帝和景帝。可他在后期穷兵黩武，丢弃了先前的优点，给国家造成了很大的损失，真是'谦受益，满招损'啊！"

没想到，这些话被同学梁郁听见了，梁郁上书皇帝说："崔骃、孔僖私下里诽谤先帝，讽刺圣上。"消息一传开，大家都认为他们俩闯了大祸。

有人给他们出招，说："你们绝对不能承认这件事。不然，罪可不轻啊！凭梁郁的一面之词怎么可以服众呢？你们就一口咬定梁生想要假公济私，陷害你们！"孔僖摇头道："这话是我说的，我怎么能不承认呢？况且我觉得我说的是事实啊。"

接到梁郁的上书后，皇上把这件事交给刑部处理。崔骃决定去接受刑部的审讯。而孔僖则给皇上上书为自己辩护，他说："那些话我确实说过，这个我不否认。所谓诽谤，是说毫无根据的随口抹黑。先王的政绩都有明确的记载，清如日月。我们的谈论，都是根据史书上的记载，不是胡说妄议。陛下登基以来，并没有什么过失，我们为什么要讽刺陛下呢？况且，陛下所做之事，天下人都知道，怎么能不让别人谈论呢？我以为，为人应光明磊落，敢做敢当。假如我们批评得对，那陛下也应

该改正错误。倘若说得不妥,您也应该包涵宽容。如果陛下听不进别人的意见,按自己的心情和意愿行事,那就请杀了我们吧!可是,天下人会怎么看呢?他们会从这件事中窥测出您的心思,没人再敢直言纳谏。杀了我们很轻松,可是,天下人会怎么评论呢?会把您看成怎样的君主呢?您又如何为自己辩解呢?现在,我已经小心郑重地来到宫门前,恭敬地等候着您的处罚。"

汉章帝看到奏书后,说:"他说得很有道理呀!孔僖为人诚实,敢做敢当。这些都是很好的品格啊!"于是,他立即下令不再对孔僖和崔骃进行处罚,并让孔僖做了兰台令史。

人生感悟

生活中,只有那些能够勇于承担责任的人,才有可能被赋予更多的使命,才有资格获得更大的荣誉。一个缺乏责任感的人,或者一个不负责任的人,首先失去的是社会对自己的基本认可,其次失去了别人对自己的信任与尊重,甚至也失去了自身的立命之本——信誉和尊严。

小处不可随便,简单不等于容易

在南非有一个著名的公园叫作德塞公园。这个公园是在国际上招标建设的。中标的是一家德国的设计院。

当时,消息一经传出,便在南非引起了很大的争论和非议。德国人顶着压力和舆论将公园建成后，却招来了当地市民们的更多不满。市民们纷纷找出许多不如人意的地方。再后来，南非人再建公园的时候，就不再用外国人了，而是全部交由本国人来办。

在20世纪70年代，南非人自己动手，修建了一个比德塞公园还要庞大的公园——克克娜公园。南非人将这两个公园进行了一番对比，一致认为自己国人设计的公园简直无可挑剔。但是没想到，两年后，南非人的看法却发生了惊人的变化。

原来，雨季到来时，克克娜公园被大水所淹，而德塞公园却没有一点受淹的痕迹。市民们这才发现，德国人建公园时，不但为整个公园建了下水道，还将地基垫高了50厘米，这是当初人们不能理解的地方。直到大水的到来，人们才明白德国人此举的良苦用心。

后来，当地的市民在克克娜公园举行集会时，因为公园大门过于窄小，造成了安全事故，死伤了不少人。这个时候，人们才想起德塞公园大门的宽敞方便。当初，人们对德塞公园过大的大门给予严厉的批评，因为人家都认为那看上去有点傻气。

几年过去了，克克娜公园的石板地面磨损严重，不得不翻修。德塞公园的石板却坚如磐石，雨后如新。而当初因为德塞公园的石板路投资过高，南非人差点叫德方停工，双方曾争得面红脖子粗。当地人曾一度认为，德国人太死板，太愚笨。现在看来，德国人是对的，德国人在设计时，考虑到南非的方方面面，包括天气与季节、地理与环境。南非人自己建公园，却没有顾及这些。

德塞公园建成以后，很多年没有变样，而克克娜公园却总是需要修补。这么多年算下来，建克克娜公园已经花掉了建德塞公园两倍的钱。后来，南非建筑业的人士曾问德国建筑业的同行，你们怎么这么精明。德国人平静地回答道，我们只是认真，并非精明，精明的倒是你们南非人。

人生感悟

生活中的很多事情,看起来都是小事,但很多时候却做不好。其中原因就在于我们都把这些简单的小事看得太容易,做起来就疏忽大意、漫不经心。"简单"不等于"容易",只有处处严格要求自己,才能给自己一个满意的结果。

你的价值体现在你创造的财富中

美国前国务卿柯林·鲍威尔,年轻的时候就是一个很独立的人。他喜欢利用暑假期间工作,赚一些钱。然而,暑假临时工作并不好找。于是,他决定去联合会的大楼前等待时机。偶尔运气好的话,他还能去为别人运几次饮料。

有一天,他听说有一家可乐公司正在寻找工人,主要的工作内容就是专门清洗汽水瓶上黏着的糖浆。这份工作不仅薪酬低廉,而且相当麻烦。因此,几乎没有人愿意去干这份工作。但是,渴望工作的鲍威尔欣然接受了这个工作。他高高兴兴地跟着雇主来到自己的岗位。

虽然只是一个清洗工,但是鲍威尔特别努力认真。他的工作总是干得非常出色。经他清洗过的瓶子累积在一起,在阳光下闪着亮光,就像刚从车间里生产出来一样,他的工作总是得到老板的称赞。

假期结束后,他得到的报酬比原定的高出很多。并且,他的老板非常友好地向他表示感谢,因为他帮他解决了一个难题。年轻人第一次品尝到了工作的喜悦。

鲍威尔回到学校后，常常会想起这次工作经历，因为给他的印象真是太深刻了。他得到了所需的金钱，也学到了比金钱更重要的东西：世界上并不存在什么低贱的职业，职业的高低完全取决于服务者的态度。

等到第二年的暑假，鲍威尔还没有开始找工作，以前的老板就主动邀请他继续来任职。只不过这次鲍威尔不是当清洗工，而是操作一台罐装机。有了上一次的经验后，年轻人更加认真地工作着，没有丝毫的马虎和懈怠。所以，等他的这个假期结束时，他已经是一条生产线的主要负责人了。

善于思考和总结经验的鲍威尔又得到了一个启示：永远都有一双眼睛在关注着你！这双眼睛可能来自你的老板，也可能是你的同事，也可能是对你不满、想要取代你的人。但无论是哪一双眼睛看着你，都将是决定你未来命运的重要机会，而这个机会是好是坏，主动权却在你。当你在努力创造价值而不是消极怠工时，你自身的价值就体现出来了，它会站出来，清扫你面前的阻力，成为你有力的支持。

工作没有贵贱之分，有的只是成功与失败，每个行业中的精英都是能"放得下架子，磨得开面子"的人。无论你现在做什么工作，你要明白这一切都是人生的累积，只有敢于放低姿态，在勤勤恳恳中等候命运的垂青，才能不断得到提高，逐步完善自己，最终实现自己的理想。

成功就是把一件事做到极致

他是意大利小镇上的一个默默无闻的穷画家。正是因为没有人欣赏他的画作，所以他的画一幅也卖不出去，他的前半生一直过着穷困潦倒的生活。

他30多岁的时候，为了拼条出路，千里迢迢地去米兰投身到一位热爱画画的公爵的门下。这位公爵很喜欢画画，可是公爵却偏偏不欣赏他的作品。老实说，这位公爵特别看不起他，觉得他不过是一个庸俗的花匠。公爵还认为这个穷画家的水平只够做街头艺人。因此，只是给他提供温饱。

直到有一天公爵突发奇想，打算在自己新餐厅的空白墙壁上画一幅壁画。公爵门下的好多画家听说这个消息后都争先恐后地涌上门来，希望能得到这个机会。

这个穷画家也去自告奋勇了，却被公爵果断拒绝了。然而，他并没有放弃。经过他再三恳求公爵，公爵终于答应把餐厅的壁画交给他。

刚开始的时候，他一直在夜以继日地勾画草图，一连几天过去了，他仍然没有动笔。在一旁的公爵反倒不淡定了，担心穷画家耽误自己餐厅开业的日期，就轻描淡写地和他说："你随便画一幅不就好了，又不是什么宏伟大作！"

但是他并没有按照公爵的意思随便画，他把自己的每一幅作品都当作精品来对待。他查阅了大量的资料后开始动笔了，而且每画一笔都很谨慎。

来了好几次的公爵觉得他画得实在太慢了，于是生气地说道："你快点画！餐厅马上就要投入使用了。"就这样，本来随便应付只需要十几天的壁画，他却用了三个月。

后来，但凡来就餐的人都会注意到他的这幅壁画，还有一些人专门为了看这幅画慕名而来。

数百年以后,这幅壁画成了世人皆晓的一幅名画,它价值连城,这幅作品就是《最后的晚餐》,而他就是世界美术史上伟大的画家——达·芬奇。

闻名世界的惠普创始人戴维·帕卡德曾感叹:"小事成就大事,细节成就完美。"细节是一个人责任心的最好体现,细节体现责任,责任决定成败。人们之所以欣赏那些对小事也负责任的人,是因为只有这样的人才能给人一种信赖感,才值得与之交往。

丢掉幻想,积极地投入到工作中

泰国有个叫奈哈松的人,一心想成为大富翁,他觉得成功的捷径便是学会炼金术。

他把全部的时间、金钱和精力都用在了炼金术的实践中。

不久,他花光了自己的全部积蓄,家中变得一贫如洗,连饭也吃不上了。

妻子无奈,跑到父母那里诉苦,她父母决定帮女婿改掉恶习。

他们对奈哈松说:"我们已经掌握了炼金术,只是现在还缺少炼金的东西。"

"快告诉我,还缺少什么东西?"

"我们需要 3 公斤从香蕉叶下搜集起来的白色绒毛,这些绒毛必须是你自己种的香蕉树上的,等到收完绒毛后,我们便告诉你炼金的方法。"

奈哈松回家后立即将已荒废多年的田地种上了香蕉,为了尽快凑齐绒毛,他除了种自家以前就有的田地外,还开垦了大量的荒地。

当香蕉成熟后,他小心地从每张香蕉叶下刮白绒毛,而他的妻子和儿女则抬着一串串香蕉到市场上去卖。

就这样,10 年过去了,他终于收集够了 3 公斤的绒毛。

这天,他一脸兴奋地提着绒毛来到岳父母的家里,向岳父母讨要炼金之术,岳父母让他打开了院中的一间房门,他立即看到满屋的黄金,妻子和儿女都站在屋中。

妻子告诉他,这些金子都是用他 10 年里所种的香蕉换来的。

面对满屋实实在在的黄金,奈哈松恍然大悟。

从此,他努力劳作,终于成了一方富翁。

现实生活中,人人都有梦想,都渴望成功,都想找到一条成功的捷径。其实,捷径就在你的身边,那就是勤于积累,脚踏实地,积极肯干。一个人假如不脚踏实地去做,那么他所想要的一切就会落空。

要想真正做事，就不能受太多的外界干扰

詹姆斯现任英国一家大型公司经理一职。当有人问起他是如何进入这个大公司时，他回忆当初应聘时的场景，说："那是我人生中最重要的一个转折点，如果当时我被那个金发女郎'诱惑'了，也就没有我现在的地位了。"

原来这家公司特别注重员工工作时的抗干扰能力，通常在最后一关时，都由总裁亲自考核。那天，詹姆斯面试时，总裁随手从资料中翻出了一篇文章，要求詹姆斯仔细地阅读，最好是一字不落地读一遍。说完他便走出了办公室，留下了詹姆斯一人。

不一会儿，一位漂亮的金发女郎款款而来，说道："先生，请先喝杯咖啡再继续吧。"只见金发女郎将咖啡放到了詹姆斯的手边，接着又坐到了他对面的位子上。可是詹姆斯好像没有听见也没有看见一样，继续认真地读着文章。

又过了一会儿，一只小狗从办公室的门缝里溜了进来，跑到了詹姆斯的脚边，用小尾巴轻轻地抚摸他的脚踝。詹姆斯只是本能地将脚移开，小狗的举动丝毫没有影响到他的阅读。

这时，金发女郎抱起小狗走出了办公室。几分钟过后，总裁再次进入了办公室，他看到詹姆斯靠在办公椅上，一副胸有成竹的样子。很显然，他掌握了这篇文章的内容。然而，总裁并没有就此文章对詹姆斯提问，而是问道："你注意到刚才那位金发碧眼的小姐和她的小狗了吗？"

"是的，先生。"

总裁又说道："那么对她的请求，你怎么都没有理会呢？那位小姐可是我的秘书。"

詹姆斯很认真地说："你不是要我一字不漏地把文章阅读完吗？如

果我和那位美丽的小姐攀谈上几句,我一定会忘记自己刚刚读到哪里。我不会让外界因素影响到我的前途,这是不明智的。"

总裁听了,满意地点了点头笑道:"小伙子,你表现不错,你被录取了!在你之前,已经有50人参加考试,可没有一个人及格。"他接着说,"在纽约,像你这样有专业技能的人很多,但像你这样专注学习的人太少了!你会很有前途的。"

果然,詹姆斯进入公司后,靠自己的业务能力和对工作的专注和热情,很快就被总裁提拔为经理。

人生感悟

百度 CEO 李彦宏表示:"要想真正做事就不能受太多的外界干扰。"事实证明,专心集中精力,才能调动整个大脑神经系统来解决问题,并能高效率地完成任务;而分心则会降低工作的效率,甚至对本来可以解决的问题也感到迷茫。

只想不做的人只能生产思想垃圾

著名作家海明威在他很小的时候,最喜欢做的一件事情就是不着边际地空想。对于小海明威的这种情况,他的父亲给他讲了这样一个故事:

曾经有一个人向一位思想家请教:"你成为一位伟大的思想家,成功的关键是什么?"

思想家告诉他:"多思多想!"

这个人听了思想家的话,仿佛很有收获。回家后躺在床上,望着天花板,一动不动地开始"多思多想"。

两个月后,这人的妻子焦急地跑来找思想家:"求您去看看我丈夫吧,他从您这儿回去后,就像中了魔一样。"思想家到那人家中一看,只见那人已变得瘦骨嶙峋。

这个人看到思想家来了,挣扎着爬起来问思想家:"我按照您说的,每天除了吃饭,一直在思考,你看我离伟大的思想家还有多远?"

思想家问:"你整天只想不做,那你思考了些什么呢?"

那人道:"想的东西太多,头脑都快装不下了。"

"我看你除了脑袋上长满了头发,收获的全是垃圾。"

"您这是什么意思?什么垃圾?"

思想家解释道:"只想不做的人只能生产思想垃圾。"

小海明威听完父亲讲的故事,开始反思自己平时的行为,心中感触很深。后来,海明威终其一生总是喜欢实干而不是空谈,并且在其不朽的作品中,塑造了无数推崇实干而不尚空谈的"硬汉"形象。

人生感悟

李大钊曾说过:"凡事都要脚踏实地去做,不驰于空想,不骛于虚声,而唯以求真的态度做踏实的工作。以此态度求学,则真理可明,以此态度做事,则功业可就。"空想误身,实干是途。自己想象的内容再完美,不去用实际行动圆梦,那就只能是思想上的巨人、行动上的矮子。

先定一个小目标，然后实现它

1984年的国际马拉松邀请赛在东京举行，让人惊讶的是，曾经名不见经传的日本选手山田本一获得了世界冠军。

马拉松赛是对选手们体力和耐力的考验，爆发力和速度都还在其次，只要身体素质好又有耐力就有望夺冠。而当记者问山田本一凭借什么取得如此惊人的成绩时，他却说自己是"凭借智慧战胜对手"。

这样的回答让当时的很多人认为这个偶然跑到前面的矮个子选手是在故弄玄虚，还有很多人在报纸上对山田本一进行公开的讽刺和挖苦。

两年后，在意大利国际马拉松邀请赛上，作为日本队代表的山田本一再一次获得了世界冠军。当有记者请他谈谈经验时，他还是回答："凭智慧战胜对手。"虽然这次没有人再在媒体上公开挖苦他，但是人们对他的回答还是十分不解。

最终山田本一在他10年后为自己写的传记中揭开了这个谜底："在每次比赛前，我都会先乘车把整个比赛的路线仔细看一遍，并把沿途比较醒目的标志记下来，比如第一个标志是银行，第二个是一棵树，第三个标志是一栋红房子……这样一直画到赛程的终点。比赛开始后，我就快速奋力地向第一个目标冲去，等到达第一个目标后，我又以同样的速度向第二个目标冲去。40多公里的赛程，就被我分解成这么几个小目标。"

山田本一在后来的采访中说道："刚开始练马拉松时，我并不懂得这样的道理。当初我把我的目标定在40公里以外的终点线上，结果我跑到十几公里时就早已疲惫不堪了，我被前面那段遥远的路程给吓倒了。后来我调整了心态，也调整了战略，我要凭我的智慧去战胜对手。最后，我成功了！"

人生感悟

俞敏洪表示:"人应该有这种宏大的理想,但更要知道去实现这个理想具体的每一步应该怎么去做。"一个人一开始就想做比尔·盖茨,学哲学的一上来就想超过黑格尔,这种人可能最终都会一事无成。马克·吐温说:"行动的秘诀,是在于把那些庞杂或棘手的任务,分割成一个个简单的小任务,然后从第一个开始下手。"

辑六
能控制情绪的人，
才能掌控人生

愤怒以愚蠢开始，以后悔告终

在沙漠的最深处，有一只骆驼正在缓慢地前行。此时正值中午，骆驼已经疲惫不堪，加上长时间没有找到水源，现在又饿又渴。此刻的它，心情糟糕到了极点。

筋疲力尽的骆驼走着走着，突然觉得有什么东西硌了脚掌一下。它低头一看，原来是一块小小的玻璃瓶碎片。本来心情就很糟糕的它正好一肚子的无名之火没有地方发泄，看见这块碎片便更加愤怒了，心道："连你也敢欺负我！"于是抬起自己的脚，把玻璃瓶碎片狠狠地踢了出去。

结果骆驼因为自己用力过猛，玻璃瓶碎片把脚掌划开了一道深深的口子，鲜红的血液很快从脚底流出来，染红了一大片沙子。生气的骆驼不得不一瘸一拐地继续前行，伤口被晒得滚烫的沙子烫得生疼。

因为没法止血，骆驼一边走一边在路边留下了一路斑斑血迹，结果引来了凶残的秃鹫。它们在骆驼的上方盘旋着，不停地叫嚣着。这时的骆驼心里忽然升起了一股凉意。于是它不顾伤口的疼痛，开始狂奔起来。但是，越是狂奔，流血的伤口就越是难以愈合。

当它跑到沙漠边缘时，浓郁的血腥味引来了附近沙漠里的狼群。狼的嚎叫让骆驼惊慌失措，骆驼开始胡乱地东奔西突，躲避着狼的追击，无意中却跑到了食人蚁的巢穴附近，脚上的血腥味立即引来了食人蚁，黑压压的一片，都向骆驼扑过去。此时的骆驼早已精疲力竭，再也没有力气奔跑。食人蚁开始爬到骆驼的腿上、背上，甚至是头上。很快，骆驼就被蚂蚁裹了个严严实实。几分钟之后,可怜的骆驼就只剩下一具骨架。

在骆驼还没有失去知觉的时候,它深深地懊悔:"我为什么跟一块小小的碎玻璃生气呢?"

人生感悟

毕达哥拉斯说:"愤怒以愚蠢开始,以后悔告终。"愤怒是一种最坏的情绪。它可以顿时改变一个人的脾气,导致一切其他的坏事。当我们感到愤怒的时候,冷静下来,推迟做决定的时间,以免造成无法弥补的结果。

内心强大的人,从不害怕别人的批评

马克·吐温在35岁时,喜欢上了年轻漂亮的兰登小姐,他自己的才华也赢得了佳人的芳心,二人关系发展迅速,很快就到了谈婚论嫁的地步。

所以,兰登小姐就带着马克·吐温去见了自己的父母,希望得到父母的祝福。兰登小姐的父亲老兰登先生是一位很有社会地位的人,他见了马克·吐温后说,他对这个来自遥远西部的小作家的为人一点都不了解,二人不能结婚,除非马克·吐温能够提交由西部知名人士写的证明他品行优良的材料。

被逼无奈,马克·吐温应未来老丈人的要求写信到加利福尼亚州,请求6名他认识的知名人士给他写材料。可是,不知是因为他们对马克·吐温作品中的辛辣讽刺有所不满,还是马克·吐温不知道怎么得罪了人家,他们寄来的材料竟然都完全没有成人之美的意思,反而对马克·吐温极为不利。其中一位牧师竟在信中预言道:"我敢肯定,这个年轻人不久就会烂醉而死,进入醉鬼之坟。"

尽管如此,马克·吐温还是老老实实地把6份材料交给了老兰登先生查看。"看来,你在这个世界上一个朋友都没有?"老人看完材料后,不满地问道。

"显然一个也没有。"马克·吐温无奈地答道,他觉得这回这婚事要告吹了,没想到老人听了马克·吐温的回答,神情马上变得温和了。

老兰登先生说:"你敢把这些信件交给我,证明你是一个诚实的人,不隐讳别人对你的评价。而且,你竟敢在求婚的关头亮出对自己不利的材料,这又证明了你是一个勇敢的人。别管它,把这些材料丢到一边去吧。我比他们更了解你,既然你没有朋友,我就来做你的朋友——和我的女儿结婚吧。"

马克·吐温的诚头勇敢的优良品质打动了兰登先生,也使他的女儿得到了一个好丈夫。婚后,马克·吐温和妻子生活得幸福美满。

无论你做什么,无论你什么样,都会有人对你不满,对你指指点点。很多人在别人的负面评价中郁郁寡欢,焦虑不堪。唯有内心强大的人,从不会在乎别人的眼光和评价,也不会让别人的想法决定自己的人生。我们永远不要忘记自己是谁,坦然做自己就好。

人生没有彩排，愤怒的时候不轻易做决定

在美国阿拉斯加，一个男人独自抚养着自己的孩子。因为要忙着养家，他就把自己的好友——一只聪明听话的狗，训练到能照顾孩子。

一天，男人出门到外村，因遇大雪，第二天才返回了家。刚进家门，就见到处是血，抬头一望，床上也是血，孩子不见了，而身边的狗满口也是血。男人立马想到是狗狂性发作，把孩子吃掉了，大怒之下，拿起刀来向着狗头一劈，把狗杀死了。听到声音，男人的孩子从床下爬了出来，却毫发无伤。

原来，男人走后，家里来了一只狼。狗和狼大战，咬死了狼，救了孩子，却被主人误杀了。

根据心理学家的测算，人在愤怒的时候，智商是最低的。在愤怒的关头，人们会做出非常愚蠢的决定而自以为是，也会做出非常危险的举动而大义凛然。这个时候所做的决定，90%以上都是极端的错误，因此在生气的时候不要做任何决定。

血性与宽容，你都要有

有一次，古龙和金庸与日本的出版商谈论出书的事情。然而，会谈

并没有想象中那么顺利。古龙发现这几个日本书商有点傲慢,在言谈中对中国当代文学很有点瞧不起的意思。场面一度有些尴尬,而大度的金庸先生总是微笑着想缓和一下紧张的气氛,古龙的话则越来越少,渐渐沉默起来。

酒过三巡,对方的情绪渐渐高涨起来,不停地催服务生上清酒。古龙和金庸两人都有些不胜酒力了,开始推辞起来。没想到对方忽然露出了鄙夷的神色,一语双关地说道:"你们中国的小说家也不过如此嘛!"

金庸知道古龙的脾气,连忙转过头,紧张地看着血气方刚的古龙。让他没想到的是,古龙并没有暴跳如雷,他默默走出了房间。不一会儿他回来了,只见他拿了三个洗手盆摆在大家面前,然后就开始往盆里倒酒。他一边解开衣领,一边说:"杯子怎么尽兴?来,用这个,干!"说着,他端起盆,仰头猛灌起来,坐在一旁的金庸惊得说不出话来,日本出版商更是傻了眼,虽然他们酒量大,但也没见过这么喝酒的。古龙喝到一半,对方果然认输了,连忙跑过来拉住了他,"古先生,您的酒量我们甘拜下风,请不要再喝了!"

事后,日本书商一改先前傲慢的态度,开始老老实实地和他们谈起了图书出版的事宜,后来三个人甚至成了朋友。

谈完生意回去的路上,金庸悄悄问酒醒后的古龙,你真的能喝得下那么多酒吗?古龙憨笑着告诉他,其实自己虽然酒量不小,但也喝不了一脸盆的清酒。只是他一直觉得,谁对我好,我也要对他好;如果谁小瞧我、欺负我,那就不能忍气吞声,何况是事关作家的尊严和民族感情。

从那以后,金庸先生多次在朋友面前说到这件事情,并且一再表示,古龙身上的侠气精神让他记忆深刻。

但血性的古龙更有一副侠义心肠,就像他笔下的英雄一样有爱,有宽容。

当时古龙的名气很大,他的小说越来越受人欢迎。在利益的驱使下,很多人开始效仿他,挖空心思,想方设法利用古龙的名气为自己谋利,甚至有人开始冒充古龙的名字写小说。

当朋友拿着盗版书找到古龙的时候,一向争强好胜的他却没有生气,反而津津有味地读了起来。坐在一旁的朋友按捺不住了,问他为什么不追究。古龙微笑着告诉他:"这本小说的风格,我一看就知道是谁写的。我也非常反感这些抄袭、模仿、假用笔名的龌龊行为。可这个作者我知道,他的家境非常贫寒,不过是以此来糊口罢了。如果我去举报他,那他全家人都可能饿肚子,能饶人处且饶人,何况他的原因很特殊;再说,他的文笔很不错,我不忍心让他就这样毁在我手里。"朋友听完他的话,唏嘘不已。古龙最后也真的没有再追究这件事情。

不仅如此,古龙还留心那些假冒自己写小说的作者中比较有才华的,并且想办法帮助他们。对一些纯粹谋取暴利的抄袭者,他决不手软;而对那些生活贫困、才华过人的年轻人,他则尽力去帮助。在古龙的帮助下,很多年轻人渐渐崭露头角,而且都和古龙成了朋友。

古龙心怀博爱,不计小利,为更多有才华有抱负的人提供机会,让人佩服。当然古龙的忍让,并不能说明他性格懦弱退缩,相反他也有血性之争的时候。

人生感悟

罗哲郁在《猎富时代》中写道:"血性与宽容,就是苍鹰的两只翅膀,不争,不足以立世;不让,不足以成功。纵观一生轨迹,每个人无不在'争'与'让'的天平两端来回行进。会'争'需要一个好性格,会'让'更需要一个好性格。"而这两种性格,我们都要有。

越是危急时刻越是要淡定从容

东汉末年,宦官与外戚在朝廷争权。外戚为杀宦官,招了西凉的军阀董卓进京。结果董卓乘机专断朝政,废黜少帝,擅立陈留王为汉献帝,对于不服从的官员,进行大肆屠戮,弄得满朝文武人人自危。

一天,很有名望的司徒王允以生日宴会的理由,请了很多大臣到家里聚会。酒过三巡,王允忽然控制不住情绪大哭了起来。

有大臣惊问道:"王大人,今天是您的生日,为什么这么悲伤啊?"

王允叹息道:"今天哪里是我生日,这只是我怕董卓这个老贼怀疑我的一个由头罢了。如今董卓横行霸道,朝政混乱,什么时候是个头啊?"说完又接着哭了起来,大臣们看见王允哭得这么伤心,也都跟着大哭起来。

这时,却听见有一个人拍掌大笑道:"满朝文武大臣,就算从现在哭到天亮,再从天亮哭到天黑,还能哭死他董卓不成?"

王允抬头一看,说话的是年轻的骁骑校尉曹操,便斥责道:"你曹家也是吃皇粮的,不思报国,还敢嘲笑我们?"

曹操说:"您老别误会,我是觉得大家这么哭,实在是无济于事,不如找个办法杀董卓啊。我虽然没什么大本领,却愿意去杀了董卓,砍掉他的人头,给天下人一个交代。"

王允看见曹操胸有成竹的样子,便悄悄地离席问道:"你有法子能够杀掉董卓?"

曹操说:"董卓那老贼比较相信我,我能够佩刀进入他的府邸。我想借司徒您的那把宝刀,进入丞相府找机会去刺杀董卓。"

第二天一早,正好董卓有事找曹操商议,曹操就带着宝刀去了丞相府。他一路走到董卓的卧室,看见董卓坐在床上,董卓的干儿子吕布也在一旁,董卓说:"你怎么现在才到啊?"

曹操答说:"我的马不太好,走得太慢。"

董卓对吕布说:"你去到我马厩中挑一匹我从西凉带过来的良马送给他吧。"吕布领命便出去了。

这正合曹操的心意,本来他还觉得有吕布这个猛将在,自己的胜算不大,现在吕布一走,曹操觉得机会来了,便要拔刀,又怕董卓气力大,从正面不好下手,便耐心地等待机会。由于董卓身体肥胖,坐了不一会就累了,便转过身躺到了床上。说时迟那时快,曹操马上把刀拔了出来,正要向董卓背后刺去,不承想董卓从窗前的镜子里看到了曹操拿着刀站在他背后,便连忙转过身来喝问:"你想干什么?"

这时,曹操看到吕布已经牵着马到了门口。曹操心想坏了,自己的举动被发现,吕布马上也要回来了,如今拼死一搏也很难成功,想到这,他便急中生智地把刀捧起,跪到了董卓面前机智地说:"大人,这把刀是我要献给您的礼物,以报答您对我的知遇之恩。"

董卓见曹操面不改色,就把刀拿了过来,只见这把宝刀长约一尺有余,上边镶有7种颜色的宝石,刀锋闪着寒芒,他知道这的确是一把世间罕见的宝刀。董卓就很高兴地收下了宝刀,然后,便领曹操出房看马。

曹操看到董卓送给他的马的确不错,便谢恩道:"这是匹好马啊,但是不知道骑起来怎么样,待我出去骑骑看。"说着曹操便牵着马走出相府,赶紧跃上马背,策马扬鞭头也不回地逃走了。他知道刚才的表演有很多破绽,等董卓反应过来,自己必将招来杀身之祸。

人生感悟

经过了大风大浪后的苏轼说:"莫听穿林打叶声,何妨吟啸且徐行。竹杖芒鞋轻胜马,谁怕?一蓑烟雨任平生。"生活中我们遇到突发的变故的时候,不能着急,不要因恐惧而乱了方寸。

只要我们沉着应对,冷静思考,善于分析,再大的困难也会迎刃而解。保持从容淡定,我们才能做到:静时,气定心闲,静若处子;动时,摧枯拉朽,无坚不摧。

能控制情绪的人,才能掌控人生

汉高祖刘邦去世后,吕后掌握大权。

一天,嚣张的匈奴单于遣使向吕后送来书信,说他自己是个寂寞的君王,而吕后的丈夫也去世了,两人正好可以在一起。

一向性格刚烈的吕后,岂能忍受这样的屈辱!她立刻召集陈平、樊哙、季布等人,商议要杀了使者,然后发兵进攻匈奴。

但当时,汉朝元气尚未恢复,根本不是匈奴的对手。季布道:"匈奴人就像禽兽一样,听见他们说好话也不值得高兴,听见他们说坏话也不值得动怒。"吕后是个深明政治、军事的人,自然明白季布是在劝自己不要因一时的愤怒而做出错误的决断。

冷静下来的吕后,回信一封,写道:"单于不忘我们这个小地方,赐下信件,我们举国上下,莫不诚惶诚恐!单于雄伟,正在盛年,老妾本应亲身前往侍奉。可惜年逾七十,色衰神弱,发齿尽脱,行步蹒跚,见单于岂不羞惭?谨献上后宫美女三十名,锦帛十万匹,御用精米八十万斛,精酿宫酒百石,敬请大单于笑纳。"

吕后的这种行为看似是软弱,但是却为汉朝赢得了休养生息的机会,后来才有了"文景之治"的国富民强和汉武帝大战匈奴。

人生难得的是面对逆境和冷遇时,能跳出烦恼,不屈不挠,积极进取。我们只有在面对黑暗的时候沉住气,才能等到日出,只有在身居寒冬时能耐得住,才能等到暖春。正如冯梦龙说的:"成大事者,争百年,不争一息。"

不骄不躁,才能战无不胜

在小店里,将军和店主正在下棋。

将军开动脑筋,第一局想以稳对稳。可谁知店主稳中蕴动,机关早成,待将军发觉时败局已定;第二局将军以攻带守,结果又败一局;第三局,将军迭进绝招,最后仍然"束手就擒"。再看那位店主,三局虽早已过了百余招,老将却始终未动。

将军问店主:"上次,您拨动老将,战成一负二和;这次您不动老将,却连胜三局,这是为什么?请指教。"

店主笑道:"上次对弈时战事正紧,您将去前线御敌,我下棋也不可挫伤你的锐气。眼下大军凯旋,将军得意扬扬,我胜你乃是为告诉将军要戒骄戒躁。"

将军听后深受启发,向店主深深地鞠了一躬,从此打仗战无不胜,但仍不骄不躁。

人生感悟

柏拉图说过:"许多胜利都会为胜利者带来杀身之祸。过去如此,将来也一定如此。"骄傲自满是胜利下的蛋,孵出来的却是失败。人们常常因为有了可凭借的优势,便少了忧患,疏忽大意,结果许多时候,我们不是跌倒在自己的缺陷上,而恰恰是跌倒在自己的优势上。

身安不如心安,屋宽不如心宽

有一位老太太有两个儿子,大儿子是卖盐的,二儿子是卖伞的。这两种生意都要看天气,天气晴朗时,就可以晒出很多盐;阴雨时,买伞的人就很多。两个儿子都不在意天气会厚此薄彼,但是老太太看在眼里却很着急,一连几天上火吃不下去饭。

两个儿子看见就急了,这可不能让老娘瘦了啊。他们便去安慰老太太,但是效果不大,给老太太喂了点米粥才睡着了。老大和老二商量着得想个办法。

第二天,两个人做生意的时候便找客人们询问意见,有一个熟客一听就笑着说:"这事好办,交给我了。"老大就赶紧叫上老二将熟客带回家。

只听那熟客隔着门帘响声说:"老太太,晴天你家老大盐卖得好,阴天你家老二的伞卖得快,不管是晴是雨你家都生意兴隆,老太太你可真有福气。"不一会儿,老太太就从门帘后转出来,满脸笑容,热情地拉着熟客的手对他感谢。两个儿子也感激不尽,熟客盛情难却,便在他们家共进了晚餐。

欧文说过:"宽宏精神是一切事物中最伟大的。"把心放宽,那么生活就不会有烦恼,在他人看来至关重要的事,心中却不为所动。成也好,败也罢,做到最好就行。平常心让你的世界更加宽广,包容万物,心比天大。

气大不如量大,平静面对无中生有的事

有一个男孩脾气很坏,与别人相处得很差,于是他的父亲就告诉他,每当他发脾气的时候就在后院的墙上钉上一颗钉子。

第一天,男孩在墙上钉了38个钉子,但是这个数量日渐减少,男孩学会了控制自己的脾气,他发现控制自己的脾气比钉下这些钉子容易。

终于有一天,男孩再也不会失去耐心并且乱发脾气了,他将这一切告诉了父亲,父亲告诉他,从现在开始,每当你能控制自己的脾气的时候,就从墙上拔下一颗钉子。男孩始终记住这件事,时间一天天过去,最终男孩告诉父亲他把所有的钉子都拔掉了。

父亲拉着男孩来到后院墙边说:"做得好,我的孩子,但是你看墙上这些钉洞,这面墙再也不能回到从前的样子了。你生气的时候说的话就像钉子一样在别人心中留下伤痕。就像你拿一把刀去捅了别人,无论你说多少次对不起,那个伤疤还是会在。恶语相向就像刀子一样,刺痛别人,并且留下伤痕。"

人生感悟

君子之心不胜其小,而气量涵盖一世。宽容地对待他人,这是一种真正的明智,树立了美好的形象,也打通了前进的道路,没有了人为的羁绊。正如马克·吐温说的:"紫罗兰把它的香气留在那踩扁了它的脚上,这就是宽恕。"

与轻慢你的人一般见识,会拉低你的修养

东晋时候有一员大将叫褚裒,有一次坐船送一位客人去浙江,晚上就投宿在钱塘县的驿站里。可是不巧,钱塘县的县令沈充也正好送客人来到这里,亭吏不认识褚裒,为了招待好县令,就把褚裒赶了出去。褚裒既没有解释自己是谁,也没有争辩为何赶他走,拿起行李就去江边的牛棚住下了。

第二天,钱塘江起大潮,沈充来江边观潮,发现牛棚里居然住着人,他很是奇怪,就问亭吏谁住在里面,亭吏如实说:"昨天一个北方来的大汉来投宿,因为县令大老爷要招待尊贵的客人,就让他住在这边了。"沈充觉得甚有意思,就对着牛棚喊道:"嘿,那个北方佬,出来,出来,报上姓名,我可以给你点饼吃。"

褚裒可是一代名将,受这小人物的侮辱滋味可想而知,但是他依旧不动怒,不卑不亢地走到县令面前,回答道:"我是河南的褚裒。"短短的一句话,就把沈充镇住了,他当然知道褚裒的大名,现在冒犯到了他,沈充十分惶恐,希望褚裒能狠狠地责罚他和那个亭吏一顿以免杀身之祸。

但他见褚衰没有反应,就叫手下将亭吏捆起来,准备鞭打,被褚衰阻止,于是他又吩咐手下杀鸡宰牛,准备盛宴款待褚衰。褚衰为了不使沈充难堪,只能赴宴。酒宴上,沈充不停地表示歉意,褚衰却毫不在意。

这事被后人传为美谈。褚衰的大度、宽容赢得了众人的尊敬。

如果狗咬了你一口,难道你也反咬一口吗?和狗一般见识,只会拉低自己的层次和修养。林语堂说过:"自己萎弱,恶人健全;自己恶动,忌人活泼;自己饮水,嫉人喝茶;自己呻吟,恨人笑声,总是心地欠宽大所致。"表面的忍让、表面的吃亏并不是懦弱,而是一种大勇。

战胜恼怒,比战胜劲敌更难

英国有个叫欧玛尔的击剑手,他的剑术非常了得,但是却从未得过第一名,因为他还有一个势均力敌的对手,他们两个斗了30年还是没有分出胜负。

有一次,两个人再次进行决斗。在决斗的过程中,他的对手从马上摔了下来,欧玛尔持着自己的剑跳到了对手身上,眼见一秒钟之内就可以刺破他的喉咙,而他自己就可以成为英国剑手中的第一名,这是他一直以来的梦想。

但是就在这时,他的对手朝他的脸上吐了一口唾沫。出乎意料的是,欧玛尔停住了,他一脸严肃地对对手说:"咱们明天再打。"他的举动让在场的人都犯糊涂了,那个对手就更糊涂了。

欧玛尔说:"30年来我一直在修炼自己,让自己不带一点儿怒气作战,所以我才能常胜不败。刚才你唾我的瞬间我动了怒气,这时杀死你,我就再也找不到胜利的感觉了。所以,我们只能明天重新开始。"

这场争斗永远也不会开始了,因为那个敌手从此变成了他的学生,他也想学会不带一点儿怒气作战。就这样,欧玛尔成了英国历史上唯一留名至今的击剑手。

大仲马说:"你要控制自己的情绪,否则你的情绪便控制了你。"人在愤怒的时候最容易失去理智做出一些后悔莫及的事,所以,当我们怒上心头时要及时地用自己的理智来控制愤怒,告诉自己"生气没有意义,发火只会使一切更糟"。先深呼吸然后转移自己的注意力,不要再去想那件事,多想一些开心的事情,等到心情平静下来再行动。

稍忍须臾是压制恼怒的最好办法

张良是汉初的一位名臣。一天,他在外出求学时遇到了一件事。当时他走到下邳桥上遇到一个老人。那位老人坐在桥头,身着粗布衣服,当他看见张良走了过来,就故意将鞋子掉到桥下,冲着张良说:"小子,下去给我把鞋捡上来!"张良听了一愣,心中燃起了一股怒火。但是看在他是个老年人的分上,张良就强忍怒火到桥下把老人的鞋子给捡了上来。

当张良把鞋子递给老人的时候,老人对他说:"给我把鞋穿上。"张良再一次感到愤怒,但是忍住了。他想,既然已经捡了鞋,好事做到底吧,就跪下来给老人穿鞋。老人穿上鞋后笑着离去了。不一会儿他又返回来,对张良说:"你这个小伙子可以教导。"于是约张良再见面。这个老人后来给张良传授了《太公兵法》,使张良最终成为一代良臣。

老人考察张良,就是看他有没有遇辱能忍、自我克制的修养。有了这种修养,"孺子可教也",今后才能担当大任。

人生感悟

辛姆洛克说:"忍耐之草是苦的,但最终会结出甘甜而柔软的果实。""小不忍则乱大谋",平时在处理复杂的人际关系和艰巨的事情时,我们要保持冷静,不意气用事,生气时一定要学会克制和忍耐。如果你忍不住别人的刺激又要如火山一样爆发,就试试曾是美国总统的杰斐逊所教的方法:"生气的时候,开口前先数到十,如果非常愤怒,先数到一百。"

把不满装箱打包锁起来

女儿出嫁的头一天晚上,母亲送给了她一个木匣子。女儿后来嘱咐自己的男人,永远都不要把它打开,男人听话地点了点头。

一转眼两人已是白发苍苍的老夫妻了,一次收拾屋子时,男人无意间翻出了那个尘封已久的木匣,突然很想知道里面到底装了什么秘密,于是便请求自己的妻子,将其打开。女人点了点头,从抽屉里取出了一把钥匙,揭开了这个隐藏了半个多世纪的秘密。

里面装着什么?老头仔细一看,一张写满数字的纸条、5双鞋垫,还有一万多元钱,而且大多是旧票子、零钱,只有几张崭新的百元大钞。

男人拿起了那张纸条,轻声读道:"1969年,为了给大儿子治病,花了6元钱;1973年,为了解决温饱问题,拿出来30元;1981年,为了给小儿子翻新房,拿出了500元……"这是张记账单,男人看明白了。可是那几双鞋垫和那一万多元钱是怎么回事呢?他百思不得其解。

看到男人困惑的样子,女人不禁笑着说:"母亲送给我这个木匣子时只告诉了我两句话,一是我生气的时候要纳双鞋垫放进去;二是让我不要把这件事告诉你。"

男人听后很高兴,心想,他们结婚到现在,妻子只纳了3双鞋垫,看来她对自己还是很满意的啊。于是男人接着问:"那这些钱是哪来的呢?"

"那是我卖鞋垫赚来的,而且不只这些,连纸上记下的也是……"女人淡定地说。

男人顿时哑然无语。他默默地在心里算了一笔账:如果按3元一双鞋垫来算的话,那么妻子就曾经对他生过几千次气。可实际上,他们60多年的婚姻生活里,却很少红脸。之所以不吵架,并非是他样样做得好,而是妻子把怒火转成了鞋垫,这鞋垫又变成了金钱……

想到这里,男人一把将妻子拥入怀中,并佩服岳母定下的这条幸福妙计。

我们要学会用"冷却心态"来处理不满。平日里的不满既然

都来自心中,那么心中的燥热状态是必然的,而冷却处理会收到意想不到的效果。面对别人的批评、质疑,乃至羞辱,我们要学会处之淡然。心态好的人,往往更容易成功。相反,别人稍微批评一下,他的心态就失衡了。这样的人终难成大事。

生气是用别人的错误来惩罚自己

在古巴有一个叫山姆的人,他每次生气和人起争执的时候,就以很快的速度跑回家去,绕着自己的房子和土地跑三圈,然后坐在田地边喘气。

山姆是个勤奋的人,而且他在村里的名声也非常好。慢慢地,他的房子越来越大,土地也越来越多。但不管他的房子变得多么大,土地变得多么多,只要与人争论生气,他还是会绕着房子和土地绕三圈。

有人问山姆:"你为何每次生气都绕着房子和土地绕三圈呢?"山姆淡淡地笑着走开了。他的妻子和孩子也曾经问过他,但是他总是默而不语。

不知不觉,山姆已经年近70了,他已经变得非常富有。一次,他与妻子发生了争执,之后他便拄着拐杖艰难地绕着土地和房子走,好久好久之后,他终于走完了三圈……太阳都下山了。

山姆独自坐在田边喘气,他的孙子在身边恳求他:"阿公!您已经年纪大了,这附近地区的人也没有人的土地比您更大了,您不能再像从前一样,一生气就绕着土地跑啊!您可不可以告诉我这个秘密,为什么您一生气就要绕着土地跑上三圈呢?"

山姆禁不住孙子恳求,终于说出隐藏在心中多年的秘密。他说:"年轻时,我一和人吵架、争论、生气,就绕着房地跑三圈,边跑边想:我的房子这么小,土地这么小,我哪有时间、哪有资格去跟人家生气呀?一想到这里,我的气就消了,于是就把所有时间用来努力工作。"

孙子问道:"阿公!你年纪老了,又变成最富有的人,为什么还要绕着房地跑呢?"

山姆笑着说:"我现在还是会生气,生气时绕着房地走三圈,边走边想:我的房子这么大,土地这么多,我又何必跟人计较呢?一想到这,气就消了。"

人生感悟

当你一无所有的时候,你必须为自己的将来奋斗,因此没有时间、精力甚至是资格与别人争吵;当你拥有巨大的财富时,又何必与人计较呢?这就是一种智慧。

你必须记住,一个人要有宽广的胸怀,不与人斤斤计较,但是最重要的是要告诉自己,不把时间浪费在与人生气这种愚昧的行为上。

辑七
改变思维,
人生才会海阔天空

失误，有时是一场美丽的意外

在德国一家造纸厂，车间的工人紧张而忙碌地工作着，他们正在为一份重要的订单而加班加点。

就在工作即将结束的时候，技术员杰瑞因加班太久，疲惫不堪，在书写生产任务单时，居然写错了纸张配方中最重要的部分。

大家忙碌到最后，居然生产出一批不能用于书写的废纸。这不仅造成了巨大的浪费，还可能因此延误合同上的交货日期。毫无疑问，杰瑞因此被他的老板解雇了。

杰瑞垂头丧气地回到家里，正巧有一位好友来看他，了解事情后，就安慰他："任何事情都有利弊，那些纸固然是不能写字了，但是你经验丰富，就没想想或者它们可以用来干点别的？"

杰瑞觉得朋友的话很有道理，于是他就请工厂的同事替他拿来一些报废的纸张，开始仔细研究起来。很快他就发现，这批纸的吸水性能相当好，可以非常快地吸干家具、餐具、玻璃上的水分，而且不留一丝痕迹。杰瑞对自己的这个发现感到高兴极了，他找到老板，请他把那些因为自己的错误报废的纸张卖给自己，虽然价格很低，并且要两个月以后再付款。然而老板本来正在为那些废纸发愁，不知道如何处理，于是很开心地接受了杰瑞的条件。

杰瑞聘请他的工友，把那些纸裁成大小不同的正方形，然后进行了一番包装，就拿到各大超市去推销。杰瑞告诉人们，这是最新发明的最好的"吸水纸"，然后他挨家超市演示这种吸水纸的性能。不用说，这种纸很快被大家接受,尤其是得到家庭主妇们的青睐。杰瑞的吸水纸变得十分畅销,还没到两个月,就销售一空。杰瑞不但还了欠老板的钱,还发了一笔小财。

因为那个错误的配方是杰瑞写出来的,所以杰瑞很快就为那个配方申请了专利,建立起自己的生产工厂。

人生感悟

法国作家司汤达说过:"一个具有天才禀赋的人,绝不遵循常人的思维。"熟悉的习惯,熟悉的路线,熟悉的日子里,永远不会有奇迹发生。改变思路,改变习惯,改变一种活的方式,往往会创造无限,风景无限!

上帝的话也值得怀疑

在《圣经》上记载着,诺亚的第十代孙亚伯拉罕曾经怀疑过上帝。

有两个城镇的人民有违反上帝谕旨的嫌疑,于是上帝准备毁灭这两个城镇的人,以此对他们进行惩罚。

听到这个消息后,亚伯拉罕对这位神圣而万能的上帝产生了怀疑。于是他主动请缨表示要代表人民和上帝谈判。

他向上帝质问道:"如果城里有50名正直之人,难道他们也必须被坏人连累而死吗?"上帝没有回答,亚伯拉罕追问道:"难道上帝不能因正直之人的存在而宽恕其他人吗?"

上帝说:"如果该城真的有 50 名正直之人,那我就不惩罚这个城镇。"

亚伯拉罕更怀疑了,难道必须有 50 名正直之人你才原谅这个城镇的人吗?于是他又质问:"如果离 50 名正直之人只差 5 个人,你是不是还要毁灭这个城镇呢?"

上帝又做了让步,他表示如果有 45 名正直之人,该镇就能得到宽恕。

上帝的话更让亚伯拉罕怀疑,这难道就是上帝的仁慈吗?于是他逼问道:"如果有 40 名正直之人呢?"

在亚伯拉罕的不断质疑下,上帝真的理屈词穷了,但是他作为神圣不可侵犯的万物的主宰,不能说话反悔,于是他找借口为自己的行为辩解。

亚伯拉罕严肃地问上帝:"你准备把拥有正直之人的城镇毁灭掉,这合乎正义吗?"

上帝似乎有点惭愧,最后他答应:"只要该城有 10 名正直之人,就宽恕这个城镇。"

人生感悟

质疑要在大家都不怀疑的地方,越是觉得平淡无奇之处,越要多一个心眼儿。越是那些似乎板上钉钉的结论,越要多问自己几个为什么,说不定你就能发现疑问。巴尔扎克曾说过:"打开一切科学的钥匙毫无异议是问号。"敢于质疑权威的精神可以帮你打开包裹着真理的层层迷雾,当你学会质疑权威时,你才会飞速进步。

你的智慧是别人永远夺不走的财富

有一位犹太人带着自己的儿子来到美国做生意，刚开始他们只是靠捡垃圾来维持生活。一天，这位犹太人问儿子："儿子，你知道一磅铜的价格是多少吗？"

"40美分。"儿子立即回答道。这时候父亲说："对。所有的人都知道一磅铜的价格是40美分，但是，作为犹太人的儿子，你应该说4美元。你可以试着把一磅铜打造成一个铜把手看看。孩子记住，我们唯一的财富就是智慧，当别人说1加1等于2的时候，你就应该想到大于2。"

父亲的话给了儿子很大的启示。10年后，他已经做到了把一磅铜卖到4000美元，这时，他也已经成长为一家公司的董事长。

1974年，美国政府对自由女神像进行了翻新，为清理翻新后留下的一堆废料，政府开始向社会招标。但几个月过去了，却没有任何人前来竞标。犹太人的儿子听说后，立即坐飞机赶往纽约，当他看到自由女神像下堆积如山的铜块、螺丝和木料，未提任何条件便当场签了字。

消息传开后，很多人觉得他的这一举动不可思议，很多同僚都认为废料回收是个吃力不讨好的活，因为在美国垃圾处理有严格的规定，弄不好还会受到环保组织的起诉，而且能回收的资源价值也实在有限，这一举动确实很愚蠢。

当别人在等着看他的笑话时，他已经开始组织工人对废料进行分类并加以利用——把废铜熔化，铸成小自由女神像；把废木加工，做成底座；废铅、废铝则做成纽约广场的钥匙；他甚至把从女神像身上扫下来的灰尘都包装起来，出售给了花店。就这样，他不仅实现了资源的有效利用，而且还避免了环保上可能产生的纠纷。仅仅用了几个月的时间，他就让这堆当初无人问津的废料变成了400万美元。

人生感悟

常言道:"没有做不到,只有想不到",成功需要创意,创意打造成功。当我们拥有和别人不一样的想法时,我们就能够脱颖而出,超越自己。如果你一直跟在别人的身后,那么你永远也不会有出头之日。

改变现状没有你想象的困难

在南美洲有一个紧临太平洋的国家,叫作智利。在智利的北部有一个偏远的小村庄,名字叫作丘恩贡果。这个村庄一直以来都十分干旱,村庄里的居民生活得也十分艰苦。

直到有一天,有一位叫罗伯特的物理学家来到丘恩贡果。他发现这里除了村民,基本上没有其他生物存活。但是,他却惊奇地发现,这个几乎荒废的小村落里居然到处布满了蜘蛛网。

罗伯特开始思考,为什么别的生物几乎都不能存活,蜘蛛却能在如此干旱的环境里生存下来呢?罗伯特认真地观察了那些蜘蛛网后发现一个秘密:那些蛛网上总会结满晶莹的小水珠,就像很多地方的露珠一样。

罗伯特经过很长时间的研究后才得出结论。原来,这个小村庄西临太平洋,北靠阿塔卡玛沙漠。特殊的地理环境,形成了多雾的气候。然而,再多的雾水也会随着烈日的出现被蒸发掉。

与之不同的是,那些蛛网却因为具有极强的亲水性,很容易吸收雾气中的水。那些雾水就会在蛛网上结成很多小水珠。这些水珠,正是蜘蛛能在这里生生不息的源泉。

罗伯特受到这些蜘蛛网的启发，他想：人类如果制造出一种东西，能够像蛛网那样截取雾水，不就可以改变这里的现状了吗？

但是，说起来容易做起来却很难，几次尝试都以失败告终。然而，罗伯特并没有放弃。经过不断努力和研究，他终于在多年后研制出一种人造纤维。这种纤维像蜘蛛网一样具有极强的亲水性。然后，罗伯特在当地村民的帮助下，选择当地雾气最浓的地方建起支架，再用那种纤维在上面编织网阵。这样，穿行其间的雾气被反复拦截，就会形成大水滴。这些水滴足够大的时候就会滴到网下的水槽里，形成新的水源。

现如今的丘恩贡果，已经发生了天翻地覆的变化。罗伯特的人造蜘蛛网平均每天截流的雾水不仅能满足当地居民的生活需要，还可以用来灌溉土地，这片不毛之地终于长出了百年不见的鲜花和蔬菜。

人生感悟

平庸与失败背后的推手不是别人，而是我们自己。人生最大的敌人不是失败，而是甘于平淡、安于现状的心。人总是习惯于现有的生活状态，而不愿意做出新的尝试，结果故步自封、画地为牢，一辈子围困于原地，扼腕叹息。其实，改变现状并没有想象的那么困难、那么可怕，只需要付出一点勇气而已。

观察力决定一个人的命运

20世纪70年代中期，伦敦的一家小广告公司里有一个叫马丁·索罗的小业务员。

众所周知，广告行业对业务员的外表形象都有很高的要求，西装革履是最基本的要求，他们的衬衫都要送到洗衣店去清洗。渐渐地，他注意到洗衣店在烫好的衬衣领子里都会垫上一张硬纸板，以防止领口变形。

头脑机灵的马丁在这张小纸片上看出了商机，便拿着刚从领口里取下来的这种小纸片交给老板，并说要在这张小纸片上做广告会有不错的效果。可是老板听了之后，却很不屑地说："在越显眼的地方做广告效果越好，有谁会愿意在这张毫不起眼的小纸片上做广告？"

马丁的建议也惹得一旁的同事哈哈大笑，可是马丁却没有心灰意冷，他坚信自己的想法能够行得通。

老板不愿意做这项业务，马丁就决定辞职单干。他先是找到清洁用品、家具公司以及宠物饼干的生产商，说服他们在小纸片上做广告，告诉他们在这里做广告一是价格便宜，二是家庭主妇常把衣服送到洗染店清洗，看到这些小纸片后就会立即购买他们的产品。然后，马丁再把印上广告的纸片以低于市场的价格卖给洗衣店。这样一来，洗衣店纷纷抢购马丁的硬纸片，而与此同时，那些广告信息也不断地被送到家庭主妇的手中。短短几个月时间，刊登广告的商家就收到了效果。

在商家为此拍手叫好的同时，马丁也发现有很多硬纸片被人随手丢弃，于是马丁又说服了一些饭店和调味品生产商，让他们提供一些食谱。当这些印有食谱的小纸片再次流入客户手中时，居然成了许多家庭主妇的烹饪指南，小纸片被随手丢弃的问题大大减少！更可喜的是，马丁发现，自己的母亲为了看这些精妙的食谱，也经常把马丁的衬衣送到洗衣店去。

很快，马丁的广告项目吸引了广大商家们的注意，他们纷纷找马丁做广告。就这样，马丁的广告公司很快发展壮大了起来，他的小纸片广告的业务占领了整个伦敦市场，并且开始向更多的城市拓展。与此同时，因为马丁有了这个独特的经验，他开发出了更多被人忽略的广告项目。

马丁的广告公司在全球拥有 60 多个分公司，为全球客户提供着形象广告和信息顾问、品牌传播等综合服务，它就是著名的 WPP 传播集团。

说起自己的成功，马丁·索罗总会深有感触地说："我其实并没有做什么伟大的事情，不过是在一张被掩藏的小纸片上，开发了一个财富世界而已！"的确，马丁没有谦虚，也没有故作神秘，他说的是事实，只是能在隐藏在领口里的小纸片上发现商机，并不是每个人都能做成的，这需要眼光，更需要智慧和胆识。客观地说，真正让马丁成功的并不是那些垫领口用的小纸片，而是他身上所拥有的那种善于观察的精神。

人生感悟

一张纸的重量和价值往往被我们忽略，也许被我们扔进垃圾堆的纸已经不计其数了吧。但是任何事物的存在都是有其存在的价值的，关键只在于我们人类自身有没有挖掘和发现的能力。俗话说，欲要看究竟，处处细留心。仔细观察生活中的事物，用自己的慧眼、自己的心智去领悟生活，就能发现别人看不到的东西，正如哲人常说的："观察力决定一个人的命运。"

有才华的人也需要推销自己

英国小说家、戏剧家毛姆1874年生于巴黎。从1897年起,毛姆弃医专事文学创作。在接下来的几年里,他写了若干部小说,不过由于没有什么名气,出的作品自然没有一部能够"使泰晤士河起火",就连出版商都找不出什么由头来为他宣传。

为此毛姆只好亲自出马,他走进了当地一家有名的报社,要为自己的小说做做宣传。也不知道他和报社的人都说了些什么,不一会儿毛姆胸有成竹地走出了报社。

第二天,人们便在报纸上看到了这样一则征婚启事:"本人喜欢音乐和运动,是个年轻又有教养的百万富翁,希望能和毛姆小说中的女主角完全一样的女性结婚。"

看到启事的年轻姑娘顾不上再细看一遍,马上飞快地冲向书店,抢购毛姆刚刚出版的小说,想看看那个让百万富翁垂青的女主角到底是什么样子,以便自己效仿。中年父母们也加入了购书的队伍,希望将自己的女儿培养得和书中的人物一样,将来也找个百万富翁做女婿。就连小伙子们也争先恐后买毛姆的书,要了解一下百万富翁的择友标准。

一时间,书店就被抢购毛姆小说的人挤得水泄不通,几天之后,整个英国已经找不到卖毛姆的书的书店了。人们沉浸在小说的情节之中难以自拔,没人去在乎到底谁成了那个幸运的新娘,只是满心期待作者下本书的问世。

而毛姆呢,转眼间从一个穷酸的小职员,成功地变成了一位"畅销书作家",一旦他写完一本书,出版商们都会争抢他的版权,许以丰厚的稿酬,他终于如愿以偿,名利双收。

人生感悟

虽说"酒香不怕巷子深",但是如今的社会,不会表现自己的人,则很难有机会让人了解你的才能。毛姆用巧妙的手段推销自己的书,让更多的人了解自己,从而达到自己的目的。这才是真正的聪明人。

亲自实践,才是做事的严谨态度

著名物理学家李政道 1940 年到美国读书,他的导师是大师级的物理学家费米。费米教授每周会用半天时间和李政道讨论问题,并且每次讨论时都会问各种各样的问题,他这样做的主要目的就是训练学生独立思考和解决问题的能力。有一次,费米问李政道:"太阳中心的温度有多高?"

李政道答:"差不多是一千万绝对温度。"

费米问:"你是如何知道的?"

李政道说:"我在文献上看到的。"

费米问:"那你自己有算过吗?"

李政道答:"没有,这个问题计算起来比较麻烦。"

费米耐心地告诉李政道:"一个学者,不经过自己的思考和估计就接受人家的结论可不行。"

李政道问:"那我要如何做?这个问题虽然能用两个公式计算,过程也不是很复杂,可真要算起来,却不那么容易。"

费米说:"你能不能想一个其他的方法来计算?"

李政道说:"有什么办法呢?没有大计算器,很难算出来。"

费米说:"我们可以一起做一个大的计算器。"

费米教授当时正在做的物理实验跟做计算器没有一点关系,但是他还是放下了手头上重要的实验,与李政道一起做起了大计算器。

不久之后,世界上唯一的、专门用来做大运算的计算器出世了,李政道用自己研发的计算器,计算出了太阳中心的温度。

这件事情让李政道受用终生。他后来在一次讲演中专门讲到了这个故事。他说,费米教授看重的,并不仅仅是做这样一次计算,他是让学生明白,作为一个科学家,你不能轻易接受别人的结论,你必须自己亲手实验,而且要尝试使用新的方法。

人生感悟

爱因斯坦说:"要是没有独立思考和独立批判的有创造能力的人,社会的向上发展就不可想象。"我们在生活中,要养成独立思考的习惯,遇到任何事情,试着自己去找原因,思考因果关系,而不是被动接受别人的观点。只有你亲自实践后,才能得出和别人不一样的见解,才能成为与众不同的人。

上帝总是偏爱生活中的有心人

因为《盗墓笔记》,他名利双收:6部书,销售200万册,年收入百万元……南派三叔,凭什么这么红?

南派三叔本名徐磊，小时候的徐磊因为父母工作很忙，所以一直跟着奶奶生活。奶奶家有个大院子，每天都有许多小孩聚集到那里听老人家讲故事，其中有很多是鬼故事。

许多小孩在童年时，可能都有个会讲故事的奶奶，但擅长讲鬼故事的奶奶少见。就这样，奶奶的鬼故事深深地烙进了徐磊心里，甚至影响了他后来的人生。

在学校，徐磊经常在上课时给同学讲他的鬼梦、鬼故事，气得英语老师当着全班同学的面寒碜他："徐磊，你成不了大器！"

在闲暇的时候，徐磊常到他叔叔的古董店帮忙，他喜欢研究店里的那些新奇的玩意儿。更多的时候，他都会缠着叔叔，让叔叔给他讲述那些古董背后的故事。

叔叔提醒他要好好准备高考，不要老是关注那些奇奇怪怪的东西。徐磊说："考不上大学，我就来您店里当伙计。"学习成绩一般的徐磊有自知之明，但多读些书，将来也许能当个作家。找不到好书看，他就看《新华字典》，一个字一个字地读。徐磊说："学习成绩糟糕，老师讨厌你，没关系。但是，无论什么时候，都不能放弃读书。"虽然嘴上这样说，他还是希望自己能考上大学，要让那些认为他成不了大器的老师看看。

上大学时，徐磊在网上注册了一家公司，到2006年赚到了不少钱。结婚之后，他开始想做一点自己喜欢也擅长的事情，比如从小的梦想：一名小说家。2007年开始的全球金融危机，让他渐渐放下生意，看自己喜欢的书，去叔叔的古董店里听故事。更多的时候，他一直在酝酿自己的故事。

徐磊的脑子里装满了各种奇奇怪怪的故事，而他人生中听到的第一个鬼故事，是奶奶给他讲的血尸的故事。而叔叔的古董店，为鬼故事"准备"了各种各样的道具。后来徐磊开始在网上写鬼故事："50年前，长沙镖子岭。4个土夫子正蹲在一个土丘上，所有人都不说话，直勾勾地盯着地上那把洛阳铲。"

这就是小说《盗墓笔记》的开始。第一章写完后,引来网友的巨大关注,徐磊想不红都难。出版社编辑马上联系他,要给他出书。4个月后,《盗墓笔记Ⅰ:七星鲁王宫》的样书送到了徐磊手上。25岁的"南派三叔"一夜蹿红,一个月后,《盗墓笔记Ⅰ》销量达到了60多万册。

史迈尔说,对微小事物的仔细观察,就是事业、艺术、科学及生命各方面的成功秘诀。南派三叔靠着从小积累的一个个鬼故事,写出了畅销书《盗墓笔记》,获得了巨大的成功。

我们也要从小养成良好的观察习惯,留心观察在家庭、学校、社会发生的有趣的事情,成为生活中的有心人。

越见多识广的人,越懂得谦虚

扁鹊是春秋战国时期的著名医学家。早年他拜了名医长桑君为师,得其真传,等到自己的医术炉火纯青之后,他开始带着弟子不辞艰辛,周游列国,济世救人。

公元前354年他到了魏国的都城大梁。魏惠王知道神医扁鹊到了自己的国家,就把他召到了宫里。

言谈之中,魏惠王知道了他家有兄弟三人,都是很有名的医生,于是就好奇地问扁鹊:"你们家兄弟三人,医术都很高明,那到底谁的医术才是最好的呢?"

扁鹊回答说:"我的大哥医术最好,二哥比我大哥差点,而我的医术则是我们兄弟仨中最差的。"

文王听了扁鹊的回答,很吃惊地问道:"既然你的医术最差,那为什么最出名的却是你呢?"

扁鹊回答说:"这么说吧,我大哥治病,是治于病情发作之前。由于一般人不知道他事先已铲除病根,所以大家都觉得他的医术稀松平常,只有我们家里的人才知道这其中的奥秘。而我二哥治病,是治于病情刚刚发现之时。一般人都觉得自己患的只是小病,看好了也没有什么稀奇,所以他在我们家附近还是小有名气的。而我治病呢,是治于病情发作、严重之后。大家看我平时治病做大手术的时候,拿着针在经脉上放血、在皮肤上敷药,所以他们认为我的医术最高超,因为效果显著,所以我的名声就传遍全国了。"

"行医治病的医生中,能做到防患于未然的才是最高明的人,但他们往往默默无闻;病刚发作就手到病除的医生,会被人认为治的是小病,只能名传乡里;病人垂死时再出手保住病人的性命,但病人早已元气大伤,甚至还会留下一些后遗症,此时病人的身体已经破败受损了。我只有在人已经病入膏肓的情况下才能出手治病,所以我的技术最差。"

听了扁鹊精妙的解答,文王连连点头称道:"你说得好极了。"

徐特立说:"一分钟一秒钟自满,在这一分一秒间就停止了自己吸收的生命和排泄的生命。只有接受批评才能排泄精神的一切渣滓。只有吸收他人的意见才能添加精神上新的滋养品。"我们在平日的生活中,也要注意正确评价自己,不夸大自己的能力或价值,这样才更容易取得进步。

发现,离不开用心观察

陶弘景是我国南北朝时期著名的医学家。他博学多才,具有很强的钻研精神,在学习中遇到疑难问题,非要刨根问底不可。

有一次,他看到《诗经》里有一段描写螟蠃(一种细腰蜂)的诗句。长时间以来,人们认为,只有雄的螟蠃,而没有雌的。它们的繁殖也很有意思,就是雄螟蠃会飞到菜地里,把另一种名叫螟蛉的幼虫偷偷地衔回窝里去,祈祷说:"像我,像我,像我吧!……"这样念叨几遍,螟蛉的幼虫就变成螟蠃的儿子了。人们还根据这个传说,把领来的螟蠃儿子叫作"螟蛉子"。

而陶弘景看到这里,觉得这个神奇的传说并不可信。为此,他查阅了大量的史书典籍,都有这样差不多的记载。于是,他决定亲自去调查,把事情的来龙去脉考证清楚。

一次,他来到田野里找到一窝螟蠃,他先是仔仔细细地观察这些螟蠃,发觉它们成双成对,有雄也有雌,窝里不仅有螟蠃衔来的螟蛉,还有螟蠃的幼虫。过了两天,他发现螟蠃的幼虫把螟蛉吃光了,还变成了蛹。又过了几天,蛹变成螟蠃飞走了。

陶弘景终于揭开了螟蠃衔螟蛉的秘密:原来螟蠃也是分雌雄的,也能够自行生产后代,而螟蛉不过是被衔到窝中给它们自己孩子的食物而已。

陶弘景坚持用创新的态度,对中药学也进行了大量的研究。他写的《本草经集注》(七卷本)还创造了"诸病通用药"分类法,一直沿用了一千多年。

人生感悟

世界上不是缺少美，而是缺少发现美的眼睛。那眼睛指的是心，用心去观察，你会寻觅到自然之美，发现人心之美。无论何事，我们最好去亲自观察、亲身实践，才能得出自己的结论，体会到非同寻常的美。

别忽略你生活中的偶然，也许它就是你的机遇

哈姆威是叙利亚大马士革城的一个制作糕点的小商贩。那个年代的欧洲人，都认为美国是一个"遍地黄金和石油"的"天堂"，只要去了那里就可以发财。于是，每天都有无数的人搭上去美国的邮轮，去圆自己的发财梦。哈姆威也是其中的一员。

但他们到了美国之后，才发现美国并非如那些人吹嘘的那样遍地黄金，他只好继续做自己的糕点生意。没过多久，他就发现他的糕点根本卖不出去，哈姆威十分着急。

1904年夏天，哈姆威得知美国即将举行世界博览会，于是他把自己的糕点工具搬到了会展地点路易斯安那州。哈姆威多方奔走，才获得了在会场外面摆摊出售糕点的许可。

可是他的糕点生意依旧糟糕，半天也没有卖出去一份，而和他相邻的一位卖冰淇淋的商贩的生意却很好，一会儿就售出了许多冰淇淋，很快他就把用来装冰淇淋的小碟子用完了。

机灵的哈姆威见状，就把自己的车里的一张薄饼卷成锥形，并建议

那个商贩把冰激凌放在薄饼里面贩卖。

卖冰淇淋的商贩十分赞同哈姆威的想法，便买下了哈姆威制作的所有薄饼。令哈姆威意料不到的是，不光游客们十分欣赏哈姆威的想法，连参展的客商们也十分喜欢这种设计。展会后期，这种设计还被一家报纸称为"世界博览会的真正明星"。

从此，这种锥形冰淇淋开始大行其道，这就是现在的蛋卷冰淇淋。有人曾经说，如果两个商铺不靠在一起，那么今天我们可能就无法见到蛋卷冰激凌了。

世界上有许多偶然性的事情，譬如麦克斯韦因为一本书成为著名数学家霍普金斯的学生；瓦特从水壶盖子被蒸汽顶开受到启发，从而发明和改进了蒸汽机；弗莱明也是在偶然间发现了青霉素。然而最偶然的意外却是事有必至，一个人视野越大，碰到的偶然性机遇就越多，只要能够善于利用各种有利的偶然因素，就能创造出奇迹。

懂得运用知识，困难就能迎刃而解

德国伟大的数学家高斯曾解决过上千年没法解决的数学难题，他的聪明让人叹服，因此人们都说他是"天才"。

有一天，高斯走在大街上，突然冒出来一群人拦住了他的去路。

这群人中有一个人站了出来,趾高气扬地对高斯说:"听说你是天才,那么我考考你。"说完,他把一个玻璃瓶放在地上,瓶里有一枚用棉线系着的钱币。那人接着说:"你需要把里面的棉线弄断,但是不可以直接打开瓶塞,你能办到吗?"

高斯看着地上的玻璃瓶,感到有些为难,那群人见高斯也无能为力,正打算看好戏。在围观的人群中,有一位戴老花镜的老人。他走过来,拍着高斯的肩膀,关切地说:"小伙子,别着急。"高斯一转头,老花镜反射的太阳光正好晃到了他的眼睛,他忙用手挡了一下眼睛。

突然,他灵机一动,想出了一个好办法。只见他不急不慢地向这位老人借了老花镜,摆好角度,调整镜片跟瓶子的距离,让阳光通过镜片汇聚在玻璃瓶中的棉线上。旁边的人都很不解,打算一看究竟。

果然,没有过多长时间,棉线烧着了,只听"哐当"一声,银币落到了瓶底,围观的人全部自发地鼓起掌来,就连当初要考验高斯的那群人也无不心生敬佩。

原来,高斯从老花镜聚集太阳光中得到启示,巧妙地烧断了瓶中的棉线。

人生感悟

伟人毛泽东说过:"精通的目的全在于应用,不是知识就是力量,而是使用知识才是力量。"读书的目的,是要把书中的知识当作工具,去认识和解决现实中的问题,千万不要成为死读书的书呆子。

很多问题并不复杂，只需要换个思路

有一种牌子的香皂在很多年前非常畅销，在顾客中的知名度也非常高。然而，有一位顾客在商场购买了这家大型洗涤用品公司生产的香皂后，却发现自己买的只是一只空壳，里面什么也没有。

这位顾客觉得自己的消费权益受到侵犯，就把商场告上了法院，理由是他们高价出售空香皂盒。同样，这次意外的"空壳事件"让这家洗涤用品公司面临巨大的危机。

于是，该公司的总裁组织全体员工把所有包装好的产品全部拆开重新检查，结果发现不只是香皂，其他产品里面也有"空壳"现象，这种空壳率为千分之一。

公司总裁为了挽回名誉，避免再度发生类似的事件，便开始广泛地征集解决的方案。最后，公司购买了一台X光机，用来检查成品，利用医学上的透视技术，保证成品全部为实。问题解决了，但这套设施足足花费了数十万美元。

凑巧的是，在这个城市，还有一家小型的洗涤用品公司。他们同样也生产香皂，并同样存在空壳的问题。但是这家公司由于规模小，根本没有足够的金钱置办X光机。这让老板很是苦恼，尽管他已经开过全体员工大会，但是这么多人在一起仍然没有提出可以治本的方法。

郁闷至极的老板在吃完晚饭后，独自一人去外面散心。当时正值暮秋时节，突然一阵大风袭来，把落叶卷起，从一座桥的这边卷到另一边，这位老板看到这种现象，脑中涌出了一个奇妙的点子。

回到公司后，老板就让手下到市场上买回来一台大功率的电扇。已经经过装盒程序的成品香皂在经过这个大功率电扇的风吹后，那些空壳的香皂自然被吹出了流水线。

同样的问题,都得到同样的解决效果。值得我们注意的是,与价格不菲的 X 光机相比,这种方法既简单又省钱。

在《哈佛智慧》中有这样一句话:"按常理不能解决问题时,可以把思路绕个弯,换一种方法处理。思考往往能让问题变得简单。"当你在为某一问题大费脑筋时,突破常理思考可以更好地处理问题。

想要让道路畅通无阻,就要学会变通

在 18 世纪末期,英国人来到了澳大利亚,便立即宣布澳大利亚为英国的领地。但当时的澳大利亚很荒凉,没有人愿意去,所以英国政府决定把犯了罪的英国人统统发配到澳大利亚去。

将大批的犯人从英国大规模地运送到澳大利亚并不是件容易的事情,于是这个工作被很多私人船主承包下来。为了方便计算,英国政府实行的办法是以上船的犯人数支付船主费用,按人计算给钱。其实,那些运送犯人的船绝大多数都是由破旧不堪的货船改装而成。不仅设备简陋,药品很少,还没有随船医生。只要船上装满人离岸,船主就能拿到钱。于是,一些黑心的船主为了牟取暴利,只管多装人,根本不管犯人的死活。

更有甚者,为了减少开支,竟然断水断粮,所以死亡率极高。英国政府因此遭受了巨大的经济和人力资源损失。花费了大笔资金,却没达到大批移民的目的，英国民众对此也十分不满。

英国政府开始想办法来改善这种状况，于是派遣官员和医生随行，结果不仅没有效果，有的船上的监督官员和医生竟然也不明不白地死了。原来一些船主为了贪图暴利，便贿赂官员，官员如果不从，就把他们杀害。后来政府又对所有船主进行教育培训，但依然没有效果。

后来一个英国议员提议，这些私人船主既然是钻了制度的空子，那么我们以到澳大利亚上岸的人数为准计算报酬。不论你在英国装多少人，到澳大利亚时清点人数后再支付报酬。

自从实行上岸计数的办法以后，船上的死亡率居然下降到了1%以下。有些运载几百人的船只，经过几个月的航行都没有一个人死亡。

并且，很多船主自发地请医生跟船，还改善了犯人们的生活，尽可能地让每一个上船的人都健康地到达澳大利亚，因为在船上死掉一个人就意味着减少一份金钱。

人生感悟

作家石悦说过："只有变通，只有切合实际的行动，才能适应这个变化万千的世界。"或许开始的路途并不如我们想象的那样宽阔平坦，而是坎坎坷坷。此时，岔道口也许更能抵达成功之巅，何不变通，自信优雅地转身？大胆地变通，这样道路才会畅通，才能到达更远的地方。

辑八
人生从来没有太晚的开始

只有离开舒适区,才能远行

受家庭的影响,在上大学时,他选择了电子工程专业。毕业后,他又进入牛津大学攻读电子工程学的硕士学位。

在牛津大学求学期间,他结识了朋友贝克。贝克是牛津大学戏剧协会的副会长,因此也想拉他入戏剧协会,但他犹豫了。他觉得自己这样一个内向文静的人,加入戏剧协会,怎么可能呢?贝克却认真地说:"正因为你不爱讲话,生活无趣,所以才更应该加入协会。你应该学着让你的生活更精彩一些。"渐渐地,他竟然发现自己有点喜欢上喜剧表演了。

在1976年的"爱丁堡边缘艺术节"上,他鼓起勇气,用自己丰富的肢体动作和夸张的表情为大家表演了一个滑稽节目。没想到,他的节目大受欢迎,引起了全校的轰动。从此,他成了学校的明星,还有不少电视和电影公司慕名前来寻求合作。

面对突如其来的成功,他却迷茫了。过去很长一段时间内,他都在为成为一个电子工程师而奋斗。但如今,他自己竟然爱上了表演。以后的路,该如何选择呢?如果想从事表演,现在是最佳的时机;但如果这样选择,那自己多年的努力不就前功尽弃了吗?他不禁陷入了沉思之中。

这时候正值酷暑,蚊子到处肆虐。不胜其扰的他点燃了一盘蚊香,然后关上了门窗,想熏死室内的蚊子。这时,他发现门后有只蜘蛛趴在自己的网上。他曾观察过这只蜘蛛捕食蚊虫,所以不忍心伤害它,就再次打开门想把这只蜘蛛赶出去。然而这只蜘蛛却舍不得离开它辛苦织就的网,于是灵活地躲避着他的驱赶,固执地坚持在自己的网上。不久,这只蜘蛛就被蚊香熏死在了它引以为傲的网上。

这样的一幕对他很有触动,让他想到了自己的处境。是啊,蜘蛛网,本来是蜘蛛用来网蚊虫的,但没想到最终却网住了它自己。自己的处境不也一样吗?如果他坚持自己的电子工程专业,白白丧失发展的机会,那他不等于被自己的专业给网住了吗?那他不是和这只蜘蛛一样傻吗?

想通之后,他毅然放弃了做电子工程师的目标,开始努力发展自己的表演事业。不久之后,他就获得了英国电影和电视艺术学院奖颁发的"年度最佳喜剧奖",后来他更获得了演艺界几乎所有的重要奖项。更重要的是,他塑造了全球家喻户晓的经典喜剧形象——憨豆先生。

他就是"用卓别林方式演戏的英国金凯瑞"——当代英国喜剧泰斗罗温·艾金森。

该放弃的时候放弃,也是一种人生智慧,面对纷繁复杂的人生,应做到知其可为而为之,知其不可而弃之。把有限的时间和精力投入到自己喜爱的事情当中去,会让生命焕发多姿多彩的绚丽。有价值的人生,需要开拓进取、成就事业,但更要懂得正确和必要的放弃——这不是无奈,而是一种智慧。

永远保持对新事物的好奇心

在美国的西雅图市的一次国庆庆祝活动中,现场出现了一架在空中做着各种精彩表演的飞机,让参加活动的人们爆发出了一阵阵掌声和呐喊。当时,飞机还是一个绝少有人接触的新鲜事物,熟悉它的人寥寥无几。

飞机降落后,潮水般的人群就把飞行员马罗尼团团围住了,很多人都羡慕马罗尼的勇敢,然而更多的是对他能够驾驶飞机这个怪物翱翔于高空充满了好奇。

"有谁愿意和我一起飞上天去试一试吗?"马罗尼笑着问那些正在摸着飞机的人。

人们虽然好奇,但对飞机这个新鲜事物也同样怀着恐惧。马罗尼连问三遍,都没有人回答。

就在马罗尼以为没有人敢做这个尝试时,一个小伙子大声喊道:"先生,我想我可以同你一起飞上天!"

马罗尼高兴地把这个小伙子拉到了飞机上。飞机在马罗尼的操纵下,在空中做着各种精彩的动作。那个小伙子第一次飞上天,他的好奇压过了自己对这个陌生事物的恐惧。他随时注意着马罗尼的每一个动作,并不停地问这问那,马罗尼也热心地为他做了讲解。

飞机在人们的欢呼声中稳稳地降落下来,这个小伙子兴奋地走出机舱,并向人们大声喊道:"真的很不错,你们也可以上去试一试!"

小伙子从此也迷上了飞机,他甚至产生了制造飞机的念头。在好友们的帮助下,小伙子用最廉价的木材制造出了一架新型的轻便飞机。

两年后,这个小伙子制造出了世界上第一架浮筒式小木飞机,并亲自对飞机进行了飞行试验。

在取得成功后,他就在西雅图的郊区正式成立了"波音公司"的前身——"太平洋航空产品公司",而这个敢于挑战蓝天的年轻人就是"波音公司"的创始人威廉·爱德华特·波音。

皮鲁克斯曾说过:"要想拥有高质量的人生,就要敢冒更大的风险。"任何事在做之前都不会知道结果,但是如果我们不去探索,不去尝试,永远不知道答案!尝试,尝试,再尝试,永远保持对新事物的好奇,我们都是成就梦想的那个人。

只要你敢想,就没有什么不可能

第25届奥运会于1992年在西班牙巴塞罗那举行。在奥运会召开前,巴塞罗那市有一家电器商店的老板向巴塞罗那全体市民宣称:"如果西班牙运动员在本届奥运会上得到的金牌总数超过10枚的话,那么顾客凡是在6月3日到7月24日之间,在本商店购买的电器,将享受全额的退款。"

这个消息不仅在巴塞罗那市引起了强烈的轰动,西班牙的其他地区的人们也都知道了这件事。虽然店里的电器价格较贵,但是人们为了能够抓住这一次可能得到全额退款的机会,一时间都争先在这家电器商店买电器,商店的销售量大幅度地增长。

到7月4日的时候,西班牙的运动员就已经获得了10金1银,此时距7月24日还有20天的时间,西班牙运动员们的成绩就已经超过了该商店老板承诺的退款底线,于是人们比以前更加卖力地抢购电器。

最后电器商店在承诺退款的期限内卖出的商品达到了100万美元之多,很多人认为,如果该商店的老板要兑现自己的承诺,全额退款的话,非破产不可。因此很多顾客就开始对这一承诺产生怀疑,于是询问商店什么时候履约。

出人意料的是,老板从容不迫地说:"从9月份开始兑现退款。"但是还是有很多人怀疑老板根本就退不起这么多钱。

但是电器商店的老板毫不担心,因为早在他发布广告之前,就已经在保险公司投了一份专项保险。在往届奥运会上,西班牙的运动员们最多也只取得了5枚金牌的成绩,因此,保险公司的分析师们一直认为这次奥运会上西班牙得到的金牌数不可能超过10枚,于是保险公司接受了这份保险。

这份保险对电器老板来说,可以保证自己只赚不赔、旱涝保收。如果西班牙运动员在本届奥运会上得到的金牌总数没有超过10枚,商店无须向顾客退款,保险公司也无须赔偿,电器商店也无疑发了一笔大财。而如果西班牙运动员在本届奥运会上得到的金牌总数超过了10枚,那么电器商店无疑发了更大一笔财,因为届时电器商店要退的货款将全部由保险公司赔偿。这样,不管最后西班牙在这届奥运会上拿到几块金牌,电器商店的老板都是只赚不赔。

人生感悟

李嘉诚经常告诫他的两个儿子:"一个人仅有胆量,在这个时代或许能闯出一片天下来,但在守业时期,光有胆量是远远不够的,还要有谋略。"胆量和谋略就像一对好搭档,会帮助你走向成功。

人生从来没有太晚的开始

在美国弗吉尼亚州有位叫作摩西奶奶的艺术家,她直到晚年才发现自己有惊人的艺术天赋。

很多人对她成为艺术家都感到很好奇。原来,摩西可谓大器晚成。摩西干了一辈子庄稼活,她在73岁时扭伤了脚,不能再下地干活。她75岁开始学绘画,80岁在纽约举办个人首次画展,引起轰动。摩西奶奶活了101岁,在最后25年的艺术生涯中留下1600多幅作品,在生命的最后一年还画了40多幅。

并且,华盛顿国家女性艺术博物馆也曾举行过一场名为"摩西奶奶在20世纪"的画展。该展览除展出摩西奶奶的作品外,还陈列了一些来自其他国家有关摩西奶奶的私人收藏品。而在这些私人物品中,一张明信片吸引了大家的目光。它是摩西奶奶在1960年寄出的,而收件人则是一位名叫春水上行的日本人。

这次画展是这张明信片第一次亮相公众。在明信片上,有摩西奶奶画的一座谷仓和她亲笔写的一段话:做你喜欢做的事,上帝会高兴地帮你打开成功之门,哪怕你现在已经80岁了。

摩西奶奶写下这段话是有故事的。原来这位叫春水上行的人很想从事写作,他从小就特别喜欢文字。但直到大学毕业后,他一直在一家医院里上班,这让他感到特别不自在。因为自己马上就要30岁了,但却不知道该不该放弃那份令人讨厌却能有稳定收入的职业,以便从事自己喜欢的行当。

于是,春水上行鼓起勇气,给当时很有名气的摩西奶奶写了一封信,希望能够得到她的指点。对于春水上行的信,摩西奶奶很感兴趣,因为在过去的大多数来信,都是恭维她或向她索要绘画作品的,而春水上行的这封信却是谦虚地向她请教人生问题。虽然当时摩西奶奶已经有100岁了,但她还是立即给春水上行做了回复。

或许你会好奇,一张小小的明信片为什么值得所有人去关注呢?其实,那张明信片上署名的春水上行,正是在日本乃至全世界都大名鼎鼎的作家渡边淳一。也许正是这个原因,这里的讲解员在向参观的人讲解这张明信片时,总要说上这么几句话:"你心里想做什么,就大胆地去做吧!不要管自己的年龄有多大和现在的生活状况如何。因为,你想做什么和你能否取得成功,与这些没有什么关系。"

摩西奶奶曾说:"对于一个真正有所追求的人来说,生命的每个时期都是年轻的、及时的。"任何时候都可以开始做自己想做的事情,不要用年龄来束缚自己,放开手脚去做,从现在开始。

果断出击,才能抓住机遇

在《纽约时报》最醒目的版块上刊登了这样一则广告,说在某个海滨城市,有一幢豪华别墅公开出售,这幢别墅靠海、向阳,而且有花园、草地。最让人觉得不可思议的是,这栋别墅居然只需要一美元。广告的后面还留有联系电话以及别墅的详细地址等等。虽然一切都很全面,但是几乎所有人都认为这是一个骗局。

因此,这则广告在《纽约时报》上连续刊登了两个月,结果却无人问津。这天早上，一个退休的老人无意中又看到了这则广告。于是他想：反正那座城市离自己的家并不远，而且自己有很多的空闲时间，一美元的别墅是个什么样子呢？就算是骗局，我这个老头子他也骗不了什么，就当是去看看稀奇也行。

第二天，老人按着广告上面写的地址出发了。交通非常便利，老人很快来到了这幢别墅门前。他简直不相信自己的眼睛——这真是一幢豪华气派的别墅，他很惊讶这样美丽的别墅居然只卖一美元。

老人迫不及待地按了一下门铃，一个老太太开门让他进去了。他怀疑地看着自己眼前的一切，几乎不敢问这幢别墅是不是广告上的那幢。当他支支吾吾地向老太太讲明自己来的目的时，老太太很明确地说："是的，这幢别墅确实只售一美元！"老人大喜过望，立即掏出一美元，准备购下这幢别墅。这时候，老太太指了指桌边一个正在写什么文件的人说道："对不起，先生，那位先生比你早到了 10 分钟，他已经付款了，正在签订合同呢！"

老人从强烈的兴奋和好奇中一下跌进了深深的懊悔之中，因为自己很早就看到了那则广告，自己却以为这要么是一个骗局，要么就是有人在搞恶作剧。老人在心中不断地责怪自己为什么不早一点来。耐不住好奇心，老人希望房东老太太能告诉自己，为什么这么漂亮的别墅只售一美元。

老太太告诉了他，原来这幢别墅是老太太的丈夫留下的遗产。在遗嘱中她的丈夫交代，自己的所有财产归老太太拥有，但这幢别墅出售后所得归自己的情人拥有。老太太看到遗嘱后，十分伤心，因为她没想到自己深爱着的丈夫竟然会有情人。愤怒之下，老太太将这幢豪华别墅以一美元出售，然后按法律规定将所得交给丈夫的情人。

老太太在报纸上登了很长时间的广告，但是大家都以为这是一个假的广告，甚至都没有人打个电话咨询一下，直到今天，才来了一个人，老人是来看房子的第二个人。

离开别墅后,老人整个肠子都悔青了,一路上都在后悔。

罗曼·罗兰曾说过:"如果有人错过机会,多半不是机会没有到来,而是因为等待机会者没有看见机会到来,而且机会过来时,没有一伸手就抓住它。"当你看到机会的影子时,一定要果断出击,考虑太多,瞻前顾后,会导致到手的机会成为别人的"盘中餐"。

重要的不只是你的本领,还有你的速度

在大西北的戈壁荒滩,年降水量不足20毫米,蒸发量却在4000毫米以上,那里本应该是生命的禁区。然而那里有生命,生长着一种十分常见而又普通的植物,它的名字叫作梭梭。

梭梭平时光秃秃的,但只要有一场雨,它就能扎下深根,长出壮丽的绿叶。它们被誉为"沙漠梅花"和"沙漠卫士",是我国荒漠区最重要的植被类型,也是亚洲荒漠区分布面积最大的一类植被。

众所周知,沙漠地区环境十分恶劣,要想在这样的环境中生存下去,困难是可想而知的。但是,梭梭却能在自然条件严酷的沙漠上生长繁殖,迅速蔓延成片。这与它具有适应沙漠干旱环境的本领是分不开的。

被称为"沙漠植被之王"的梭梭之所以得此称号,它的成功并非来自于侥幸。它们成功的秘诀就在于生长速度,无与伦比的速度。专家经

过研究发现,梭梭的种子是世界上发芽时间最短的种子,只要遇上雨水,短短的两三个小时之内它就能萌发新的生命。

相比之下,即使是发芽时间比较快的稻谷、花生等农作物,发芽时间也需要三四天。要是椰树的种子,发芽则要两年多。而梭梭的种子,面对异常干旱的天气,面对恶劣的自然环境,它们从来不观望,不犹豫,不拖泥带水,只要雨水一来,它们就能在几小时内迅速生根发芽,快速蔓延成片。

> 日本著名企业家盛田昭夫说:"我们慢,不是因为我们不快,而是因为对手更快。如果你每天落后别人半步,一年后就是一百八十三步,十年后就是十万八千里。"比别人跑得更快才有赢的机会,没有人会为你等待,没有机遇会为你停留,胜利也需要速度。

等到"万事俱备",你就已经没有机会了

在英国利物浦市,有一个叫科莱特的青年,1973年,他考入了美国哈佛大学,开始了他的大学生涯。每天认真上课的科莱特旁边经常坐着一位18岁的美国小伙子。

在科莱特上到大学二年级的时候,有一天,和他一起的小伙子跟科莱特商议,让他跟自己一起退学去创业,开发应用商务软件。科莱特听

到这个提议后觉得很惊讶,简直是不可思议。

尽管科莱特也有同样的梦想,但是,科莱特认为自己是来求学的,而且他们对软件系统也不过是了解了一点皮毛而已。如果不以全部的大学课程为基础,想要自己开发软件简直是天方夜谭。

经过深思熟虑,科莱特最终还是委婉地拒绝了那位小伙子的邀请。然而,那个小伙子却果断地退学了。

从此以后,科莱特更加勤奋刻苦地学习知识,经过10年的努力,科莱特成了哈佛大学计算机软件方面的博士研究生。然而,让科莱特不敢相信的是,就在同一年,当年那位劝说科莱特一起退学的美国小伙子进入了《福布斯》杂志亿万富豪排行榜。

当科莱特认为自己终于具备了足够的可以研发软件的学识时,那位当初退学的小伙子已经绕过了科莱特所熟知的软件系统,他开发的微软系统在两周内占领了全球市场,因为它要比原始的软件系统快1500倍。

这位美国小伙子就是微软公司的创始人比尔·盖茨。

人生感悟

巴菲特说:"如果你想等到知更鸟报春,那春天就快结束了。"想要做成一件事,在拿定主意后,就要立即开始行动,这样你就能达到理想的境地,切莫等到万事俱备才去行动,因为你不是诸葛武侯,东风不也会如你所愿。

犹豫是失误，后悔是错误

印度曾经有过一位哲学家，他读过很多书，非常有才华，并且气质非凡，长相俊俏，很多女人都喜欢他。

有一天，一个美丽女子来找他，言辞恳切地对他说："请让我做你的妻子吧！我是世界上最爱你的女人！千万不要错过我！"

其实，哲学家也非常喜欢她，但却回答说："让我考虑考虑吧。"

他用一贯研究学问的态度和精神，把结婚和不结婚研究了一下。他分别罗列了好处与坏处。然而，他却发现好处和坏处是均等的。这下子他不知道该怎么办了。他陷入了长期的苦恼之中，并且无论如何他都找不到新的理由，只是徒增选择的困难。

最后，他得出一个结论——人若在面临抉择而无法取舍的时候，应该选择自己尚未经历过的那一个。他想："不结婚的处境我是清楚的，但结婚会是个怎样的情况，我还不知道。对！我该答应那个女人的请求。"

于是，哲学家来到了那个女人的家里，对女人的父亲说道："请你告诉你的女儿，我考虑清楚了，我决定娶她。"

女人的父亲冷漠地回答道："你来晚了10年！她现在已经是三个孩子的妈妈了！"

哲学家听了，几乎崩溃。他万万没有想到，向来引以为傲的哲学头脑，最后换来的竟然是一场悔恨。两年之后，哲学家抑郁成疾。临终时，他将自己所有的著作丢入火堆，只留下一句对人生的批注——如果将人生一分为二，那么我们前半段人生哲学应该是"不犹豫"，而后半段的人生哲学应该是"不后悔"。

人生感悟

滑铁卢大战前一天,拿破仑因为犹豫让对手有了喘息之机,这也让拿破仑遗恨终生。犹豫和后悔是互生关系,犹豫是后悔的源头,后悔滋生犹豫。犹豫是失误,后悔是错误,犹豫千次不如果断一次。

平静的水潭里没有大鱼

曾经有一个渔夫,经常在一个水流非常湍急的河段捕鱼。那里,白花花的浪花不停息地翻腾着,并且发出急促的"哗哗"声。在附近和渔夫一同钓鱼的那些人,都觉得这个渔夫简直是不可理喻,甚至有些愚蠢。连傻子都明白,鱼儿根本没有能力游过这条湍急的河段,他在这里捕鱼不是在浪费时间吗?可是这个渔夫竟然不明白这么简单的道理。

一位年轻人感到非常好奇,于是,他丢下自己的鱼竿去问渔夫:"老先生,这么急的水里能留得住鱼吗?"

渔夫说:"留不住啊。"

年轻人又问:"那你一定捕不到鱼吧?"

渔夫笑了笑,也不说话,只见他提着鱼篓往岸边一倒,一条条肥硕的大鱼在地上翻跃不停。

一时间,年轻人都看傻了,他在那些水流平静的河段里,钓到的常常是一些小的鲫鱼和鲦鱼,从没见过有这么肥大的鱼。可渔夫竟能在这么湍急的河段捕到这么大的鱼,年轻人硬是想不明白。

渔夫又笑了一笑说:"一般的小鱼的确不敢去那些风口浪尖游玩,因为在水流平静的潭里就可以呼吸到足够它们用的氧气。但大鱼就不行了,潭里的氧气根本就不够它们呼吸,它们需要大量的氧气,只好拼命游到有浪花的地方。因为浪花越大,水里的氧气就越充分,聚集的大鱼也越多。"

最后,渔夫得意地对年轻人说:"有些人总是想当然地认为,风浪太大就不适合鱼生存,所以大多数人都选择在水面平静的水潭里捕鱼。现在你也看到了,事实上他们的想法是错误的,没有风浪的小河是留不住大鱼的,风口浪尖反而更适合那些大鱼生存。"

人生感悟

很多人总是在为自己营造和寻觅人生的风平浪静,为自己追寻生活里的和风细雨。却不知道,人生的坎坷和困苦就如同河流中的风口浪尖,浪花越大的地方,"氧气"才会越充足。只有经历过坎坷和困苦,我们才能获取更多的"氧气"和成功。

懂得舍弃,方能得到

迈克·莱恩曾经是英国一名出色的皇家探险队员。现在的他是很多人心中的榜样,如果不是因为他的一次非凡壮举,很少有人能够认识他,更不可能知道他的名字。

原来,在1976年,迈克·莱恩随英国探险队成功登上了珠穆朗玛峰。

登山的过程是顺利的，但在下山的路上，他们却遇上了狂风暴雪。

探险队原本决定等雪停下来再走，可是他们发现，风雪根本没有一点停止的迹象，而更糟糕的事情是此时他们的食品也已所剩不多。也就是说，假如这时候他们停下来扎营休息，那么他们很可能就会在没有下山之前被活活饿死。但如果他们冒险继续前行，每个队员身上所带的增氧设备及行李都会成为他们身上的重担，也许不等饿死，他们就会因疲劳过度而迷失在暴风雪中。

正当整个探险队都陷入迷茫的时候，迈克·莱恩毅然决定丢弃所有的随身装备，只留下不多的食品，迎着暴风雪轻装下山。迈克·莱恩的这一举动几乎遭到了所有队友的反对，在他们看来，即使用最快的速度下山，那也需要10天时间，这就意味着在这10天之中不仅不能安营休息，而且还要冒着可能因缺氧而使体温下降冻坏身体的危险。那样的话，他们的处境将会变得更加危险。

但迈克·莱恩决心已定，他坚定地告诉他的队友们："我们必须而且只能这样做，因为这样的天气在10天甚至半个月内都不可能会有所好转。如果拖下去，那么我们所做的路标也许会全部被掩埋。到了那时候，我们面临的困境就是走投无路。所以现在我们唯一要做的就是把我们身上所有的重物都丢掉，不再抱任何幻想，把我们自身全部的意念指向一个目标——走出暴风雪。而且轻装而行可以大大提高我们下山的速度，只要我们有信心，那么就一定有生还的希望！"

最终，队友们采纳了迈克·莱恩的建议，他们一路互相鼓励，忍受着疲劳和寒冷，结果仅仅用了8天就到达了安全地带。而事实也正如迈克·莱恩所预料的那样，恶劣的天气一直持续了半个多月。如果当初不是他的坚持，那么他们的后果不堪设想。

英国国家军事博物馆的工作人员曾怀着敬佩的心情找到了迈克·莱恩，请求这位勇敢的历险幸存者赠送一件与当年探险队登上珠穆朗玛峰有关的纪念物品，迈克·莱恩欣然同意了。

不久后他们就收到了迈克·莱恩的包裹。当博物馆工作人员怀着激动的心情打开纪念品包裹时,全部都大吃一惊:那纪念品不是珠峰顶上的冰雪,也不是登山队的登山工具,更不是什么纪念照片,而是莱恩自己当年因冻坏而被截下的十个脚趾和五根手指,其中还附有他亲笔写的一句话:真正的勇士,是那些关键时刻敢于放弃的人。

人生感悟

哈佛大学名言启示录中有一句话:"信心可以克服恐惧。"充满信心的人,即使危险来临,也可以化险为夷。不要把恐惧在心中逐渐放大,不要给自己加上懦弱的镣铐,只要敢于"放下",定会有充满新生的希望。

宜未雨而绸缪,毋临渴而掘井

耶稣带着他的门徒彼得一起远行。两人走啊,走啊,就在他们都疲惫不堪的时候,耶稣发现不远处隐隐闪着光芒,走近一看,原来是一枚马蹄铁。

于是耶稣对彼得说:"把它捡起来吧,往后一定会有用的。"不料彼得懒得弯腰,假装没听见。耶稣没说什么,自己弯下腰把那块马蹄铁捡了起来,然后又用它在铁匠铺那儿换了 3 文钱,并用这些钱买了 18 颗樱桃。

出了城,师徒二人继续赶路,他们经过了茫茫荒野。耶稣猜到彼得一定非常渴,于是他就让藏在袖子里的樱桃悄悄地掉出一粒,彼得一见,赶忙捡起来吃。

耶稣边走边丢,彼得也就狼狈地弯了18次腰。于是,耶稣笑着对彼得说:"要是你刚才弯一次腰,就不会后来没完没了地弯那么多次腰了。"

人生感悟

敢于面对困境的人,生命因此坚强;敢于挑战逆境的人,生命因此茁壮。一个你认为无足轻重的小东西,往往到了关键时刻,便成了你化解困厄和窘迫的金钥匙。一件你不屑一做的小事,机缘一错过,你就不得不付出百倍的努力。懂得抓住机遇,你的人生就会很精彩。

一个坏的开始,也比没有开始强

有一段时间,丘吉尔在政途上很不顺利,他整天无所事事,终日抑郁。家人看在眼里,都很担心他,于是都想给他找个活干。

正好,他的一个邻居是知名的画家,于是家人鼓励他去跟这位邻居学习绘画。丘吉尔也答应了,但是画画并没有看起来那么简单,在政治领域敢作敢为、有勇有谋的他,在面对那几尺画布的时候,却迟迟不敢动笔。毕竟,好的开始是成功的一半,丘吉尔终于决定下笔,却还有点踟蹰不前,面对画布发了半天,还是不知道从哪里画起。

女画家见到丘吉尔的模样后,什么也没说,她走到画布前,一把将

所有的颜料都涂到了画布上,画布瞬间变得一片狼藉。丘吉尔看到画布反正已经不像样子了,才拿起笔在上面画了起来。

这就是丘吉尔第一次画画时的经过。虽然过程很难看,但是却解放了丘吉尔的双手!

没想到丘吉尔从此居然爱上了画画,在此后的十余年里,他一边当首相,一边画画,留下来很多风格多样、艺术水平很高的绘画作品。更加重要的是,画画似乎让丘吉尔重获自信,在政治上完成了东山再起的壮举。

这个故事告诉我们,如果你没有一个好的开始,不妨试试一个坏的开始吧。因为一个坏的开始,总比没有开始强。开始让人可以丢下不满的现状,进入到一个全新的希望中去。

好的开始等于成功的一半,坏的开始至少等于成功的三分之一。无论你有什么梦想,都请给自己一个新的开始吧!

做好当下,永远不用担心未来

19岁的卢奇被同学们称作"小胖子",然而他却从来没有因为同学的取笑而生气,却为每天下午的第二节课感到非常苦恼。

原来,这一节课由意大利著名的声乐大师波拉先生亲自教授。因为校方在课程安排上出了一点小问题,从而使得在北校区上了第一节课的学生们要跑到最南面的教学楼里聆听大师的教导。为了更近距离地与大师接触，大家都想抢到更好的位置，而身体过于肥胖的卢奇总是抢不到座位。

为了抢到座位，卢奇每天下午第一节课都心不在焉，脑子里总是琢磨着如何能更快速地跑出大门，去听第二节课。当下课铃声刚响，他就会拼尽全力抢在老师前面跑出门去。

但是，尽管每天想尽了办法，他还是抢不到好座位。更糟糕的是，他为了抢座位，第一节课基本听不进课，第二节课因为抢不到好座位，听课也没有心情。于是，他分析了一下自己的情况，觉得自己就算减肥也不可能在短时间内有太大的效果，想抢到好座位基本上是不可能的。想明白这一点后，他反而轻松了。

他对自己说："既然自己没有能力改变未来的情况，那为何不做好当下的事情呢？反正也抢不到好座位，何不干脆静下心来好好地听课呢？"

从此以后，他总是等到同学们飞奔而出后，才慢条斯理地走出去。走的同时，他就开始思考下一节课将要学习的重点。

由于座位的位置不好，他在大师的课上比谁都更用心地聆听，也因为自己在路上已经为第二节课做好了准备，针对自己的声乐水平想好了学习的重点，所以在课堂上他能更有效率地学习。

转眼间卢奇已经进入了这所学校五年。他越来越胖，走得也越来越慢了。但是他已经成为全学院最出色的学生，大师的课堂上甚至有他的专门座位。而这一切，都是他靠自己的努力赢得的。

1971年，他参加了阿基莱·佩里国际声乐比赛。当大家都在后台兴奋异常地猜测着谁会引起首相的注意时，卢奇却独自躲在一边继续练习发音。有人问他为什么不像其他人那样兴奋。他向那个人讲述了在音乐学院抢座位的趣事，笑着说："我也非常紧张好奇，不过，未来还未发生，与其过度地关注分散了精力，不如做好手头的工作。现在的一切，将决定未来的结果。"那天晚上，他因成功演唱歌剧《波希米亚人》主角鲁道夫的咏叹调，荣获一等奖。他就是被世人所知晓的"高音之王"——卢奇诺·帕瓦罗蒂。

人生感悟

马云说过："我二十来岁的时候，也不知道要干什么，也不知道自己会做阿里巴巴，只是一件事一件事做过来，才走到了今天。"对于未来的路，是需要随着你的经历，一步步走出来的，而不是你想出来的。与其天天担心未来，不如做好当下的事情。

辑九
把欲望修剪成漂亮的风景

把欲望修剪成漂亮的风景

寒冷的冬夜里,一头骆驼轻轻撩起了主人帐篷的门帘,并不断张望。主人和蔼地问它:"有什么事?"骆驼说:"主人啊,我冻坏了,恳求你让我把头伸到帐篷里来吧。"仁慈的主人答应了。

过了一会儿,骆驼又恳求道:"让我把脖子伸进来可以吗?"主人又答应了。可是,不久骆驼又道:"我这样站着身体很不舒服,其实我把前腿放到帐篷里来,也就是占用一小点儿地方。"主人无奈之下答应了,挪动一下身子让出地方来。

骆驼接着道:"我这样站着,打开了帐篷门,反而害得我们都受冻。我可不可以整个站到里面来呢?"虽然帐篷狭小,但是主人为了保护骆驼就同意了。

可是他们两个实在太挤了,很不舒服,骆驼说:"你身材比较小,你最好站到外面去,那样这个帐篷我就能住得下了。"然后,它就把主人踢出了帐篷。

史铁生将人生概括为八个字——人生有限,欲望无边,他还认为人实现欲望的能力往往赶不上他欲望的能力。确实如此,当一个人的第一个欲望实现后,他心里就会涌出更多更大的欲望,

结果不仅会给自己带来无形的压力,还可能会使自己一无所有。

我们要学会适度地追求自己的欲望,别让欲望将自己吞噬。

对名利,不刻意追逐,也不刻意回避

索提那克法师在曼谷一座偏远寺庙做住持。他时常拿一把剪子去修剪寺里那些疯长的灌木。

一位大亨向索提那克法师请教:"人怎样才能清除掉自己的欲望?"法师微微一笑,拿着剪子,将大亨领到灌木丛前,说道:"您只要能经常像我这样反复修剪一棵树,您的欲望就会消除。"大亨将信将疑,"咔嚓咔嚓"地剪了起来。不久,他就感觉身体舒展轻松了许多。后来,大亨每隔10天就来一次。

不久大亨愧疚地对法师说:"每次修剪时,能够气定神闲,心无挂碍。可是,从您这里离开,回到我的生活圈子之后,我的所有欲望依然像往常那样冒出来。"

法师告诉他,"当初我建议你来修剪树木,只是希望你每次修剪前都能发现,原来剪去的部分,又会重新长出来。这就像我们的欲望,你别指望完全消除。我们能做的,就是尽力把它修剪得更美观。放任欲望,它就会像这满坡疯长的灌木,丑恶不堪。但是,经常修剪,就能成为一道悦目的风景。对于名利,只要取之有道,用之有道,利己惠人,它就不应该被看作是心灵的枷锁。"至此,大亨恍悟。

人生感悟

研究孔子的于丹教授曾经在回答名利这个问题时说道:"名这个东西,它已经来到身上,要是说深恶痛绝听起来做作,要说沾沾自喜,也不自量力。对此,我不刻意追逐,也不刻意回避。"我们生在这个"乱花渐欲迷人眼"的时代里,即使做不到"淡泊名利"这一点,那至少要做到适度追求名利,定时去修剪自己的欲望。

从来没有十全十美的生活

有一个被劈去了一小片的小圆片,它一直想回到当初那个完整的自己。于是,在一天清晨,它整理好心情,准备上路出发,寻找自己失去的那一小片。

因为它是一个不完整的圆片,所以它一直滚得很慢。但是正是因为它滚动得慢,所以它一直能欣赏路上的美景,和虫子们聊天,和小草打招呼,和花儿握手。虽然慢,但是一直很快乐,开心地寻找着,享受着温暖的阳光。在滚动中它找到了许多碎片,但是都不是它要的。终于,有一天,它找到了它被劈去的那一小片,它兴奋地给自己沾上,它终于完整了。

它开心极了,想向所有朋友宣告它成了一个完整的圆。它踏上了归途,想要把这个好消息告诉小虫子、小草、小花。但是它忘记它已经成为一个完整的圆,它滚动得飞快,错过了花开的季节,忽略了虫子,来不及和花儿、小草打招呼。当它意识到这一切,它毅然舍弃了那片寻找了很久的一小片。它又成了一个不完整的小圆片,但是它很快乐。

电影《蝴蝶效应》里,主人公一直想要穿越回小时候,试图把所有不快乐、所有灾难都抹去,得到一个完美的人生,但是他一直失败,最终他才明白,并没有完美的人生。完美只是一种幻想,过于完美的事物是难以存在的,充满变数的人生也不可能有完美的生活。我们追求完美,但是不要奢望拥有完美,不求太难,只求更好。

人生期望越多,失望就越大

有一个渔夫从海中捞到一颗硕大的珍珠,非常圆润、美丽。但是有一个缺点,就是上面有个小黑点,渔夫想把珍珠拿去出售,但是又觉得小黑点会影响价格。

所以他拿起一把小刀,想把那个黑点削去。刮掉第一层后,渔夫惊讶地发现黑点还在,他有点气愤,继续拿起刀,刮掉第二层,黑点依然在。再刮一层,黑点还在。刮到最后,黑点没了,但珍珠也没了。

人生感悟

莫泊桑曾说:"你要明白,人的一生,既不是人们想象的那么好,也不是那么坏。"过高的期望就如同那把小刀,不停地削去你成功所得到的喜悦感,期望越高,削得越厉害,最终把你的喜悦感磨没了,削尽了,只剩下彻骨的失望。

尽人事,听天命

在美国的西雅图的一所著名的教堂里,德高望重的牧师——戴尔·泰勒对台下教会学校的学生们说了一个故事:

有一年冬天,猎人带着猎狗去打猎。猎人一枪击中了兔子的后腿。受伤的兔子拼命地逃跑,猎人追之不及,就放开猎狗去搜寻。猎狗对着兔子穷追不舍。可是追了一阵子,兔子越跑越远,猎狗知道实在追不上,只好悻悻地回到了猎人那里。猎人气急败坏地骂道:"你这只没用的狗,连一只受伤的兔子都追不上。"猎狗听到后很不服气地辩解道:"我已经尽力了啊。"

兔子带着枪伤疲惫地逃回家中,兄弟们都围上来,惊讶地问它:"那只猎狗跑得那么快,又那么凶,你是怎么从它齿下逃生的啊?况且你又受了伤。"

兔子说:"是啊,它是用尽全力来追我了,但是我也用尽全力逃跑了,它没追到我也就挨顿骂,而我被追上可就成别人的盘中餐了。"

泰勒牧师讲完故事后,又对众人说道"谁要是能背出《圣经·马太福音》

中第五章到第七章的全部内容,我就邀请他去西雅图的太空针高塔餐厅参加免费聚餐。"《圣经·马太福音》很难背诵,既不押韵,词汇也极难懂。但是几天后,有一个男孩一字不差地背了出来,没出一点差错。

泰勒很惊讶,非常赞叹小男孩的记忆力,不禁好奇地问他:"你是怎么做到的?"男孩不假思索地回答道:"我竭尽全力了。"这个男孩就是后来微软的创始人,比尔·盖茨。

培根说过:"不容否认,一些偶然性常常会影响一个人的命运。例如:长相漂亮、机缘凑巧、获得某人的遗产以及某种特殊的机遇等等。但另一方面,人的命运也往往是由人自己造成的,正如某诗人所说:每个人都是自身的设计师。"凡事既能尽人事,又能安听天命,这样才能豁达地面对人生。

坦然面对自己的缺陷和不足

法国有个挑水工,他有两个铁桶用来挑水,每天清早他都会去溪边挑水,两个铁桶一个是完好的,一个有裂缝会漏水,挑到主人家里就只剩一半了。所以,每次挑水工把水挑到主人家的时候就只剩一桶半了。但是两年来,挑水工一直没有换过桶,就那么一桶半一桶半地挑着水。那个完好的桶一直嘲笑有裂缝的桶,有裂缝的桶更是惭愧、不安。

终于,有一天,有裂缝的桶对它的主人说:"谢谢你两年来对我的照顾，但是我身上有裂缝，一直漏水，愧对我的工作，你还是换一个桶吧。你的付出没有得到回报，我感到十分惭愧。"挑水工却说："你不必惭愧，明天你看看道路两边吧！"

第二天，挑水工又带着这一好一坏的桶上路了。那个有裂缝的桶依然忧心忡忡，于是，它把注意力放到路旁的风景，来排解心中的郁闷。它惊奇地发现，它那一侧的道路边长满了美丽的花草，漂亮极了，而好桶那头却寸草不生。它感到心情好多了，挑水工看到它开心起来了，就对它说："其实我早就发现了你有裂缝，于是我悄悄地在你那边撒下了一些花籽，这样每天你从裂缝里漏出来的水就能浇灌它们，助它们生长了。这全是你的功劳，你不要自卑，你的裂缝是有价值的。"

也许，你没有蓝天的深邃，但是你还有白云的飘逸；也许你没有泰山的巍峨，但是你还有家门外小山坡的可爱；也许你没有大海的包容，但是你还有溪流的优雅。人要学会去发掘自身的魅力，特别是当别人都不看好你的时候，更不应当自视草芥，要坦然面对自己的不足。

越是苛求，越难如愿

从前有个猎人，他有一张漂亮的檀木做的弓，这张弓射得又远又准，他一直很珍惜，视若生命。

有一次猎人打猎归来,坐在车上,由于无聊,就拿起弓仔细观察。他先是掂了掂,觉得略微有些重了,如果轻一些想必用起来更顺手吧。他仔细看了看弓身,又觉得弓身没有花纹,太过单调和朴素了。如果找个木匠刻上些花纹,想必会很威风吧。

猎人想到这些就觉得这把弓的缺点实在太多了,他一回到家,就忍不住去找一位有名的木匠,请他在弓身刻上一整套的行猎图,这样又好看,刨去的木头又减轻了重量,实在是一箭双雕啊。猎人不禁得意起来。

十天后,猎人从木匠那儿拿回了弓,他迫不及待地带上猎狗就出门去打猎了,他太想试一试经改造后的弓的威力了。走进森林不久,他就幸运地发现了一只狍子。猎人开心极了,微笑着用力张开弓瞄准猎物,当弓拉满准备射出去的时候,只听"嘎嘣"一声脆响,这把良弓断掉了。猎人茫然地看着地上断成两截的弓身,连猎狗去追狍子的吼叫都没听到。

人生感悟

关山难越,谁悲失路人。当我们对某一事物抱有巨大的渴望的时候,我们的心情也会随之摇摆,成败难测。过大的期望,过于苛求,往往不能给你带来最好的结局。正如雨果所说:"苛求等于断送。"

让灵魂跟得上你的脚步

年轻的伊利亚斯夫妇家境贫苦,他们立志要追求幸福,经过一番努力营生,终于拥有庞大的家产,过着张扬、奢华的生活。但是,因为子女好逸恶劳和天灾人祸,他们很快就没落了。两人不得不去做帮佣。

后来,友人问年迈的伊利亚斯夫妇:"你们追求到幸福了吗?"他们回答:"当富有时,我们忙碌又忙心,也常因浮躁而吵架,捕捉不到幸福,而现在我们清晨起来,会彼此说几句恩爱的话,生活平静不争吵。我们只需服侍主人,尽心为主人工作。我们工作回来,有晚餐可吃,有乳酒可喝,天冷有燃料可烧。我们有时间闲谈,有时间思考灵魂,也有时间祷告。50年来我们追求幸福,直到现在才找到。"

人生感悟

在物质丰富、变化加快的时代,选择或者回归简朴的生活态度,并不是一种羞耻和倒退,反而更加有利于自己的身心健康和生涯发展。如德谟克里特所说,"幸福是一种通过对行为和享乐的节制,对愿望的制约及避免对世俗占有物的竞争而获得的一种安宁快乐。"唯有节制,才会使人成为自己的主人;唯有简朴,才会使人拥有力量和幸福。

除了金钱，还有更可贵的东西

一个欧洲观光团来到原始部落亚米尼亚。部落里一位老者做的精致草编吸引了一位法国商人。商人想："要是将这些草编运到法国，巴黎的女人肯定喜欢！"

于是，他问老者："这些草编多少钱一件？"

"10比索。"老人回答。

"天哪！这么便宜！"商人欣喜若狂。

"假如我买10万个一模一样的草帽和10万个一模一样的草篮，那么，多少钱一件呢？"法国商人还想把价钱再往下压一点，这样就可以赚到更多的钱了。

"如果是那样的话，就得20比索一件！"老人不动声色地答道。

"什么？"商人几乎不敢相信，大喊着问，"为什么？"

老人生气地说："做10万件一模一样的草帽和草篮，我就做不了其他任何事情，它会让我乏味死的！"

人生感悟

葛朗台爱钱胜过了生命，最终悲哀地成为"穷得只剩下钱"的奴隶。正如巴尔扎克说的："金子，黄黄的、发光的、宝贵的金子！只要一点点儿，就可以使黑的变成白的，丑的变成美的，错的变成对的，卑贱的变成尊贵的，老人变成少年，懦夫变成勇士……"金钱的确可以给我们带来很多方便，但是，除了金钱之外，人的一辈子还有更可贵的东西，如家庭、健康和生活。

夫唯不争，天下莫能与之争

《史记》中记载相士给薄姬相面，说"当生天子"。当时薄姬的丈夫魏王豹很激动，叛汉投楚，想自立当天子。刘邦大怒，派兵将其击败。薄姬作为俘虏变成皇宫中的仆妇。

谁会想到这么一个即将被囚禁终生劳苦的女人怎还有翻身之日呢？可世间总是意外多。刘邦"见薄姬有色"便召她和其他美眷入宫。不过当时他有悍妻吕雉，还有众多夫人，姿色平平的薄姬就"岁余不得幸"。

当这一切没有希望的时候，薄姬小时候的姐妹、刘邦的宠姬管夫人，与刘邦闲聊时提起了当初和薄姬立下的誓言——先贵不相忘，说那时候真是幼稚可笑。刘邦听了这话，出于怜悯，就宠幸了薄姬一夜。薄姬因此怀孕，生子刘恒。但她仍然长年枯守孤灯，只谨慎抚养幼子。

吕后当权后，幽囚了许多姬妾，还把戚夫人弄成"人彘"，但是她却很善待不争宠的薄姬，送他到刘恒的封地，还赐了她"代王太后"的尊号。

再后来，诛灭诸吕叛乱后，众大臣谋立新君，便选定了有"仁善"之称的薄姬的儿子刘恒。这真应了"不争而胜"这句话。

人生感悟

明人陆绍珩说："人心都是好胜的，若我也以好胜之心应对对方，事情非失败不可。人都是喜欢对方谦和的，我以谦和的态度对待别人，就能把事情处理好。"不争，不是消极以待的哲学，是以"不争"泯绝那些"形名之争"，是在从容之中静观而得潜在的大势态。

能屈能伸，方为大丈夫

作为学贯中西、闻名遐迩的学者，胡适之先生是一个豁达的人。

因为受中国传统文人风骨和西方自由思想的影响，胡先生对政治是极其鄙视的，立下了"决不当官"的志向，把所有精力放到做学问和教书育人上面。

但是，抗日战争爆发以后，胡适之先生却放下个人好恶，应国民政府之邀，临危受命成为中国驻美大使，利用他在美国商界和政界的人脉，为祖国的抗战谋求外援。

在国内抗战最艰苦时，为了得到美国国会的特别拨款，一身傲骨的胡先生不得不四处去拜求那些平时他不会正眼去看的政客。但这些"屈辱"并没有打击胡先生，他却仍然甘之如饴，并对妻子宽慰道："我过的日子总算顶舒服的了。比起打仗的兵士，比起逃难的人民，比起天天受飞机炸弹惊恐的人民，我这里总可算是天堂了。"

抗日战争结束后，胡适之先生辞官回到北大教书。这时，国民政府才发现，6年里胡先生一分钱也没有攒下，其个人操守和豁达精神令人钦佩。

人生感悟

人生的起伏变化是不定的，要能站在山上沐风赏景，也要能在落入山谷时，不弃其志。没有人瞧不起你，因为大家都这么忙，根本没人瞧你。所以把心放宽，为自己喜欢的生活而活。只有自己过得幸福，才是真正的人生。用"不以物喜，不以己悲"来豁达看待人生的变故，贫困不改其志，磨难不易其坚，诱惑不变其节，不受其累而做到依然故我，自能得到心灵的宁静平和。

永不抱怨，把时间花在进步上

武当派创始人张三丰在很小的时候就在少林寺里待过一段时间。但是幼小的张三丰在少林寺里的日子并不好过，因为他常常被其他师兄弟欺负。

直到有一次，师兄弟们又来捉弄他，忍无可忍的他与师兄弟们大闹了一场，被师父赶出少林寺。走在路上，张三丰无法理解师兄弟们为什么老是欺负他，更无法理解师父为什么总是偏袒师兄弟。越想越伤心，万念俱灰的他做什么事情也提不起精神来，最后只好在山野乡林里面四处游荡。就这样，一年很快就过去了，而张三丰的日子还是如此重复着。

一天早上，张三丰路过一条小河，远远地就看见有一位仙风道骨的老者正坐在河边的枯草堆上发呆。

张三丰很好奇地走过去问："请问您坐在这里干什么啊？"

老者有气无力地答道："我想过河，却过不去。"

张三丰看了一眼小河，耐心地说："其实，这条河并不深，应该很容易过去啊！"

老者看了一眼河面说："我知道河虽然不深，但是水里的各种石头在为难我。"

张三丰不解地问："石头怎么会为难您呢？您可真会说笑。"

老者继续说："你瞧，这些石头上长满青苔，我这老胳膊老腿的，一踩上去就会滑倒，所以我过不了河！它们就是在故意刁难我。"

张三丰走到水边看了看，那些石头果然如老者所说，黏糊糊的，非常滑，人根本就无法在上面走。正当他也犯了难的时候，他突然瞥到了老者身旁的枯草，惊喜地说："老人家何必抱怨石头呢？只要我们在脚板上捆一些枯草，踩在石头上就不会滑了！"

老者一听觉得张三丰说得很有道理,于是两个人一起做了草鞋,穿上以后,老者在张三丰的搀扶下,轻松过了河。

当到了河的对岸,老者若有深意地说:"我已经在这里坐了两个时辰,只是在怨恨那些石头让我过不了河,看来我这种只是责怪石头、自己却不想办法过河的做法,本身就是一种错误啊!你说对吗?"

张三丰听后,若有所思。从那以后,他打开了心结,调整心态,致力于练武修学,这才有能力开创了名垂千古的武当派。

对于已发生的事情,抱怨不会产生任何改变,只会让事情变得更糟。与其在自怨自艾中慢慢消沉,不如努力改变自己。正如作家六六说的那样:"把时间花在进步上,而不是抱怨上,这就是成功的秘诀。"

学会拒绝别人,也尊重别人的拒绝

在宗教圣地耶路撒冷,有一位名叫罗斯恰尔斯的犹太人,开了一家名为"芬克斯"的西餐酒吧。这是一个极为普通的酒吧,酒吧的面积不大。至今,它的内部摆设包括桌子和椅子都保持着原来的样子。但这样一间小小的酒吧,却连续3年被美国《新闻周刊》杂志选入世界最佳酒吧的前15名。

是什么让它一跃成为世界著名的酒吧,从而声名远播?这完全取决于一个人,他就是举世闻名的美国前国务卿基辛格。

在 20 世纪 70 年代的时候,基辛格正为了中东和平而四处奔走。有一天,他正好来到了耶路撒冷,就想去看看众人称赞的"芬克斯"酒吧有什么别致的地方。他亲自打电话到"芬克斯"预约,而此时,店主罗斯恰尔斯正在店内。

在电话中,基辛格自我介绍是美国的国务卿,想带领 10 个随从到酒吧里做客,希望罗斯恰尔斯到时候能够谢绝其他顾客。对罗斯恰尔斯来说,这个要求违反了他的职业道德,所以,在电话中,罗斯恰尔斯毫不犹豫地说:"对不起,先生,您愿意光临本店我深感荣幸,但因此而谢绝其他客人,是我所不能做的。他们都是老熟客,也是支持着这个店的人。因您的缘故而将其他人拒于门外,我无论如何办不到。"

基辛格原本以为自己的要求一定能被接受,因为自己是广受人民尊重的基辛格,对方只是一个小酒吧老板,自己的光临一定会让他的酒吧提升形象。但事实上,罗斯恰尔斯却给予他一个意想不到的回答。对这意外的回答,基辛格很愤怒,他挂断了电话。

在第二天傍晚,基辛格又打给了罗斯恰尔斯。首先他对前面的失礼表示歉意,说明天打算带三个人来,只订一桌,并且不必谢绝其他客人。这对于基辛格来说,已经算是最大的让步了。

罗斯恰尔斯听后回答说:"非常感谢您,但是我还是无法满足您的要求。"

基辛格大感意外,问道:"为什么?"

"对不起,先生,明天是星期六,本店休息。"

"可是,后天我就要回美国了,您能否破例一次呢?"

"不行,我是犹太人。您该明白,对于犹太人来说,星期六是个神圣的日子。如果星期六营业,那是对神的亵渎。"

后来,一个美国记者写成《基辛格和芬克斯》的新闻,在美国报纸上大肆渲染。这就是今天"芬克斯"酒吧依然火爆的原因。

人生感悟

鲁连因为拒绝荣华富贵,而获得折服权贵的潇洒;陶渊明因为拒绝官位,而得到"不为五斗米折腰"的美誉……聪明的拒绝,往往可以成就人的一生。

越是成功的时候,越需要冷静

森林里住着老虎、大象、狐狸、猴子等,老虎是这里的国王。有一天,国王要出远门,可是找谁来做代理国王呢?老虎想来想去,最后把猴子叫来,说:"你是这里最聪明的猴子,我出远门的时候,森林里的一切就交由你来看管吧!"

猴子平时在森林里自由惯了,整天东跳西跳,爬上爬下,和其他同伴比赛爬树、嬉戏玩耍,一时间要做代理国王还真是不知道如何是好。这只聪明的小猴子开始想办法,它回想老虎做国王时候的样子,并模仿它的神态、行为,学着老虎大声说话,尽量让自己也显得威风凛凛。

不愧是个聪明的小猴子,它学习的进度很快,没多久,就真的像国王了。因此以前和它一起玩耍的猴子都对它敬重有加,甚至臣服于它的威严。当然,它自己也非常满意,并感慨地说:"做国王真是过瘾!"

过了一段时间,老虎回来了。小猴子开始苦恼了,自己毕竟是只猴子,终归要把国王的位置让给老虎。可是,它怎么也无法适应以前平凡的生活,在同伴面前依然趾高气扬,指手画脚,喜怒无常,它的同伴开始讨厌它。

这只小猴子痛苦地对同伴说:"你们为什么就不能对我尊敬些呢?

毕竟我也是当过国王的猴子,只是恢复到以前的状态太难了,我看,你们是不可能理解的!"

一只小猴子天真地说:"可是,我怎么觉得你说这句话的时候还像个国王似的!"

人生感悟

很多人在没有做好准备的时候,就名利双收。这种成功很容易冲昏人的头脑,让人在迷迷糊糊中失去自我,结果名利来得快,也去得快。越是成功的时候,越是需要冷静。当一个人最风光的时候,也意味着他开始走下坡路了,要提前做好思想准备。能上能下,才是真英雄。

和自己赛跑,不要和别人比较

因为家里很穷,一对孪生兄弟很小就被母亲分别送给了别人养育。可不幸的是,哥哥的养父母很早便离开了人世,无奈之下他只得投身寺院当起了和尚。而弟弟要幸运得多,平平淡淡地活到了二十几岁,娶了妻子生了孩子。

一次偶然机会,这对孪生兄弟重逢了。兄弟俩相约在半山腰的小凉亭叙旧,在聊天的过程中哥哥表示很羡慕弟弟能够尽享家庭的温馨;而弟弟却羡慕哥哥皈依佛门之后远离红尘的淡然。这时,突然发生了山崩,两人在慌乱之中逃到了一个山洞中,幸免于难。

晚上睡觉时,哥哥怕弟弟着凉,把身上的僧衣脱了下来盖在了弟弟身上。弟弟一大早醒来,看到哥哥只穿着单薄的衬衣,于是赶忙把身上的衣服脱下来给哥哥盖上。

几天后,寺院的僧人和弟弟的家人一起找到了兄弟俩,却因为二人身上的衣服将其弄混了,哥哥被拉回了弟弟家,弟弟被带回了寺院。由于一直向往对方的生活,所以兄弟俩干脆将错就错地住下了。

哥哥为了照顾家里,每日在外累死累活,丝毫享受不到在家生活的温馨;而弟弟天天要早起敲钟念佛,吃斋化缘,半点也感受不到出家人的闲淡。兄弟俩最终还是调换回了身份,这才发觉,还是过自己的日子舒坦。

人生感悟

星云大师云:"人生的道路,无论是崎岖或平坦,都要靠自己去走;人生的滋味,哪怕是酸甜或苦辣,也要自己品尝。"如果能用"和自己赛跑,不要和别人比较"的态度来面对生活,我们就会轻松许多,也更容易找到幸福的入口。

一味索取是得不到幸福的

果园里有一棵苹果树。有一个小男孩每天都喜欢来跟苹果树玩。他上树摘苹果吃,在树荫里打盹,他爱这棵苹果树,苹果树也爱他。

时光飞快地过去,小男孩变成了大男孩,他不再跟苹果树玩了。一天,男孩回到苹果树身旁,他看起来很难过。

"来跟我玩一会儿吧。"苹果树对他说。

"我不是小孩子了,我不会爬树了,我需要玩具,我需要钱买玩具。"小男孩说。

"对不起,我没有钱。不过你可以把我所有的苹果摘下来拿去卖钱。"苹果树回答他。

小男孩打起精神来,他把所有的苹果摘光了,然后快乐地离去。

摘了苹果后,小男孩再没有来看过苹果树,直到他长成一个男人。一天,他回到苹果树这里。

"来跟我玩一会儿吧。"苹果树对他说。

"我没有时间玩,我要工作来养活我的家庭。我们需要一所房子安身,你能帮助我吗?"男人说。

"对不起,我没有房子。不过你可以砍掉我所有的树枝拿去盖房子。"苹果树回答说。

男人打起精神来,他砍掉了所有的树枝,然后快乐地离去。

看到男人快乐,苹果树也非常快乐,不过男人砍了树枝以后再也没有来看过苹果树。苹果树又孤零零了,它很伤心。

一个炎热的夏日,男人回到苹果树这里。苹果树高兴极了。

"来跟我玩一会儿吧。"苹果树对他说。

"我一天比一天年纪大,我想去航海,让自己放松下来。你能给我一条船吗?"男人问。

"用我的树干去做条船吧,你就可以航行到很远的地方,你会快乐的。"

于是男人砍了树干做了条船,他真的去航海了,并且很长时间没有回来。

很多年以后,男人终于回来了。

"对不起,孩子,"苹果树说,"我没有什么可以给你的了,没有苹果给你吃。"

"没关系，我牙齿都掉光了，不能咬苹果了。"男人说。

"也没有树干给你爬。"苹果树说。

"没关系。我太老了，爬不动树了。"男人说。

"我真的没有什么可以给你，只有我快要枯死的树根。"苹果树流着眼泪说。

"我并不需要什么，只要有个地方能坐下来休息一下，经过这么多年，我太累了。"男人回答。

"那好！老树根是最适合歇息的地方了，过来跟我坐一会儿吧。"苹果树高兴地说，含着眼泪对男人微笑着。

高尔基说："你要记住，永远要愉快地多给别人，少从别人那里拿取。"只索取而不给予的人是乞丐，幸福在于给予而不是索取。星云大师说："给予的越多，收获的也越多；索取的越多，收获的就越少。没有付出，幸福也没有办法流进你的生活。"

辑十
你的善良里
藏着自己的运气

如果可以，请原谅别人的自私

日本的白隐禅师，是一位生活纯净的修行者，他品德高尚，因此受到乡里百姓的称颂，说他是一位可敬的圣人。

有一对夫妇在白隐的住处附近开了一家茶舍，他们有一个漂亮的女儿，因此很多年轻人慕名来茶舍喝茶。突然有一天，夫妇发现女儿的肚子居然大了起来。他们十分震怒，把女儿锁在家中，逼问她谁干的，女儿十分害怕，在父母的怒火下，她吞吞吐吐地说出了白隐两个字。

夫妇怒不可遏地找白隐理论，但是这位大师不置可否，只是淡淡地说："是这样吗？"孩子生下来后，就被交给了白隐，夫妇也带着女儿搬离了附近。而此时的白隐声誉扫地，乡里人都认为僧人这么做有失德行。但是白隐并不以为意，他细心地照料婴儿，每当他向邻居们乞讨婴儿所需的奶水和其他日用品时，就会遭到白眼和言语的讥讽。他总是处之泰然，仿佛他是受人之托抚养婴儿一样。

时隔一年之后，孩子的妈妈终于不忍心隐瞒下去，她老老实实地向父母吐露了真情，孩子的生父其实是镇上的一个卖早点的小伙。夫妇立刻带她到白隐那里道歉认错，请求他原谅，并希望将孩子带回。白隐依然淡然如水，他没有任何表示，只是轻声说了句："就这样吗？"仿佛什么也没发生过，如一阵轻风吹过湖面，泛起一丝丝的涟漪又迅速消失。白隐从此更为人们所敬重，人们时常去他那里学习佛法。

人生感悟

戴尔·卡耐基说过:"宽容是另一种方式的'憎恨'。用你的心去折服对手,去吸收他的长处强化自己的体质。"不要一味地去追究别人的错误,去探查别人的心理。你只需要做好自己,保持你的宽厚,原谅别人一些可以被原谅的私心。

把别人的缺陷藏起来

在古代的时候,有一位国王个头矮小,还瞎了一只左眼,瘸了一只右脚。国王因此心中有些自卑,甚至很少出门巡视。由于许多子民不知道国王的相貌,不利于统治,国王就想请人给他画一幅标准像昭示天下。

当时都城里有三名画家名气最大,国王就把他们三个请到宫里来,让他们画像。第一位画家观察良久之后,画了一幅写实像,画中的国王矮小残疾,很是难看,国王看了自然大怒,斩了那名画家。

第二名画家给吓坏了,他心想国王既然不要写实的,那我就画个美化的。于是第二名画家画了个高大、英俊、威武异常的国王像,但是看起来实在不像国王本人。于是,他也被杀了。

第三名画家一直很平静,他看到前面两人的遭遇,心中一直暗自揣测国王的想法。在第二名画家被杀后,他想到了。于是,他毫不犹豫地提笔作画,半个小时后,他将画好的作品呈上给国王。国王看了果然很满意,对第三名画家大为赞赏,封他为宫廷画师。其实第三名画家的作品很简单,既没有写实也没有美化,他画的国王骑在高头大马上,右脚隐藏在马的那侧没有画出来,正举着一把枪闭着左眼用右眼瞄准着。很简单的打猎图却把国王的缺陷全部隐藏起来,又突出了国王的英勇,难怪国王会夸赞他。

　　尊重一个人就要努力地去发现他人身上独具魅力的特点,用欣赏的态度关注他人的发展。每个人都需要别人的喝彩。我们往往看不到别人的优点,或者拿来自己的优点去比较别人的缺点。眼睛里只看见自己,忽略他人的感受,这对于交际是极为不利的。试着去欣赏他人,正是学会尊重别人的开始,也是成熟的表现。

别把自己的想法强加给别人

　　有一位外国作家住在一个偏远的乡村里,每当他写作感到累时,就会沿着小村子旁的公路散步。有一天,他路过公路旁的一条小河时,听到不远处传来鸭子的叫声。他循声而去,原来是一群鸭子正在污泥里洗澡,而它们洗澡的污泥旁边就是一条流过赤杨林的清澈小河。这位作家很惊讶,他实在想不出来鸭子们为什么不去清澈的小河里洗澡呢。

　　作家带着这个疑问回到了家中,他找来一些关于鸭子的书籍,仔细地阅读后,他才明白:原来鸭子有鸭子的生活方式,鸭子天生就喜欢在污泥浊水中嬉戏,这是因为烂污的泥塘里会有大量的寄生虫、已经腐烂的小动物的尸体,还会有一些藻类和浮游植物,这些东西都是鸭子的美食。

看到这里,作家恍然大悟,他忍不住想,人们每天都努力把那些鸭子赶到干净的河水里,是因为人自己喜爱清澈的小河、干净的流水,但如果人类因此就认为鸭子也应该喜欢它,那是多么滑稽的事情啊!同样,不同的人也会有不同的兴趣和爱好,我们不要把自己的感受强加给别人。接受并尊重他人与自己的不同,也是一种宽容。

人生感悟

爱因斯坦说过:"宽容意味着尊重别人的无论哪种可能有的信念。"我们与他人相处,不能用衡量自己的标准去要求别人,应该尊重别人的喜好,这样才能维系和谐的关系。别把自己的想法强加到别人身上,每个人都有自己的故事,而你的打扰让故事偏离了本旨。

宽容不仅可以成就自己,还能成就别人

穆律罗是17世纪西班牙最有名的画家,同时,他还是一个贵族。生活富足的他有很多仆人,在他众多的奴仆中有一名叫塞伯斯蒂的青年奴仆,一个对画画有种与生俱来的喜好的小伙子。

每当穆律罗给学生上课时,塞伯斯蒂总是会在干完活以后在一旁偷偷地听课学习。

直到有一天晚上,塞伯斯蒂一时兴起,竟然在主人的画室里画起画来。塞伯斯蒂画到尽兴之处完全到达了忘我的境界,以至于穆律罗和他的贵

族朋友出现时,他都没有察觉。

当时,穆律罗并没有惊动塞伯斯蒂,而是静静地望着他笔下优美的线条出神。塞伯斯蒂画完最后一笔,这才发现身后的主人,他慌忙跪下——在那个等级森严的年代里,塞伯斯蒂是可以因此而被主人处死的。

这件事成了贵族们津津乐道的话题,就在他们纷纷猜测穆律罗会以何种方式严惩他的奴隶时,这些贵族却听到了一个令人震惊的消息,穆律罗不仅没有严惩塞伯斯蒂,而且还收他做了自己的弟子。

让仆人做自己的学生,这是贵族们决不允许的,他们觉得穆律罗这样的做法有失贵族的高贵身份和颜面。于是,这些贵族开始疏远穆律罗,也不再去买他的画,贵族们都说穆律罗是个十足的傻瓜。

对于其他贵族的反应,穆律罗却不以为然,他对贵族们的行为只是报之一笑,但是心里却在想,那些傻瓜又怎能明白,塞伯斯蒂将会是我穆律罗最大的骄傲。

时间证明了穆律罗的预言,在今天意大利的艺术馆藏中,塞伯斯蒂的作品与他恩师穆律罗的名画被摆在同等重要的位置,而且都价值连城。人们只要提到塞伯斯蒂,一定要提到穆律罗的名字。

人生感悟

李斯在《谏逐客书》中写道:"泰山不让土壤,故能成其大;河海不择细流,故能就其深;王者不却众庶,故能明其德。"当你学会宽容别人时,你就成就了一个更完美的自己。宽容是一种品性,也是一种能力,宽容需要学习,需要磨砺,更需要一点一点培养。

真友谊不是钱能砸出来的

薛仁贵尚未得志之前,与妻子住在一个破窑洞中,衣食无着落,全靠王茂生夫妇接济。后来,薛仁贵参军平辽,功劳特别大,被唐太宗李世民封为"平辽王",一时身价百倍,送贺礼者络绎不绝。薛仁贵都婉言谢绝了,只留下了王茂生送来的"美酒两坛"。

当执事官打开酒坛,却发现坛中装的不是美酒而是清水!执事官认为王茂生在戏弄王爷,应当严惩。岂料,薛仁贵听了,不但没有生气,反而令人取来大碗,当众饮下三大碗清水。

薛仁贵对着众人说:"我过去落难时,全靠王兄弟夫妇经常资助,没有他们就没有我今天的荣华富贵。如今我美酒不沾,厚礼不收,却偏偏要收下王兄弟送来的清水,因为我知道王兄弟贫寒,送清水也是王兄的一番美意,这就叫君子之交淡如水。"

人生感悟

大诗人李白诗云:"廉夫唯重义,骏马不劳鞭。人生贵相识,何必金与钱?"身居高位的俞伯牙正是因为懂得这个道理,不以钟子期为樵夫而嫌其贫穷,所以才得遇知音,得以共谱一段"高山流水"的传奇佳话。君子之情虽淡却相亲,小人之交虽甜却易断。所以那些无缘无故就打得火热的朋友,也会无缘无故地离散。

困难时站在你身边的人,才是朋友

马寅初先生和周恩来总理的友谊延续了半个多世纪。马老先生一直把周恩来总理视为"患难之交"。

当初,马先生被国民党软禁,周恩来极力营救。后在马寅初祝寿会上,他送去贺联:"桃李增华坐帐无鹤,琴书作伴支床有龟"。马寅初向子女们夸赞这副对联写得好,说:"'桃李'典于'桃之夭夭,其华灼灼',意我培育了一些学生。鹤、龟都意长寿之物。上联即学生和客人来祝寿,却没有马寅初本人;下联是说那个人哪里去了呢,对牛弹琴去了,别人逼他写悔过书去了……"

当蒋介石对马先生实行各种限制和迫害时,周恩来又伸出援手。他对《新华日报》的同志们说:"马寅初是一位经得起考验的爱国主义者!我们必须对他全力支持。《新华日报》可以发表他的文章,也可以经常去采访他。"

1976年,周总理去世时,马寅初先生沉浸在巨大的悲痛中,不顾自己已是一个年逾九旬的耄耋老人,非要参加向总理遗体告别的仪式。家人劝他别去,马老大怒,吼道:"死了也要去!"

人生感悟

纪伯伦说:"和你一同笑过的人,你可能把他忘掉;但是和你一同哭过的人,你却永远不忘。"真正的友谊,不是花言巧语,而是关键时候拉你的那只手。那些整日围在你身边,让你有些许小欢喜的朋友,不一定是真正的朋友。而那些看似远离,实际上时刻关注着你的人,在你快乐的时候,不去奉承你;在你需要的时候,默默为你做事的人,才是真正的朋友。

大师的善意

20世纪50年代的时候,季羡林曾当过北大语言学的教授。

有一天,一个学生来向他借一本参考书籍。季羡林一下子犯了难,学生要借的这本书不是一般的文献,而是非常宝贵的古籍善本,如果在翻阅的时候稍有差错,谁都承担不起责任。但面对学生渴求的眼神,季羡林也不忍拒绝,便对他说:"你过一个星期之后再过来取,好吗?"学生见老师同意了,便欢欢喜喜地回去了。

一个星期过去了,学生准时来到了季羡林的办公室。当他接过老师递过来的书时,感到很是惊讶,因为这根本就不像是一本书,更像一本笔记,它是由一沓厚达几百页的信纸装订而成的,上面整整齐齐地写满了蝇头小楷。季羡林略带歉意地笑道:"对不起啊!我不能将原本借给你,你要理解,原本太珍贵了,我要好好保存,以后还要上交国家呢。现在这本书我概不外借,就怕万一被人损坏,以后对国家就不好交代了,我想你一定能理解我的做法。今天给你的是我的手抄本,尽管看起来有些麻烦,但基本上一字不错、一字不落,是可以用的……"

学生一听,非常内疚,连连向季羡林鞠躬致谢。他没想到自己的一个要求,竟然让老师花了整整一个星期,日夜伏案,才完成了抄录任务。那可是一本十几万字的书籍,要将它完完整整地抄录下来,那该是多大的工作量,需要有多大的耐心啊!

其实,当初学生来借书的时候,季羡林完全可以随便找个借口婉言拒绝,或者向他说清实情,学生也是一定能够理解的,但季羡林却以这样一种最笨的法子,满足了学生的求知欲望,实在令人感动,又令人赞叹不已!季羡林不仅在学术上堪称一代大师,在做人处世方面也是后世的楷模。

季羡林大师曾说:"对待一切善良的人,不管是家属,还是朋友,都应该有一个两字箴言:一曰真,二曰忍。真者,以真情实意相待,不允许弄虚作假。"所以,你若真心实意相待,我自倾怀肝胆相照。

认真考虑指责你的人是否有理

在罗斯福任美国总统期间,当他去打猎的时候,他就会去请教一位猎人,而不是去请教身边的政治家。反之,当他讨论政治问题的时候,他也绝不会去和猎人商议。

据说有一次,他和一个牧场工头外出打猎,他看见前面来了一群野鸭,便追过去,举起枪来准备射击。但这时那个工头早已看见不远的地方还躲着一头狮子,忙举手示意罗斯福不要动,罗斯福眼看野鸭快要到手,于是对他的示意没有理睬。结果,狮子听到枪声后跳了出来,窜到别处去了。等到罗斯福瞧见,再赶紧把他的枪口移向狮子时,已经来不及开枪,只好眼睁睁地看着它逃跑了。牧场工头瞪着眼睛,向他大发脾气,骂他是个傻瓜、冒失鬼,最后还说:"当我举手示意的时候,就是叫你不要动,你连这点规矩也不懂吗？"

面对牧场工头的责骂，罗斯福竟然"逆来顺受"，并且以后也毫不怀疑地处处对他服从，好像小学生对待老师一般。他深知，在打猎问题上，对方确实高他一筹，因此，对方的指教于他确是有益处的。

达·芬奇曾说过："应当耐心听取他人的意见，认真考虑指责你的人是否有理。如果他有理，你就修正自己的错误，如果他理亏，只当没听见。若他是一个你所敬重的人，那么可以通过讨论，提出他不正确的地方。"

不要揪着别人的小辫子不放

闵子骞是古代著名的孝子，孔子的高徒，在孔门中以德行和颜回并称，为"七十二贤"之一。

闵子骞很小的时候就失去了生母，后来父亲续弦，但是后母对他很差，时常虐待他。冬天到了，后母用芦花做的衣服给闵子骞穿，给自己的孩子穿丝绵做的衣服。闵子骞浑身冰冷，不停地打寒战。

父亲不了解情况，以为是闵子骞懒惰的原因，生气地鞭打了他一顿，鞭打的时候从衣服里抽出了芦花。父亲很疑惑，仔细查看后发现后母生的两个孩子衣服里都是厚厚的棉絮，父亲知道自己冤枉了闵子骞很是后悔，想要休掉妻子表达自己的愧疚。

闵子骞听到后跪下来求父亲不要休妻,并说:"现在只是一个孩子受冻,你把她休了,那就是三个孩子受冻了。"父亲这才消了怒火,从此后母对待闵子骞如同亲生儿子一样,全家和和睦睦。后人有人写诗称赞闵子骞:"闵氏有贤郎,何曾怨后娘;车前留母在,三子免风霜。"

人生感悟

宽容就像一座连接彼此心灵的桥梁,走过去了,便拥有了爱,拥有了信任,拥有了阳光。正如沈采说的:"得放手时须放手,可饶人处且饶人。"多多体谅别人,忘记别人的坏,记住别人的好,怀有一颗感恩的心,你会发现世界原来如此美好。

把仇恨写在沙滩上

"二战"的时候,一支部队在森林里和敌军相遇发生激战,有两名战士因此而和大部队失去了联系。这两名战士来自同一个小镇,所以他们一直能互相帮助,互相鼓励,彼此不分。

两个人在森林中艰难跋涉,互相鼓励、安慰。十多天过去了,他们仍未和部队联系上。还算幸运的是,他们打到了一头鹿,依靠鹿肉他们可以再撑几天,但是由于战争的原因,接下来的几天他们没有在森林中发现任何大型动物可以捕食。剩下一点鹿肉,背在年轻一些的战士身上。

这一天,他们又遭遇到了敌人,经过一场激战,他们巧妙地避开了敌人。就在他们以为安全的时候,突然一声枪响,走在前面的战士中了一枪，所幸是在肩膀上。后面的战友惶恐地跑了过来，紧张得语无伦次，扯破身上的衣服给他包扎伤口。那天晚上，未受伤的年轻战士一直念叨着他的母亲，两眼无神。两个人都是浑浑噩噩的，认为死期将至。身边的鹿肉谁也没去动它，那一夜，谁也没睡着。

上帝保佑，第二天，他们两个被部队找到，救了出来。事隔30年，在年轻战士的葬礼上，那位受伤的战士才向人说出当时发生的事："我知道是谁开了那一枪，就是我的战友，当他慌张地抱起我时，我摸到了他发烫的枪管。但是当天晚上我就原谅他了，他只不过想要活下来，见到他的母亲。此后30年，我一直装作不知情。但是战争太残酷了，他终究没有见到他的母亲，我和他一起祭奠她老人家的时候，他跪下来求我原谅，我没有让他说下去。我们又做了二十多年的好朋友，我没有理由不宽恕他。"

人生感悟

心就像一个容器，当你有更多的宽容时，仇恨、烦恼就会被挤出去，你的心自然通透明净起来。证严法师说过："每个人都能缩小自己时，大家的空间就变大了。"想要获得别人的认可，就必须拓宽自己的心，不能容人，难成人器。

尊重别人就是尊重自己

在美国纽约曼哈顿一幢70层楼高的大厦内，有一家著名的企业——

巨象集团。一天早晨，一位头发花白的老人正在这座大厦楼下的私家花园里修剪花草。这时一位中年妇女带着一个男孩走了进来，母子俩找了一张长椅坐了下来。

这位妈妈不停地跟男孩说着什么，看起来很生气的样子。可能是天气太热了，她额头上布满汗珠，于是她从包里扯出一张纸巾，擦了擦汗，一甩手把纸扔到草地上了。其实，垃圾桶就在离她不到两米的位置。修剪花草的老人看到了这一举动，诧异地瞟了她一眼，她却满不在乎地看着老人。老人默默地走到她的身边，弯腰捡起那团卫生纸，将它扔进长椅旁边的垃圾桶里。

不一会儿，这位妇女又把一团卫生纸扔在草地上。老人默不作声，慢慢地又走过去，弯腰再次捡起卫生纸扔进桶里，然后回到原处继续修剪花草。可是，当老人刚拿起剪刀，一团白色的卫生纸又降落在了绿油油的草地上，于是他又捡起来……如此反反复复，老人一连拾了六团卫生纸。但他始终没有说话，也没有露出不满和厌烦的神色。

"孩子，你看见了吗？"妇女指着老人对身边的男孩说，"如果你现在不努力学习的话，将来就只能像他一样，做一些卑微低贱的工作！"

妇女的声音很大，老人听见了，他放下手中的剪刀，慢慢地走到妇女面前："夫人，这里是巨象集团的私家花园，只有集团的员工才能进来。"听完这话，这位妈妈扫了老人一眼，骄傲地说道："这位老先生，你可能不知道吧，我是巨象集团的一个部门的经理。"

老人想了想说："夫人，您能把手机借我用一下吗？"妇女虽然很不高兴，但还是把手机递给了老人。"孩子，你以后可不能像他一样啊。你看他，多可怜，头发都白了，却连一个手机都买不起。"在老人接过手机的那一刻，妇女轻声地对身边的男孩说道。

老人很快就打完了电话，并把手机还给了妇女。没过多长时间，一个男子就急匆匆地走到老人面前，恭恭敬敬地鞠了一个躬。

"现在，我希望你能够马上免除这位女士在集团的一切职务！"老人对男人说。男子点点头恭敬地说道:"我一定按您的指示去办!"

妇女疑惑不解地问男子:"这到底是怎么回事?你怎么会对那个老花匠那么尊敬?""他哪里是什么老花匠呀,难道你不知道他是我们集团的总裁詹姆斯先生吗?"妇女的脸色顿时变得煞白。

老人离开花园时,摸了摸小男孩的头,意味深长地说:"孩子,我希望你以后无论在哪里,都能明白一个在世界上最最重要的道理,那就是要学会尊重每一个人。"

人生感悟

记得有这样一句话:"任何一个伟大的人都有他渺小的一刻,任何一个平凡的人都有他伟大的瞬间!"因此我们要尊重每一个人!只有懂得尊重别人,才能赢得别人的尊重,正如叔本华所说:"要尊重每一个人,不论他是何等卑微与可笑。要记住活在每个人身上的是和你我相同的性灵。"

指点别人很容易,难的是自己保持清醒

有个老太太坐在马路边望着不远处的一堵高墙,总觉得它马上就会倒塌,见有人向墙走过去,她就善意地提醒道:"那堵墙要倒了,远着点走吧。"被提醒的人不解地看着她,大模大样地顺着墙根走过去了——那堵墙没有倒。

老太太很生气:"怎么不听我的话呢?"又有人走来,老太太又予

以劝告。三天过去了,许多人在墙边走过去,并没有遇上危险。第四天,老太太感到有些奇怪,又有些失望,不由自主便走到墙根下仔细查看,然而就在此时,墙倒了,老太太被掩埋在灰尘砖石中,气绝身亡。

奥尼尔说过,"我从小就接受一种教育,永远不要对别人指手画脚,我绝不会去批评或者指责一个人的行为。"我们提醒别人时往往很容易,很清醒,但能做到时刻清醒地提醒自己却很难。所以说,管好自己的生活,许多危险来源于自身。

真正的友谊是照亮人生的阳光

1962年,作家刘白羽由北京到上海治病。当时他的长子滨滨正患风湿性心脏病,他放心不下,便让滨滨也到上海看病。遗憾的是,由于治疗效果不佳,滨滨的病情不见好转,又要返回北京。

刘白羽万般无奈,只得让妻子带病危的儿子回家。母子俩回北京的当天下午,刘白羽心神不定,烦躁不安。

这时,巴金、萧珊夫妇来到了刘白羽的病房。两人进门后,谁都没有说一句话,默默地坐在沙发上。其实他们非常了解滨滨的病情,都在为他担忧,生怕路上发生意外。病房里静悄悄的,巴金伸手握住刘白羽微微发颤而又汗津津的手,轻轻地抚摸。萧珊则一边留意刘白羽的神情,一边望着桌子上的电话。

突然电话响了,萧珊忙抢在刘白羽之前拿起话筒。当电话中传来母子俩已平安抵达北京的消息后,三个人长长地舒了口气,脸上都露出了笑容。

原来,巴金估计那天北京会来电话,怕有噩耗传来,刘白羽承受不了,于是携夫人萧珊专门前来陪伴他。当两人起身告辞时,刘白羽执意要送到医院门口。他紧紧地握住巴金的手,一再表示感谢。巴金却摆了摆手,淡淡地说:"没什么,正好有空,只想陪你坐一坐。"

人生感悟

培根说:"最难忍受的孤独莫过于缺少真正的友谊。"朋友带给我们温暖、支持和力量,让我们感受生活的美好。在人生的旅途上,朋友伴我们同行,友谊照亮我们的生活之路。马克思也曾说:"人的生活离不开友谊,但要得到真正的友谊才是不容易;友谊总需要忠诚去播种,用热情去灌溉,用原则去培养,用谅解去护理。"

学会真诚地欣赏别人

克林顿·希拉里多次讲过她在中学读书时的一件往事。

一个春暖花开的中午,希拉里和爸爸在公园里散步。她发现一个老太太紧裹着一件厚厚的羊绒大衣,脖子上围着一条毛皮围巾,那穿戴仿佛是在滴水成冰的三九隆冬。她说："爸爸，你看，那位老太太穿的，真是太奇怪、太可笑了！"

当时爸爸的表情有些严肃，他沉默了一会儿说："希拉里，我突然发现你缺少一种本领，就是欣赏别人的本领。这说明你在与别人的交往中，缺少了一些热心和友善。"

希拉里觉得爸爸太小题大做了，很不服气地问："那你不觉得老太太穿得太多了吗？"

爸爸说："恰恰相反，我觉得老太太很值得欣赏。她穿着羊绒大衣，围着毛皮围巾，也许是因为生病初愈，身体还没有完全康复，也许是别的什么原因。但你仔细看，她专注地看着树枝上清香、漂亮的丁香花，表情是那么安详、愉快。她是那么热爱鲜花、热爱春天、热爱大自然。我觉得老太太的神情令人感动！难道你不认为她很美吗？"

希拉里认真地观察了之后，觉得确实像爸爸说的那样，从老太太脸上的笑容可以看到她的内心像怒放的鲜花一样。爸爸领着希拉里走到老太太面前，微笑着说："夫人，您欣赏鲜花的神情真令人感动，您使这春天变得更加美好了！"

老太太似乎有些激动："谢谢，谢谢您，先生！"随后，她从提包里取出一小袋饼干，一边递给了希拉里一边夸赞地说："这孩子真漂亮……"

事后，爸爸对希拉里说："渴望得到欣赏，是人的本性。一定要学会真诚地欣赏别人，因为每个人都有值得欣赏的优点和特点。当你学会真诚地欣赏别人之日，就是你得到别人更多欣赏之时。"

你用欣赏的眼光去看，就会发现很多美丽的风景；你带着满

腹怨气去看,你就会觉得世界一无是处。学会欣赏别人,懂得人人都有可爱的闪光点,不被偏见遮蔽了双眼,要学会发现美。不要自以为是,要明白人外有人、天外有天。善于欣赏别人并向别人学习,是一个人拥有高情商的重要表现之一。

记住别人的好,忘记别人的伤害

  阿拉伯传说中有两个朋友在沙漠中旅行,在旅途中的某点他们吵架了,一个还给了另外一个一记耳光。被打的觉得受辱,一言不语,在沙子上写下:"今天我的好朋友打了我一巴掌。"

  他们继续往前走。直到到了沃野,他们决定停下。被打巴掌的那位差点淹死,幸好被朋友救起来了。被救起后,他拿了一把小剑在石头上刻了:"今天我的好朋友救了我一命。"

  一旁好奇的朋友问道:"为什么我打了你以后,你要写在沙子上,而现在要刻在石头上呢?"

  另一个笑了笑说,"当被一个朋友伤害时,要写在易忘的地方,风会负责抹去它;相反的,如果被帮助,我们要把它刻在心里的深处,那里任何风都不能抹灭它。"

  朋友间相处,伤害往往是无心的,帮助却是真心的。忘记那些无心的伤害,铭记那些对你的真心帮助,你会发现这世上你有很多真心的朋友。

人生感悟

著名诗人萨迪说："谁想在困厄中得到援助，就应在平日待人以宽。"记住别人的好，对他们的缺点宽容一些，时间长了，我们会满眼都是别人的好，我们心里记住别人的也都是美好，我们就会拥有更多的朋友。

不是将其打败，而是让他同你并肩作战

相传，托塔李天王收了一个义女，是只耗子精。一天，耗子精请求让自己下凡当一回普通的动物，天王同意了，但同时提出了一个要求，说："我的三太子哪吒的本领无敌，你作为我收留的义女，当然也不能给我丢脸。在动物世界里，大象的身躯是最强大的，你一定要想方设法战胜它，这样才可以继续做我的女儿。否则，你就永远留在凡间做一只普通的牲畜吧！"

耗子精答应了，于是它来到了凡间，变作了一只渺小的老鼠。此时它才感到，自己向义父的承诺是多么轻率。因为它发现以自己渺小的身躯要战胜大象简直是天方夜谭。可是没有办法，既然已经答应了下来，硬着头皮也要去做。

它想，自己要是从大象的长鼻子中钻进去，用身体堵住大象的气管，不让它喘气，大概会迫使它认输。于是它趁着大象在树下乘凉之机，悄悄地钻入了对方的鼻孔里，准备实施计划。谁承想，老鼠刚往里走一点儿，大象就突然打了个喷嚏，一下就把它给喷了出来。眼看火冒三丈的大象

要来踩自己,老鼠吓得魂飞魄散,赶忙溜之大吉。

此后,老鼠总是远远地躲开大象,它不想自讨苦吃。日子就这样一天天过去了,耗子精变成老鼠后饱受了人间的苦难,它想大象是无论如何也打不过了,自己算是回不到天上去了。

无奈之下,它只得灰溜溜地到处乱窜。就在这时,老鼠看到大象竟然落入了猎人设下的巨网中,原来这些人是冲着大象那名贵的象牙而来的。这真是天赐良机啊!老鼠叽叽喳喳地欢呼道:"现在大象根本就没有反抗能力,只要我在它的要害部位挖几个洞,它就会没命了,我不就战胜大象了吗?"

然而,老鼠看到了人类企图使大象乖乖地张开嘴巴,残忍地要将其牙齿拔掉。看到大象可怜的样子,老鼠实在不忍心下手。它的良心告诉它,应该救大象。于是,它偷偷地跑过去,开始用它锋利的牙齿咬网和绳子,不知过了多久,那张巨网出现了一个大缺口,大象猛地一用力,从巨网中钻了出来。

老鼠救了大象,大象从这件事情中也看到了老鼠可贵的一面,它决定同老鼠结下友谊,当然,老鼠也愿意交大象这个仁厚的朋友。于是,老鼠和大象化干戈为玉帛。

不久,托塔李天王找到了老鼠,老鼠说:"对不起,父王,恐怕我以后不能再继续孝顺您了,因为要我去和我的朋友作战,我想这是不可能的了。"

天王哈哈大笑,说:"孩子,你永远都是我的女儿,你将你的对手变成了朋友,难道世界上还有比这更完美的战胜吗?"

人生感悟

当你决定打败敌人的时候,敌人也想着打败你。他既然能成为你的敌人,就一定跟你实力相当,不好对付。退一步来说,就算你历尽艰辛终于将他打败,可是谁能保证某天他就不会东山再起?到时候你又要提起十二分精神,积极备战。

所以,最好的办法不是打败他,而是友好地站到敌人的身边去,把他变成自己的朋友,实现双赢。

辑十一
面对别人的冒犯,
不轻易指责

面对别人的冒犯，不轻易指责

宋哲宗元祐四年的一天，几名公差在街市上巡行，看到有个穿着破旧衣衫的书生，背上背着一个口袋，上面写着"封呈京师苏侍郎宅"，落款是"苏轼"。几位公差暗自寻思：这字与太守的笔迹差别太大了，可能有诈，于是上前盘问。只见这书生神形窘迫，回答起问题来支支吾吾，于是公差将他押解到衙门让苏东坡亲自审问。

书生到了衙门，不等苏东坡审问就连忙叩头认错。

原来这个人叫吴味道，要去京都参加会试。乡亲们都知道他家里穷困，就各自慷慨解囊，统共集了百余贯钱作为盘缠所用。

一百贯可是个大数目，一路上跋山涉水，为保险起见，他在留了些日常路费开销的现钱之后，用剩下的钱购买了三百匹棉纱，打算带到京城后再换成现钱。但是携带这么多棉纱，他怕经过沿途关卡的时候，官吏会乱收税甚至克扣，便自作聪明，假装棉纱是替苏东坡带给其弟苏辙的。

当时，苏东坡任杭州太守，而其弟苏辙官拜门下侍郎，他们又都是赫赫有名的文坛巨匠，吴味道就是想借苏氏兄弟的名声，使不法官吏不敢胡作非为。

讲出了事情的始末之后，吴味道诚恳地认错道："学生也是实在没办法，才出此下策，斗胆冒用了两位学士的大名，下次再也不敢犯了。"

东坡听他的陈述后说："谅你也是事出有因，情有可原，但是你此举实有欺蒙之嫌，理当诘责，下不为例。"随即令左右撕去了行李上的封条，并亲笔另写了一副，还写了封信让吴味道交给弟弟苏辙，末了笑呵呵打趣道:"劳驾将此信转交吾弟。另外,你尽管放心便是,有我的亲笔书信,你此行定当无虞。"

得了书信,吴味道惊喜交加,本以为会受到责罚,没想到苏东坡没责罚自己,反而帮助了自己,他千恩万谢后才告辞离去。

当别人冒犯我们的时候,我们应保持一份宽容、尊重的心态,即使看到别人有不合己意的地方,也要坦然面对这一切,尽量将注意力集中到别人好的那一面上,看别人到底能给自己带来怎样的启示,而不是一味地去寻找、批评别人的不对之处。

我们如果能这样做,就会觉得心情好很多,眼中的世界也变得更加美好了,而且这种良好的心情,不仅有助于我们与周围的人保持和谐的关系,也能让我们保持耐心与冷静,处理问题也会更加轻松和顺利。

用事实说话,看得见的结果最有说服力

某公司打算从服装厂为员工订购一批制服,但公司的行政主管不太相信这家服装厂的衣服质量和样式。服装厂的代表没有单纯地用一些枯燥的专业术语来说服对方,而是在席间简单地问:"您见过×公司的制服吗?他们公司就在您办公楼的附近,上下班的时候,应该可以看到。"

"见过,很漂亮的。"

"他们所穿的制服就是我们公司生产的,您可以从他们那里了解一下情况。"

这位主管回到公司后,连忙向隔壁公司询问了情况。第二天,便与这家服装厂签订了合同。

事实是经得住考验的,并不会因某个人的意志为转移,它是客观存在的,即使千言万语,也比不上一桩事实留下的印象深刻。威·沃森曾说过:"铁一般的事实是不会给金子般的幻想让位的",的确,即使把事情夸得天花乱坠,也禁不起事实的推敲,最有说服力的不是语言,而是事实。

没有全面了解真相时,不要妄下结论

一位作家为了寻找一个穷困潦倒、懒懒散散混日子的人作为他小说中主人公的形象,来到了一个偏僻的乡村。在一个农庄里他找到了这样一个人——一个穿着褐色工作服的满脸胡须的老人,坐在一把椅子上为一小块马铃薯地锄草,他的身后是一间破旧的小木棚。

作家恨不得立马回家坐在打字机前把这个场景记录下来。而当他转过木棚绕到泥泞的小路上时,他从另一个角度朝老人看了一眼,他停住了脚步。

原来,在老人的另一边,放着一副残疾人的拐杖,而老人的一条裤腿空荡荡的垂到地面。顿时,那位被作家认为好吃懒做的人物,一下子变成一个不屈不挠的高大形象了。

那回头一眼,让作家以后再也不敢对只见过一面或聊上几句的人轻易地做出自己的判断和下结论了。

人生感悟

  在没有全面了解到事情的真相时,我们千万不要随便下结论。一个人、一件事都有它的多面性,仅仅从只言片语或一眼就在自己心中形成定论,这个定论也多半是谬论。其实有些事情好似冰山一角,我们只看到了水面上的十分之一,却忽略了水面下的十分之九。只知其一,不知其二,不可胡言乱语。

位高之人不谄媚,位低之人不轻慢

  北宋文学家苏轼有一次游莫干山,路遇 庙宇,想进去歇一会儿。庙中老道见苏轼穿着平常,形容一般,就冷淡地指了指椅子说:"坐",对小童说:"茶"。

  当与苏轼交谈后,老道发现苏轼谈吐不凡,不是一般书生,便把他引至大殿,客气地说:"请坐!"要道童向他"敬茶"。

  当老道士认出眼前来客是大名鼎鼎的苏东坡时,竟打躬作揖,把他让进客厅,毕恭毕敬地连连说:"请上坐",还特意吩咐道童:"敬香茶",言行几近讨好谄媚。

苏轼有感于老道的态度变化，这才写下了"坐，请坐，请上坐；茶，敬茶，敬香茶"以为讽。

人生感悟

孔子在《礼记》中说："君子不失足于人，不失色于人，不失口于人。"我们在与地位高的人相交时，应当做到不谄媚，不巴结，不曲意迎合于人；而在与位低的人相交时，应当做到不轻慢，以平常心待之。

给批评裹上一层"糖衣"

战国时，魏文侯曾和一班士大夫闲谈。

魏文侯问："你们觉得我是怎样的一位国君？"

许多人都答道："您是仁厚的国君。"

可翟黄却答："您不是仁厚的国君。您攻下了中山之后，不拿来分封给兄弟，却封给了自己的长子，这显然出于自私的目的。"翟黄一席话说得魏文侯恼羞成怒，立刻命人将翟黄赶了出去。

魏文侯不甘心，又接着问任座："我究竟是怎样的一位国君？"

任座答道："您的确是位仁厚之君。我听说过，凡是仁厚的国君，其臣子一定刚正不阿、敢说真话，刚才翟黄的一番话绝不是阿谀奉承，因此，我知道他的君主是位宽厚的人。"

魏文侯听了，觉得言之有理，立即让人把翟黄请了回来，而且拜他为上卿。

"良言一句三冬暖,恶语半句六月寒"。语言是一门艺术,说得好就是一剂良药,要是说得不恰当,那就是一种软暴力。它会给人们带来阴影和伤害,甚至会打击一个人的自信心。

恰当的表扬如春风拂面令人信心倍增,而有分寸的批评则如和风细雨般涤荡心灵,叫人甘愿敞开心扉、诚心接受。

对身边的人多说肯定的话,比鸡汤好用得多

某王爷手下有个著名的厨师,他的拿手好菜是烤鸭,深受王府里的人喜爱,尤其是王爷,更是倍加赏识。不过这个王爷从来没有给予过厨师任何鼓励,厨师因此整天闷闷不乐。

有一天,王爷有客从远方来,在家设宴招待贵宾,点了数道菜,其中一道就是王爷最喜爱吃的烤鸭。厨师奉命行事,然而,当王爷夹了一条鸭腿给客人时,却找不到另一条鸭腿,他便问身后的厨师说:"另一条腿到哪里去了?"

厨师说:"禀王爷,我们府里养的鸭子都只有一条腿!"王爷感到十分诧异,但碍于客人在场,不便问个究竟。饭后,王爷便跟着厨师到鸭笼去查个究竟。时值夜晚,鸭子正在睡觉,每只鸭子都只露出一条腿。

厨师指着鸭子说:"王爷你看,我们府里的鸭子不全都是只有一条

腿吗?"王爷听后,便大声拍掌,吵醒鸭子,鸭子当场被惊醒,都站了起来。

王爷说:"鸭子不全是两条腿吗?"厨师说:"对!对!不过,只有鼓掌拍手,才会有两条腿呀!"

人生感悟

马克·吐温说:"只凭一句赞美的话,我就可以充实地活上两个月。"喜欢被赞美是人的天性,听到别人赞扬自己的优点,就会觉得自身价值得到了肯定。多去赞美别人,让别人成为主角,这会使你们之间的相处变得轻松,会让他感觉受到你的重视,无形中增加对你的好感。

发自内心的真诚,更能深入人心

有位大学老师写了一本《思想政治工作方法》的书,出版社让他自己推销1000册。

这位老师觉得,这远比讲课要难得多。但没办法,为了把书推销出去,老师在学员里搞了一次演讲:"我在这里推销自己写的书,总不免有些尴尬。不过,如今作者也很难,写了书,还得卖书。出版社一下压给我1000册,稿费一文没有,所以我不推销不行。"

然后他又说道:"这本书写得怎样,我自己不好评说。但有两点可以保证:第一,这本书是我用三年时间完成的,是我心血的结晶;第二,书的内容绝不是东拼西凑抄下来的,是我自己长期思考的见解。前不久,这本书被思想政治工作研究会评为社科类图书的二等奖,这是获奖证书。不过,买不买完全自愿,决不强迫。如果觉得这本书对你有用,你又有财力就买一本,算是帮我一个忙。谢谢。"这次演讲恰到好处地表达了老师的真诚,赢得了听众的信赖,因此一次就卖掉了300多册。

人生感悟

说话的魅力并不在于说得多么流畅,多么滔滔不绝,而在于是否善于表达真诚!最能推销产品的人并不一定是口若悬河的人,而是善于表达真诚的人。如果你能够用得体的话语表达出你的真诚,你就赢得了对方的信任;建立起人与人之间的信赖关系,对方也可能由信赖你这个人从而喜欢你说的话,进而喜欢你的产品。

要学会说话,先要学会闭嘴

从前,一位小国的使者漂洋过海来到中国,他给中国的皇帝带来了很多贡品,其中最惹人瞩目的是三个小金人。这三个金灿灿的小人长得一模一样,散发出耀眼的光芒,围观的大臣都忍不住发出啧啧的赞叹声。皇帝也爱不释手,放在手上不停地把玩着。

这时,使者却提出了一个问题:"这三个金人虽然一模一样,但是有一个却最有价值。早就听闻贵国人才济济,想必今天这满朝文武大臣中一定有人能给我们一个完美的解释。"

"这有什么困难的?待我的臣子们研究一番后,自然给你们满意的答复。"皇帝明白使者是在挑衅,所以有些生气。

然而事情并不像皇帝想象的那样简单。尽管皇帝召集来了各个地方的珠宝匠,但是无论他们怎么反复地称重量、查做工,还是没有看出一点差别。

"你们作为大国,如今却连这等小问题都解决不了吗?"使者嘲笑道。

这时,一位素来沉默寡言的大臣站出来对皇帝说:"老臣愿斗胆一试!"

于是所有的人都注视着他。只见他取来三根铁丝,并将它们分别从三个金人的耳朵中穿了进去。结果,第一根铁丝穿过了第一个金人的耳朵之后,又从另一只耳朵里穿了出来;第二根铁丝穿过了第二个金人的耳朵之后,却从嘴里穿了出来;第三根铁丝则被第三个金人整根吞了下去。

这位大臣拿起第三个金人对皇帝说:"皇上,第三个金人最有价值,因为只有它懂得'少说多听',是可靠的人才!"

使者叹服地点点头,称赞道:"当初我们制作这三个金人,就是为了说明'少说多听',才在金人的耳朵和嘴的地方做了区别。想不到这位大人竟然能参透这三个金人中的道理,佩服,佩服!"

人生感悟

英国有句谚语叫作:"上帝给你一双耳朵,在于叫你多听;给你一张嘴,在于叫你少说。"人只有管得住自己这张嘴,才能够管得住自己,管得住自己才能够感动他人。因为做人最高的境界就是不轻易论人是非,而是要试着去听取别人的心声。正所谓

"天地不言,万物生焉;桃李不言,下自成蹊"。

主动打招呼,感化他人的心灵

在20世纪30年代的德国,一位犹太传教士每天早晨总是习惯于在乡间小路上散步。无论见到谁,他总是热情地说一声:"早安。"

在当时,当地的居民对传教士和犹太人的态度是很不友好的。有一个叫米勒的年轻农民,每次都十分冷漠地回应传教士的这声问候。但是,这位年轻人的冷漠并没有浇灭传教士心中的热情,每天早上,只要在路上遇到这个年轻人,他都会走上去,微笑着向他道一声早安。终于有一天,也许是这个年轻人被传教士的热情和诚心所感动,当传教士刚刚说出那声"早安"时,他便脱下帽子,向传教士回了一声:"早安。"

又过了几年,希特勒上台执政,德国掀起了一轮对犹太人的种族大屠杀。有一天,传教士与村中所有的人都被纳粹党集中起来,送往集中营。正在他们被赶往集中营的途中,有一个手拿指挥棒的指挥官,在前面挥动着棒子,叫道:"你向左,你向右。"

传教士听人说过,被指向左边的是死路一条,被指向右边的则还有生还的机会。当这位指挥官点到传教士的名字时,他浑身颤抖,移动得非常缓慢,但是最终他还是走到了指挥官的面前。他知道,死亡的期限就在眼前了。他无望地抬起头来,眼睛一下子和指挥官的眼睛相遇了。

"早安,米勒先生。"传教士习惯性地向指挥官说道。

这位指挥官,就是当初的那个叫米勒的农民。他看了传教士一眼,慢慢地回答了一句。

"早安。"这一句问候的声音很低,只有他们两人才能听到。

随后,指挥官便向右边挥了挥棒子,传教士成功地活了下来。

英国哲学家约翰·洛克说过:"礼仪的目的与作用是使顽固变柔顺,使人们的气质变温和,使他敬重别人,和别人合得来。"礼貌这个生活领域,不需要口号,不用夸张的目标,也无须不切实际的雄心壮志,只要施点小惠,就能让事情大不同。

反驳的理由再充分,也不可咄咄逼人

美国前总统富兰克林年轻时人很骄纵,无论跟谁他都显出咄咄逼人的气势,要是谁不小心让他抓住了把柄,他更是不会放过这千载难逢的机会,肯定会对那个人大加奚落,因此许多人都不喜欢他。

后来他父亲的一位朋友将他叫到面前,用很温和的语言对他说:"孩子,你从来都不考虑尊重他人,什么事都自以为是,别人受了几次难堪后,谁还愿听你夸耀的言论呢?你的朋友们将一个个远离你。你再也不能从别人处获得学识与经验,而你现在所掌握的知识和学问,在我看来,还是太有限了。"

富兰克林听了这番话后,很受震动,决心痛改前非。从那以后,他处处注意,言语行为谦恭和婉,慎防损害别人的尊严和面子,不久,他便从一个被人敌视、无人愿意与之交往的人,变为极受人们欢迎的成功人物。

人生感悟

清华大学客座教授翟鸿燊说:"多花时间成长自己,少花时间苛责别人。"很多时候,理直气"缓"远比理直气"壮"更具说服力,知道别人错了而容许别人有机会改正的,更能感召别人。因为有的道理是要犯错的人自己慢慢去体会的。点到为止,让他自己去寻思与体会,自己改变自己的认识,给他以一定的时间,更容易彻底改变他的想法。

晓之以理,莫忘动之以情

有一次,郭沫若先生在游览普陀山时捡到一本笔记本,扉页上写着一副对联:"年年失望年年望,处处难寻处处寻",横批:"春在哪里"。再翻一页,竟是一首绝命诗,并署着当天的日子。

人命关天,郭沫若当即命人找到了笔记本的失主,一位神色黯然的姑娘。原来这位小姑娘考大学连续三年名落孙山,生活上又遭受挫折,感到悲观失望,于是就有了轻生的念头。

郭沫若了解了事情的经过之后,他先是称赞对联有文采,接着微笑着问:"我替你改一改,你看如何?"于是便将对联改成了"年年失望年年望,事事难成事事成",横批"春在心中"。

见了郭沫若所改的对联,姑娘体会到长辈的关怀,终于向郭老倾吐了心中的郁闷。郭沫若邀她同游普陀,边走边开解她。当姑娘知道面前这位长者就是一代宗师郭沫若时,心中万分激动,于是又重新鼓起了生活的勇气。

　　"动之以情，晓之以理"，是劝导说服别人最根本的两条原则。事实上，说服别人的关键，就是要全面分析双方的利弊得失，并向对方陈述利害，看准对方的需求，这样说服才能做到有的放矢。如果丝毫不考虑对方的合理需要，双方交谈就没有共同的语言，说服就无从谈起了。说服别人要有理有据，不卑不亢，同时，语气也要亲切随和，入情入理。

欲贬先扬，比直截了当的批评更易接受

　　约翰•卡尔文•柯立芝于1923年成为美国总统，他有一位漂亮的女秘书，人虽长得很好，但工作中却常因粗心而出错。一天早上，柯立芝总统看见秘书走进办公室，便对她说："今天你穿的这身衣服真漂亮，正适合你这样漂亮的小姐。"

　　听了总统口中的赞许，这位女秘书顿时觉得受宠若惊。柯立芝接着说："但也不要骄傲，我相信你同样能把公文处理得像你一样漂亮。"于是从那天起，女秘书在处理公文时很少出错了。

　　一位朋友知道了这件事，就问柯立芝："这个方法很妙啊，你是怎么想出来的？"柯立芝得意扬扬地说："这很简单，你看见过理发师给人刮胡子吗？他要先给人涂肥皂水，为什么呢？就是为了刮起来使人不痛。"

人生感悟

著名主持人撒贝宁说:"你可以有质疑,但是质疑应该怎么表达,怎么把你的问题提出来,但又不会让对方觉得不舒服。"很多时候,批评一个人,我们觉得是为了对方好,但是对方却不领情,结果"好心换来了冷漠,友谊变成了仇恨",这都是因为批评的话,说得太过于生硬。有些话不可以直说,当需要指出别人错误的时候,不妨拐一个弯,先从表扬他开始,也许就会有不一样的收获。

不争辩,把无谓的胜利让给对方

有一天晚上,戴尔·卡耐基参加一个宴会。宴席中,坐在戴尔·卡耐基右边的一位先生讲了一段幽默趣事,并引出了一句话,意思是谋事在人,成事在天。

他说那句话出自《圣经》。他错了,戴尔·卡耐基知道,且很肯定地知道出处,一点疑问也没有。为了表现出优越感,戴尔·卡耐基很讨嫌地纠正他。他立刻反唇相讥:"什么?出自莎士比亚?不可能,绝对不可能!那句话出自《圣经》。"他自信确实如此!

那位先生坐在他右手边,戴尔·卡耐基的老朋友弗兰克·格蒙坐在他左手边,他研究莎士比亚的著作已有多年,于是,戴尔·卡耐基和那位先生都同意向他请教。格蒙听了,在桌下踢了戴尔·卡耐基一下,然后说:"戴尔,这位先生没说错,《圣经》里有这句话。"

那晚回家的路上,戴尔·卡耐基对格蒙说:"弗兰克,你明明知道那句话出自莎士比亚。"

"是的,当然,"他回答,"《哈姆雷特》第五幕第二场。可是亲爱的戴尔,我们是宴会上的客人,为什么要证明他错了?不给他留面子会使他喜欢你吗?"

　　每个人都有这种倾向——在大多数情况下,相信自己是对的。一旦有人和自己针锋相对,就会义无反顾地选择争辩,也许并不单单为了争论出什么结果,只是想借此表明自己不是软弱的,是有主见的。而无数的事实证明,在无谓的争辩中,即使你赢得了口头的胜利,也不会有什么实质的好处。最糟糕的是,你将失去别人对你的信任,招来厌恶。

向对方传递"你很重要"的信息

罗斯福总统有一个黑人男仆叫奥默森。他曾经写过一部回忆录,里面讲述了这样一个故事:

奥默森的妻子听人说鹌鸟很漂亮,可是她从来没有见过鹌鸟。

有一次她到总统的房间工作,就向总统询问有关鹌鸟的事情。总统当时就停下手头的工作,不厌其烦地向她讲述鹌鸟的故事。

奥默森的妻子也没有把这件事情当成什么大事,也就是随便问问而已,她没有想到,繁忙的总统竟然这样重视自己的一个小小的问题,总统的这种态度让她十分感动。

然而,让她更加意外的是,不久之后的一天下午,奥默森房间的电话响了,是罗斯福总统打来的。

总统告诉奥默森,他刚刚从奥默森的窗口经过,看到正好有一只鹩鸟落在他们的窗台上。他让奥默森转告妻子,赶快来看那只鹩鸟。

奥默森感动万分地喊自己的妻子,他们热泪盈眶地看到了那只美丽的鹩鸟!

人生感悟

维也纳著名的心理学家亚德勒有一个著名的观点:"对别人不感兴趣的人,伤害人越深,他一生中的困难也最多。人类的失败大都出于这种人。"我们任何一个人都喜欢得到关注,都喜欢被重视。因为当一个人受到重视的时候,他才会觉得自己有价值,会被别人需要。这样他就能够爆发出惊人的潜力,反之,则可能出现破罐子破摔的情况,甚至因此变得很孤寂,乃至冷漠。

你说话的态度比内容更重要

香港女作家梁凤仪曾写过一篇题为《以礼行先》的文章,当中讲述了这样一个故事:

有一次,梁凤仪女士在北京机场排队过边防的入境关卡,由于人数很多,所以队伍排得很长,有一位男士在呈交护照时才发觉忘了填写出境表格。于是关卡人员告诉他先填妥了再来盖章出境。

结果那位男士非常不满意,就对工作人员咆哮道:"人龙这么长,我填完表格再排队,一定错过起飞时间,你为什么不可以把表格给我,我现在就填?"由于他态度强硬得几近恶劣,工作人员冷静地回应说:"我这儿没有出境表格。"

但是那位男士还是坚持不肯走出关卡,结果导致连排在他后面的乘客都聒噪起来,认为他为了个人方便,连累所有排队的人都要久候。

梁凤仪女士说:"其实,他若是肯和颜悦色地向轮候的乘客鞠一个躬,填完了表,让他先行过关,就什么问题都解决了。我就曾有一次,赴机场迟了,边防关卡前的人龙极长,肯定无法赶及起飞时间,于是干脆跑到最前头去,礼貌地向那些乘客解释,请求他们帮忙包涵,一连鞠了几个躬,便在无异议下让我先行办理出境手续了。"

人生感悟

阿诺德·贝内特在小说中写道:"如果一个人说话像开枪一样,他的声音会把你的脑壳打碎。"当被不良情感占据时,我们是没有心思认真听对方说话的内容的。

日常生活中的许多摩擦是由于说话的态度语气不适当而引起的。我们很多人可能都存在一个误区,觉得说话内容才是最重要的,表达方式是一种无所谓的事情。其实,这是错的。对方是否接受你的意见,80%取决于你的表达方式,只有20%才取决于表达的内容。我们要智慧地表达,用正确的方式说正确的话。

站在对方的立场来发表观点

戴尔·卡耐基每个季度都要在纽约的一家大酒店租用大礼堂20个晚上,来讲授社交训练课程。但是有一个季度,他刚开始授课时,酒店经理提出要他付比原来多3倍的租金。而这个时候,入场券已经发出去了,开课的事宜都已办妥。

卡耐基在两天以后去找经理,他首先对经理提高租金的做法表示理解,然后帮他分析了这样做的利弊,他说:"有利的一面:大礼堂不出租给讲课的而是出租给举办舞会的,那你可以获大利了。因为举行这一类活动的时间不长,他们能一次付出很高的租金。租给我,显然你吃大亏了;不利的一面:首先,你增加我的租金,却是降低了收入。因为实际上等于你把我赶跑了,我付不起你所要的租金,就得另找地方。"

"还有一件对你不利的事实:这个训练班将吸引成千的有文化、受过教育的中上层管理人员到你的旅馆来听课,对你来说,这其实是起了不花钱的活广告作用。请仔细考虑后再答复我。"讲完后,卡耐基告辞了,最后经理让步了。

人生感悟

北大光华学院的张建君教授说:"人与人之间相处,彼此要怀着一颗'同理心',多换位思考,站在对方的立场上考虑问题。"当你企图去说服别人,给别人提建议的时候,如果不站在对方的角度去看问题,别人也无法接受你的任何观点。如果这个时候,你能换个角度,让对方觉得你是他的"自己人""同类人",那么对方会感到他自己被理解,因此改变最初的逆反、防御心理,慢慢地接受你。

不轻易许诺,但言出必行

比尔·盖茨是一个重承诺的人,他也以重承诺奉为信条教导他的儿女。他的大女儿珍妮弗在上小学三年级的时候,曾经写过一篇日记,上面讲述了这样一个故事:

珍妮弗有一次约了朋友凯莉第二天一起去公园,但没有想到的是,第二天,天阴沉沉的,天气并不是太好,于是珍妮弗就以"今天天气不适合出去,要下雨"为理由,拒绝出门。

但是比尔·盖茨却教育她说:"珍妮弗,万一凯莉在公园等你呢?说不定她正在去公园的路上,也许她还穿了雨衣,说不定为你也准备了一件呢?"这一番话让珍妮弗很惭愧,于是她迅速穿好衣服,并且也多带了一件雨具,往约好的地点赶去,而那名叫作凯莉的女孩真的已经在那里等她了。

珍妮弗在日记中写道:"真像爸爸说的,凯莉已经在那里等我了。看到我后她高兴地和我拥抱。她还以为我不来呢!就算天气不好,我们玩得也很开心。多亏了爸爸,要不是他,凯莉就会在这里空等一场,我还会失去一个好朋友,而且我在凯莉的心中会变成一个不守信用的人。感谢爸爸。"

人生感悟

比尔·盖茨说:"如果你不能履行自己的诺言,就不要轻易地许诺,在任何时候。爱情也是如此。"人与人之间之所以能够建立起复杂的社会网,关键就是诚信。国家之间没有信用,将会有战争;夫妻之间相互猜疑,就会有家庭问题;朋友之间有欺诈,友谊也将会不复存在。

君子绝交,不出恶言

在"君子交绝"一事上,胡适先生就曾为我们做出了典范。

众所周知,胡适与鲁迅是中国文坛的两位领袖人物,在新文化运动中,二人曾是站在同一阵营中的亲密战友,然而二人后来却因为在政治和文学等问题上的分歧而断绝了来往。虽然如此,胡适对鲁迅始终表示出了"最诚意的敬爱"。

在鲁迅去世一个月后,"新月派"女作家苏雪林写给胡适一封长信,称鲁迅为"刻毒残酷的刀笔吏,阴险无比、人格卑污无比的小人"。同时将她写给蔡元培的信稿抄送胡适,更是大肆攻击鲁迅。

胡适回信给苏雪林,写道:"我很同情于你的愤慨,但我以为不必攻击其私人行为。鲁迅曾经攻击我们,其实何损于我们一丝一毫?他已死了,我们尽可以撇开一切小节不谈,专讨论他的思想究竟有些什么,究竟经过几度变迁,究竟他信仰的是什么,否定的是些什么,有些什么是有价值的,有些什么是无价值的。如此批评,一定可以发生效果。凡论一人，总须持平。爱而知其恶，恶而知其美，方是持平。鲁迅自有他的长处。如他的早年文学作品，如他的小说史研究，皆是上等工作。"

胡适曾多次在文章中肯定鲁迅在文学史中的地位，对于他的好友苏雪林和陈通伯对鲁迅的一些指责，胡适也能够客观地加以批评指正。

人生感悟

不论是朋友之间、恋人之间、同事之间还是亲戚之间，从相遇、相识、相知到有情有义或因不得已的原因走上分手之路，都蕴含着很美好的情缘在内。假如曾经相处过，更应当珍惜那份共同的感情而不要伤害对方，更应该明白，"君子绝交，不出恶言"，这样才能营造和谐的生活。

心有不满，委婉表达

1954年4月，周恩来总理赴日内瓦出席关于印支战争问题的国际会议。一天，他趁休会时间，邀请卓别林夫妇到中国使馆一叙，并共进晚餐。

席间，卓别林望着刚上桌的北京烤鸭诙谐地说："我这个人对鸭子有特殊的感情，所以我是不吃鸭子的。"别人听了都不明其故。

卓别林又说："我演的流浪汉夏尔洛，他走路时那让人发笑的步伐，就是从鸭子走路的样子中得到启发的。为了感谢鸭子，从那以后我就不吃鸭子了。"

菜不对客人的胃口，这让主人一方有些歉意。当别人为此向他道歉时，他却笑着说:"不过,这次可以例外,因为这不是美国鸭子。"人们顿时开心地笑起来。

不满是一种坏情绪,对自己是一种压力。但是,如果因为表达不满而造成新的人际关系问题,那反而会带来更大的压力。委婉地表达能够给别人一个缓冲的时间,不会因为一时间无法接受而与你产生直接的矛盾。把话语表达得委婉、含蓄些,听上去会比较文雅、得体,让人感觉比较舒适而容易接受,从而实现人际关系的和谐。

幽默批评,使对方在笑声中认识到自己的错误

有一次鲁迅先生去理发店理发,理发师见他头发已经很久没有理过,而且乱蓬蓬的,身上穿着一件洗得褪了色的长袍,心里很看不起他。心里的轻视反映在理发上,理发师马马虎虎地给鲁迅理了理头发就算了事。

理完发,鲁迅先生照了照镜子,没说什么,随手从兜里抓了一大把铜钱付了账。理发师接过钱,惊讶得目瞪口呆——鲁迅所付的钱是理发定价的好几倍!真没想到这个貌不惊人、衣不压众的人这么有钱,而且出手大方。理发师不禁连连道谢,并暗暗记住鲁迅的样子,决心下次好好为鲁迅服务。

过了一段日子,鲁迅又到这个理发店去理发,还是那样的一身装束。

他刚一进门,理发师就认出了这位"贵客",赶忙非常热情地打招呼,然后使出自己的绝活为鲁迅精工细剪起来。理完发后,理发师带着谦恭的微笑等着鲁迅付款。结果,出乎这位理发师意料的是,鲁迅这次并没有像上次那样抓一大把钱给他,而是认真地按照价格数好铜钱付了账。

这下,理发师感到郁闷加纳闷了,忍不住问道:"先生,上次你一下子给了我那么多钱,为什么这次却给得如此之少呢?"鲁迅笑着回答说:"上次你胡乱给我理发,我就胡乱给你钱;这次你给我理得非常认真,我自然就要认真地按价格给你钱啦!"

人生感悟

文学巨匠钱钟书先生说:"一个真正幽默的人必定别有慧心,既能欣然独笑,又能傲然微笑,替沉闷的人生透了一口气。"具有幽默感的人,通常都会以嘲讽作为武器,来批评别人,或回击别人恶意的进攻。但即使是他们带有嘲讽意味的玩笑,也是诙谐而不失风度、滑稽而不粗俗、精练而不繁冗的。因为他们明白,幽默嘲讽,也要与人为善的道理。

有一种伤害,叫"我是为你好"

一只老山羊在小河边悠闲地散步,他看到一只小鸟在河边喝水,便说:"你只顾在这里喝水,却完全不知道提高警惕。如果狐狸过来,你的小命儿就会没了。"然后,他又非常严肃地给小鸟讲了许多道理。小鸟笑着点头,表示自己接受老山羊的教训。

但老山羊一走开,小鸟就对身边的蚂蚁说:"他依仗着胡子长冒充懂得很多道理,去年,它的孩子还不是在这里让狼给吃了吗?"

老山羊的好心并没有得到好报。某些时候,不管你出于什么心态,也不管你的意见是对是错、是好是坏,一旦你主动提出来,就犯了人性丛林中的忌讳。

南怀瑾先生在讲解《庄子》时,强调了其中一句话,"意有所至而爱有所亡"。任何一个人,都有自己的意志,他就爱好那一点、专注在那一点的时候,什么都无法改变他。所以,明知道你是为了他,但有时候他出于自己的利益需要,就忘记你是为他着想了。因此人与人之间的相处,无论夫妻、父母、兄弟还是朋友,总是"意有所至而爱有所亡"。

委婉像是一道善意的门缝

从前有一个国王,他有个视若掌上明珠的小女儿。一次下雨,雨水打在花园水池里,冒起一个个水泡,晶莹如珍珠。小公主看得出神,心想:"太漂亮了!要是真能用它做成花环戴在头上就好了。"

于是她去跟父王请求。国王一听连连摇头:"这怎么可能呢?"但是公主的脾气上来了,她说:"您要是不答应我,我就自杀!"国王吓坏了，赶紧下令召集所有能工巧匠，为女儿制作水泡编成的花环。

"如果做不成，我就杀了你们！"工匠们无不震惊，但惶惶无策。后来，一个很有智慧的老工匠想出了办法，他对公主说："尊敬的公主，我可以为您制作花环，但我不知您喜欢的水泡是什么样的，请您亲自捞取所喜欢的水泡，让我立即开始制作。"

公主听后，非常高兴，拿起瓢子，弯下腰身，开始认真地舀取自己中意的水泡。可是，只要公主轻轻一触摸，本来光彩闪烁的水泡，霎时间就破灭，变为泡影。捞了半天，公主一颗水泡也捞不起来。公主最终放弃了这个用水泡做花环的计划

人生感悟

星云大师说："委婉像是一道善意的门缝，给他人留下了出入的空间，同时也给自己的机遇留了一个入口。"人生有很多机遇，都是因为你留下的这一道狭窄的空间，才固执地找上门来。生活中，我们有时不需要正面地、直接地去拒绝别人，我们应在推辞的同时避免伤害到他人，这也是一种智慧。

你若开了口，就得顾及听者的心情

一位主人宴请来宾，可时间都过去15分钟了，却还有一大半的客人没有到。就在他焦急万分之时，随口便说了句："怎么搞的，该来的客人还没有到？"

这句话可引来了一些敏感客人的不满，他们心想，怎么着，该来的没来，这么说我们是不该来了呗！于是他们带着怨气走掉了。

主人一看又走了几位客人，这下更急了，说道："怎么这些不该走的客人都走了啊！"剩下为数不多的几位客人听到后又不高兴了，心想，他们是不该走的，那我们这些没走的就是该走的了！于是又都纷纷离去了。

最后只剩下主人的一位很熟识的好朋友留在了这里，看到这样的尴尬场面，他上前奉劝主人说："你以后说话应该先仔细考虑一下再说出口，否则说了错话，是很难挽回的。"主人大叫冤枉，连忙解释说："可我并不是叫他们走啊！"

朋友听后，脸色一下沉了下来，说道："不是叫他们走，那就是叫我走喽！"说完便头也不回地离开了。

说话是一门艺术，也是一个人情商的体现。切忌不要不经过大脑的思考，就随便说话。我们要时刻注意自己的言行，不要随心所欲，否则很容易在无意中伤害别人，甚至产生一些不必要的误会。正所谓言者无心、听者有意。在说话前我们一定要三思而后言。

不轻易去评价别人，因为你没有经历他的人生

一个主人有一匹千里马和一头毛驴，它俩都给主人干活：驴拉磨，马驮着主人周游四方。但是，驴却经常遭到马的羞辱。

中午吃饭的时候，马第九十九次辱骂驴说：

"没出息的家伙，一天到晚，围着一个石磨转去转来。眼睛还被蒙着，瞎走瞎忙。这样活着有什么意思？不如早点死了吧！"

驴再也忍受不了马的侮辱，伤心得大哭着跑走了。

第二天，主人发觉驴不见了，便把马套到磨上。

马说："我志在千里，怎么能为您拉磨呢？"

"可我要吃面啊！没有驴，总不能吃麦粒吧！"说着，主人用布蒙住了马的眼睛，并在它的屁股上重重地给了一掌。

马无可奈何地跟驴一样围着磨转起圈来。

才拉了一天磨，马就感到头昏脑涨，浑身酸疼得受不住了。它在地上打了一个滚儿，长长地出了一口气说：

"唉！没想到驴干这活儿也不容易呀！今后再评论别人一定要先换到它的位置上试试再说。"

其实马干马的活，驴干驴的活，分工明确，各出各的一份力气。偏偏马好事，把驴气跑，吃了苦头才知道驴的作用原来也是不可或缺的。

人生感悟

当我们发现别人的某种行为习惯和我们自己不同时，我们总是视角局限、心胸狭窄地站在道德的高点轻易去谴责质疑别人，以自己的经验判断对方的优劣。但其实我们却根本不了解他们曾经有过怎样的经历，受过怎样的伤害。

柴静曾经写道："真相常流失于涕泪交加中。当我们追寻到全部真相，其实早就被那般真实震住，每个人都有不可与人言说的苦楚，他只是以一种顽强的生命形态展现在你眼前，这就够了，唯有去理解，宽容，原谅，支持。"

遇到别人刁难,如何优雅还击很重要

查克·费尼是拥有80亿美金的富翁,但他自己的生活却异常节俭。一生下来,他竟然没有买过属于自己的一套房子,而是和妻子挤在旧金山一套一居室的出租屋里,更不要说为自己奢侈地买上一辆高档车了。平日里,他总是穿一套破旧的蓝色休闲西装,戴一块廉价的塑料手表,烤奶酪西红柿三明治是他的最爱,他从来没有吃过超过100美元一餐的饭。

一天,在慈善宣传会上,查克·费尼突然被他台下的一个人问道:"我们伟大的慈善家,请问你每天要工作多少个小时呢?""10小时以上。"查克·费尼回答说。

那人接着用调侃的语气说:"呵呵,真不知道是您的脑子有问题还是我的脑袋坏掉了,您每天那么拼命工作,却把挣来的钱都捐掉。而我是一个流浪汉,每天只花一个小时捡垃圾,却要比您生活得还好。"会场上顿时响起了一阵巨大的哄笑声。

就在所有人都等着看查克·费尼的笑话时,这位伟大的慈善家却不慌不忙地说道:"我想,这就是慈善家和流浪汉最大的区别吧!"

人生感悟

很多时候受到刁难,我们会奋起还击,但通常情绪外露而生怨嗔,气急败坏时不择口,踩着痛点就骂,往往姿势难看还两败俱伤。最优雅的还击,就是不还击,一笑而过。然后,轻松地告诉自己:被刁难,也是生活的一部分。你会发现,因为与自己讲和,任何刁难,都会被化解到不那么锋利。

辑十二
真正有实力的人，
从不炫耀

先替别人的利益着想，自己的事业才能繁荣

第二次世界大战后，以美英法为首的战胜国几经磋商，决定在美国纽约成立联合国。准备就绪后，大家才发现，这个最权威的世界性组织，竟然没有自己的立足之地。

听到这个消息后，洛克菲勒家族经过商议，决定出资在纽约买下一块土地，并把它捐献给"联合国"。同时，洛克菲勒家族也把这里附近的土地一并买了下来。

洛克菲勒的这个举动，引起了美国各大财团的侧目，870万美元不是一个小数目，而洛克菲勒却无偿赠予。在旁人眼里，这是疯子的举动。许多财团老板嘲笑说："这简直是愚蠢至极！"他们还妄自断言："过不了十年，洛克菲勒家族必定会沦为贫民！"

出人意料的是，联合国大楼刚建成，周围的地价瞬时暴涨。一时间，巨额财富源源不断涌进了洛克菲勒家族。这样的结局，足以让嘲笑和讥讽的人士目瞪口呆。

人生感悟

只有让对方有利可图，你才能拥有无限的资源。正如吉田忠雄所说："如果我们能替别人的利益着想，那么，我们的事业才能繁荣。"

真正的利他，如觉真法师所讲："利他，就是甘于布施，能够布施，真心实意地布施。"这就是利他的大智慧。孔子也曾说："己欲立而立人，己欲达而达人"，先利人，后利己，用无私来成就自己的事业。

你自以为是的聪明，其实是愚蠢

美国总统史蒂芬小时候比较木讷，很多人都喜欢同他开玩笑，甚至是戏弄他。有一天，一位同学一手拿着1美元，一手拿着5美分，问史蒂芬选择要哪一个。

史蒂芬说："我要5美分。"

"哈哈……蠢货，放着1美元不要，却要5美分"，同伴们都大笑，嘲讽他的愚笨。第二天，全镇的人都知道了这件好笑的事情。

很多人不相信史蒂芬竟有这么傻，于是，纷纷拿着钱前来验证，每次史蒂芬都回答说："我要五美分"。每天都有很多人用同样的方式愚弄他，然后在嬉笑中走开。

又，老师忍不住了，当面对史蒂芬说："难道你不知道1美元和5美分哪个大吗？""当然知道了，但我更知道如果我要了1美元，就没有人再来试了，以后我连5美分都赚不到了。"

所谓"花要半开，酒要半醉"，做人不能过于聪明，总在他

人面前卖弄聪明，会使你的聪明变得非常"廉价"。

适当的"傻"如同恰到好处的"自卑"一样，是一种美德，也是一种智慧。亦如苏东坡所说"人皆养子望聪明，我被聪明误一生，唯愿吾儿愚且鲁，无病无灾到公卿。"有时装装糊涂，行行宽容，才是真正的智慧。

敢于暴露自己的缺点，其实也是一种吸引力

晏殊少年时，张知白以"神童"名义把他推荐给朝廷。当时，正赶上皇帝亲自考试进士，就命晏殊做试卷。晏殊见到试题，就说："臣十天前已做过这样的题目，有草稿在，请另选试题。"皇帝非常喜欢他的质朴不隐，封他为进士。

当时的朝臣士大夫们常饮宴欢聚。晏殊很穷，没钱出门游玩宴饮，就在家与兄弟们讲习诗书。一天皇帝突然御点晏殊当太子的讲官。执政大臣探问皇上选中晏殊的原因，皇上道："最近听说馆阁大臣们都喜欢嬉游宴饮，一天到晚沉醉其中，只有晏殊与兄弟闭门读书，这么谨慎忠厚的人，正可教习太子读书。"

晏殊上任后，知道此因，便对皇上道："臣并非不喜欢宴游玩乐，只是家里贫穷没有钱出去玩。臣如果有钱，也会去宴饮。"皇上不仅没有生气，反而更欣赏他的诚实，对他更加信任。

贵于真实，恶于虚伪，庄子言："不精不诚，不能动人。故

强哭者,虽悲不哀;强怒者,虽严不威;强亲者,虽笑不和。"
真实的人,言行一致,老少无欺,才更能得到别人的尊重、信任和亲近。而惺惺作态,不敢诚实袒露自己内心的人,必定会被人疏远唾弃。

不要企图掩盖自己的无知

从前有位皇帝十分爱美,为了好看的衣服不惜血本去得到。民众们早就怨声连连,但是皇帝毫不在意。直到有一天,都城里来了两个自称能做出世界上最好看的衣服的骗子。

皇帝把他们两个召进宫来询问,两个骗子说他们能做图案最华贵、料子最轻柔、裁剪最得体、最漂亮的衣服,但是他们需要生丝和金子来做材料。他们还号称:凡是愚蠢和无知的人都看不见这件衣服。

皇帝果然因为爱美而答应了骗子的要求,甚至还给了许多金钱。骗子们就在宫中忙活起来,他们在一架空空的织布机上整天忙碌,皇帝派了几位大臣过来视察,但是这几位大臣都看不到衣服。可是他们害怕别人知道他们的愚蠢,只好对皇帝谎称衣服很漂亮,就快完工了。皇帝很高兴。

在完工那天,皇帝带上群臣去看衣服,两个骗子装模作样似的做出裁剪衣服的样子,皇帝却什么也看不到,他心中想道:难道我也愚蠢吗?难道我不配做皇帝吗?那真的太可怕了。皇帝也害怕别人看出来,只好不停地赞赏衣服的美丽、骗子的技艺高超。他还让下人们去安排,明天要举行游街大典,好炫耀炫耀这件衣服。

第二天,皇帝穿着并不存在的衣服,骄傲地走在游行队伍的前列,不停地向群众招手示意。这时,一个小孩大声地说:"他什么也没穿啊!"

这个声音立刻就传开了，孩子是天真的，他不会说谎，也不愚蠢。人群骚动起来，都在议论皇帝什么也没穿，但是皇帝依然不为所动，他认为是人民在妒忌他美丽的衣服。他昂首挺胸地走着，却身无寸缕，一群内侍在他身后托着并不存在的后裙。

人生感悟

孔子说："知之为知之，不知为不知，是知也。"人贵在自知，更贵在敢于说出自己的无知。知识的海洋，人穷尽一生也无法游到尽头。我们只有把有限的时光、有限的精力尽可能地投放在学习上，才能成为一个引导者，才能稍显得不那么无知。英国著名作家纪伯伦曾经说过："不要说我找到了真理，只能说我找到了一条真理。"越是知识渊博的人，越懂得自己的无知，并试图通过学习来弥补自己的无知。

只有看清自己的人，才能看得清路

乾隆皇帝在位的时候，有人上书给他说，顺天府乡试贡院大殿匾额上的三个大字"至公堂"乃是严嵩所书。顺天府乡试为北闱，是天下第一乡试，却挂着前朝大奸臣的字，实属不妥。这会让人笑我大清无人，有损国威啊！

乾隆一听有理，立马就下旨，要求满朝群臣都写这三个字，谁写得好就把谁的字挂上去。不光是大臣们要写，乾隆自己也按捺不住，想提笔写上几字。乾隆皇帝素来喜好书法，在我国历史上是出了名的，他一生每到一地、每经一事都要吟诗作对，挥笔题字更是手到擒来。至今保留下来的乾隆的诗有一万多首，虽然精品不多，但是身为皇帝，他的才气已属难得。而乾隆的字更是秉承颜真卿、柳公权、董其昌等的正统风格，雄浑、厚重，充满了阳刚大气的帝王之相。

但是在收集了满朝群臣的作品和乾隆自己的御笔之后，乾隆经过认真对比，发现没有一件可与严嵩所书三个字相提并论。乾隆叹口气，下令把所有作品焚毁，仍然让严嵩的作品悬挂在顺天府。

乾隆一生的成就足以自傲，却以书法论事，不因人废字，表现出了难得的自知之明，这正是他开创盛世王朝的原因之一。

自知者明，自知者清。只有看清自己的人，才能看得清路；只有知道自己的优缺点的人，才能发挥优点的作用，堵住缺点的口子。克雷洛夫说过："聪明的蠢材就是这样的没有自知之明，自以为名满天下，恍然大悟时方才知道自己的名声仅仅限于蚁冢的范围而已。"不为虚妄所控制，不为虚名所打扰。这样的人最能安身立命，事业有成。

不要评判别人的幸福，因为你不能体会

20世纪最具影响力的英国思想家罗素，在1914年和几个朋友来到了

中国的四川。

那时候的中国,正处于军阀割据的混乱时代,战乱频发,山河破碎,民不聊生。罗素刚刚写完他的巨著《幸福论》,他希望以自己的思想教化引导中国人摆脱苦难。

当时正值夏日,四川的天气十分闷热。有一天,罗素和陪同的朋友坐着由两人抬的竹轿上峨眉山。峨眉山的山路陡峻异常,几位轿夫累得满头大汗。

作为思想家和文学家的罗素,看到这种情景,就没有心情去观看沿途的美景了,而是思考起几位轿夫的心理。罗素想,天气这么热,还要上峨眉山,这几个轿夫一定认为我们很可恶,一定很痛恨我们,又或者他们在想为什么坐在轿上的不是他们。

罗素正在思考的时候,到了半山腰的小平台,陪同的人决定在此休息。罗素下了轿子就认真地观察轿夫的表情,很想上去宽慰一下这么辛苦的人。

但是,他看到的不是轿夫们怨天连连,看到的是几个轿夫坐在一起,拿出了烟斗,有说有笑地聊着天,讲一些开心的事。他们丝毫没有抱怨天气和乘轿人的意思。有一位轿夫还饶有兴趣地给罗素讲自己家乡的笑话,还给这位大哲学家出了一道智力题:"你能用 11 笔写出两个中国人名吗?"罗素想了半天无果,就询问轿夫,轿夫哈哈笑着说:"是王一和王二呀!"罗素很是惭愧,心中有一丝自责,我凭什么去宽慰人家,人家比我的心态要自然平和多了,我凭什么认为他们很痛苦,不幸福?

后来,罗素因此得出了一个著名的人生观点:用自以为是的眼光看待别人的幸福或痛苦是错误的。

"幸福"是一个非常个性化的东西,在你的标准中"不幸福"

的生活，在别人那里可能"幸福感爆棚"，你无法用自己的标准去评判别人的！普遍标准落到现实生活中就不一定是那么回事儿了。幸福感无关荣华富贵，无关名誉地位，有关的只有当事人的心灵感应和默契。请不要用自己的标准去评判别人的幸福。

智者不认为自己比别人聪明

凯勒丰是苏格拉底相知极深的好朋友。他十分佩服苏格拉底的智慧，认为他是世界上最聪明的人。有一天，凯勒丰特意跑到了特尔斐神庙，向神请教一个问题：世上还有比苏格拉底更聪明的人吗？

神谕立刻显现：没有谁比苏格拉底更聪明。

凯勒丰看到之后非常高兴地将这个神谕告诉了苏格拉底，他认为这是一种莫大的荣誉。但是他却从苏格拉底的脸上看到了不安和茫然。

苏格拉底不认为他是世界上最聪明的人，有许多人比他聪明，只不过他名气稍大些罢了。于是，苏格拉底想要寻找一个智慧和声望都超过他的人，来证明神谕是不成立的。

首先，苏格拉底找到了一位政治家。政治家是以知识渊博自居的，但是苏格拉底很快在交谈中发现，政治家太过自以为是和政治化。其实他的想法很无知，苏格拉底想，这个人不知道善和美，却自以为是地侃侃而谈，而我却认识到自己的无知，看来是我聪明一点。

苏格拉底并没有放弃，他又找到了一位诗人，但是他发现诗人自以为写了几句诗句就目空一切或者过度地伤春悲秋，其实也是无知。苏格拉底失望地发现诗人也没他聪明。接下来苏格拉底又去找了一位著名的工匠，但是工匠自以为一门手艺在身，就以为无所不能，甚至看不上苏格拉底，这样的狂妄让他的智慧之光几近消弭。

最后，苏格拉底终于悟出了神谕：神的本意并非是苏格拉底最聪明，而是以此来警戒世人——你们之中只有苏格拉底最有智慧，因为他自知其无知。

英国有一句名言：聪明人自认一无所知，愚笨人自负无所不晓。愚人总会为自己的一点点成就而沾沾自喜，所以他认为自己很聪明，很能干。而智者心中永远有一个更加长远的目标，他们在坚持不懈地奋斗、追逐，他们认为，离目标还很远，所以，他们认为自己很愚昧。

高估自己的人才是渺小的

明朝万历年间，京城里有个官员叫马绍良，他非常有才华，但为人太过高傲，自诩文采无双。

有一天，皇帝把他召进宫里赏诗，马绍良自然是信心满满地来了，他并不知道诗是皇上题的。当他看到"明月上杆叫，黄犬宿花芯"这两句诗的时候就说：此诗不通，明月怎么叫呢？花芯怎么睡黄犬？接着，马绍良就拿起皇上的朱砂笔写道：明月上杆照，黄犬宿花荫。皇上看到后，微微一笑，把他连降三级，贬到了漳州任太守。

马绍良觉得很是晦气，但君命不可违，只好带上家人，打点好行李，奔赴漳州。当他走到福建南部的一座山岭下,突然发现路边的花心中有一条黄绒绒、胖乎乎的虫子,他从未见过,就诧异地问轿夫:这是什么虫子?轿夫告诉他说:大人,那叫黄犬虫,习惯钻在花心中。马绍良心中一震,但并未多言,继续赶路。

到了傍晚,马绍良一行人住进了一家客栈。入夜后传来一声声悦耳的鸟鸣,马绍良便问店家:这是什么鸟?店家对他说:这叫月亮鸟,因为此鸟只有月上中天才开始鸣叫,所以得名。马绍良听到了恍然大悟,他终于知道为什么皇上贬他官职了,以前的自己实在是自视过高。

从此,马绍良谨慎为官,但是熬到年逾古稀才官复原职,他常常痛恨自己年轻时的自大自傲影响了仕途。

寺庙里的佛像都建得很高大,而且都是向前微倾,就是让香客们、佛门弟子们在上香的时候抬头看到大佛都会心生威威,仿佛大佛在俯看着自己,神佛都在注视着自己的所作所为,让人心中生出一种渺小的感觉。高估自己的人注定会被现实的残酷所打垮,最终会在社会、自然面前发现自己的渺小。

收起锐气和锋芒,才能保护自己

徐达与朱元璋属贫贱之交,后又跟随朱元璋征战多年,为明朝的建立立下了很大的功劳,因此朱元璋对他很是信赖和倚重。但徐达在同僚之间始终保持着谦恭谨慎,从不居功自傲。

有一次,朱元璋设宴和徐达畅饮,酒过三巡之后,他非常郑重地对徐达说:"徐兄你的功劳很大,可至今还没有个像样的住宅,我把我以前住过的官邸送给你吧。"

徐达听了,死活不肯答应,并谦恭地说:"官邸乃是帝皇的御所,我作为臣子,怎敢居住在那样的地方?"

但是,朱元璋并没有死心。这天,朱元璋在旧官邸召见了徐达,并且有意让徐达喝得酩酊大醉,然后让侍从把徐达抬到正室去睡,并给他蒙上了被子。等徐达酒醒之后,发现自己睡在皇帝的御床上,连忙恐慌地爬了起来,跑到房外的台阶下面,俯身跪在地上高声喊道,自己犯了死罪,说不该睡在皇帝床上。他一再表示君臣有别,并不能因为自己是开国功臣而倨傲。

朱元璋看到徐达的态度如此谦恭谨慎,很是满意,他也不想亏待这样的忠臣,就在旧邸前为徐达建造了一座宅院,并在宅院大门前立的牌坊上写了"大功"二字。后来,徐达去世,朱元璋非常哀伤,专门停了政事,为他哀悼。徐达虽然是封建王朝时的忠良,有其历史的局限性,但他谦恭谨慎的品格一直为后人传颂。

人生感悟

锋芒毕露并不能给人带来好处,反而会招来不必要的麻烦。适当表现一下,偶尔露一下锋芒,可以给别人留下一个良好的印象。但是一定要把握好度,千万不要过度表现。凡事不要急于提意见,更不要越位。我们要懂得先保护自己,收敛锐气,时刻保持谦恭的姿态。

承认自己的伟大,就是认同自己的愚昧

萧伯纳是爱尔兰著名的戏剧家。

一次,他应邀到俄国访问。一天闲暇时候,他漫步在莫斯科街头,遇到一位可爱的小女孩,一时兴起,便高兴地与她玩起游戏来。

这一老一少玩得十分高兴,到了分手的时候,萧伯纳得意地对小女孩说:"回去告诉你妈妈,今天跟你玩游戏的可是鼎鼎大名的萧伯纳。"

谁知小女孩望了萧伯纳一眼,学着他的口气,骄傲地说:"你也回去告诉你妈妈,今天跟你玩游戏的是小女孩安妮。"

小女孩的回答使萧伯纳大吃一惊,他立刻意识到自己的傲慢,事后,他感慨万分地对朋友说:"一个人无论有多大的成就,对任何人都应该平等相待,常常保持谦虚的态度。这个莫斯科小女孩给我的教训,是我一辈子也无法忘记的。"

人生感悟

法国哲学家亨利·柏格森说:"真正的谦虚只能是对虚荣心进行了深思以后的产物。"有真才实学的人往往虚怀若谷,谦虚谨慎;而不学无术、一知半解的人,却常常骄傲自大,自以为是。谦虚是我们不断完善自己的最好途径,是通向成功的重要条件。只有学会谦虚,人才会不断进取,取得更大成就。

留个缺口给别人

一位著名企业家在做报告,一位听众问:"你在事业上取得了巨大的成功,请问,对你来说,最重要的是什么?"

企业家没有直接回答,他拿起粉笔在黑板上画了一个圈,只是并没有画圆满,留下一个缺口。他反问道:"这是什么?""零""圈""未完成的事业""成功",台下的听众七嘴八舌地答道。

他对这些回答未置可否:"其实,这只是一个未画完整的句号。你们问我为什么会取得辉煌的业绩,道理很简单:我不会把事情做得很圆满,就像画个句号,一定要留个缺口,让我的下属去填满它。"

所以,给猴子一棵树,让它不停地攀登;给老虎一座山,让它自由纵横;给下属一定空间,让他大展宏图,这也许就是企业管理用人的最高境界。

人生感悟

留个缺口给他人,并不代表自己没有完成任务的实力,只关乎这个事情该不该由自己去做,自己来做比较好还是别人会做得更加出色。很多事情,一个人能做成,另外一个人也能做成,我们的管理者不能事必躬亲,要懂得留给下属一定的空间。事实上,这也是一种管理的智慧,是一种更高层次上带有全局性的圆满。

离开现在的位置,你可能什么都不是

一只四处漂泊的老鼠在佛塔顶上安了家。

佛塔里的生活实在是幸福极了,它既可以在各层之间随意穿越,又可以享受到丰富的供品。它甚至还享有别人所无法想象的特权,那些不为人知的秘籍,它可以随意咀嚼;人们不敢正视的佛像,它可以在其上自由闲逛,兴起之时,甚至还可以在佛像头上留些排泄物。

每当善男信女们烧香叩头的时候,这只老鼠总是看着那令人陶醉的烟气慢慢升起,它猛抽着鼻子,心中暗笑:"可笑的人类,膝盖竟然这样柔软,说跪就跪下了!"

有一天,一只饿极了的野猫闯了进来,它一把将老鼠抓住。

"你不能吃我!你应该向我跪拜!我代表着佛!"这位高贵的俘虏抗议道。

"人们向你跪拜,只是因为你所站的位置,不是因为你!"

野猫讥讽道,然后,它像掰开一个汉堡包那样把老鼠掰成了两半。

西汉文学家刘向说:"福生于隐约,祸生于得意。"人生中,很多人都有得意的时候,这时候我们要客观地想一想,别人对你毕恭毕敬时,是因为你自身的人格、学识、恩德,还是因为你临时所处的位置。做一个聪明的人,要学会"得意不忘形,末路不急慌"。

抓住关键问题，切勿舍本逐末

有一天，动物园管理员发现笼子里的袋鼠跑了出来，于是动物园的管理人员对其进行讨论，大家一致认为是笼子的高度过低，所以他们决定将笼子的高度由原来的 10 米加高到 20 米。结果第二天他们发现袋鼠还是跑到外面来，所以他们又决定再将高度加高到 30 米。

没想到隔天管理员居然又看到袋鼠全跑到外面，于是管理员们大为紧张，决定一不做二不休，将笼子的高度加高到 100 米。

一天长颈鹿和几只袋鼠在闲聊，"你们猜，这些人会不会再继续加高你们的笼子？"长颈鹿问。"很难说，"袋鼠说，"如果他们再继续忘记关门的话！"

人生感悟

爱因斯坦说：将一个问题准确地界定，就等于解决了问题的一半。不管是解决工作中的各种问题，还是发明创造、经营实业或者做更大的事业，准确地界定问题，都是解决问题的前提。如果不能准确地界定问题，抓不住问题的关键，即使我们再努力打拼、奋力抗争，也可能不得要领、收效甚微。

没有自知之明的人,往往会成为别人的笑话

从前有一只蚂蚁,它力气很大,开天辟地以来,像这样的蚂蚁大力士还不曾有过,它能够毫不费力地背上两颗麦粒。若论勇敢,它的勇气也是前所未有的:它能像老虎钳似的一口咬住蛆虫,而且常常单枪匹马和一只蜘蛛作战。它不久就在蚁穴之内声名大噪,蚂蚁们的话题几乎都离不了这位大力士。

后来,这只蚂蚁大力士的头脑里塞满颂扬的话,因此它一心想到城市里去一显身手,到城市里去博得"大力士"的名声。有一天,它爬上最大的干草车,坐在赶车人的身旁,像个大王似的进城去了。

然而,满腔热情的蚂蚁大力士在城里碰了一鼻子的灰!它以为人们会从四面八方赶来,可是不然!它发觉大家根本不理会它:城里人个个忙着自己的事情。蚂蚁大力士找到一片树叶,在地上把树叶拖呀拖的,它机灵地翻筋斗,敏捷地跳跃,可是没有人瞧,也没有人注意。所以,当它发现尽其所能耍的武艺无人关注后,便怨天尤人地说道:"我觉得城里人都是糊涂和盲目的,难道是我不可理喻吗?我表现了种种武艺,怎么没有人给我以应得的重视呢?如果你上我们这儿来,我想你就会知道,我在全蚁穴是赫赫有名的。"

蚂蚁大力士就是这样没有自知之明,自以为名满天下,恍然大悟时才知道自己的名声仅仅限于蚁穴的范围而已。

三国时期的阮籍在《达庄论》中写道:"自是者不章,自建者不立。"大体的意思就是:自以为是的人糊涂,自我夸耀的人

无功。自以为聪明的人往往不得善终，而真正大智大慧的人，表面上都似乎有点"愚"，吃了"亏"也不知道，而恰恰他们会成功。他们人生的诀窍就在于"才"不外露，要露就要收到事半功倍、立竿见影的效果，否则就不要露。

懂得学习，可以让你少走很多弯路

有一个博士分到一家研究所，成为学历最高的一个人。

有一天他到单位后面的小池塘去钓鱼，正好正副所长在他的一左一右，也在钓鱼。

他只是微微点了点头，心想：这两个本科生，有啥好聊的呢？

不一会儿，正所长放下钓竿，伸伸懒腰，噌噌噌地从水面上健步如飞地走到对面上厕所。

博士眼睛睁得都快掉下来了。水上漂？不会吧？这可是一个池塘啊。

正所长上完厕所回来的时候，同样也是噌噌噌地从水上漂回来了。

怎么回事？博士生又不好去问，自己是博士生呀！

过一阵，副所长也站起来，走几步，噌噌噌地漂过水面上厕所。这下子博士更是差点昏倒：不会吧，到了一个江湖高手集中的地方？

博士生也内急了。这个池塘两边有围墙，要到对面厕所非得绕10分钟的路，而回单位上厕所又太远，怎么办？

博士生也不愿意去问两位所长，憋了半天后，也起身往水里跨：我就不信本科生能过的水面，我博士生不能过。

只听咚的一声，博士生栽到了水里。

两位所长将他拉了出来，问他为什么要下水，他问："为什么你们可以走过去呢?"

两所长相视一笑:"这池塘里有两排木桩子,由于这两天下雨涨水,正好在水面下。我们都知道这木桩的位置,所以可以踩着桩子过去。你怎么不问一声呢?"

人生感悟

学历代表过去,只有学习力才能代表将来。不要自以为学历高就很聪明,就能解决生活中的所有问题。再有学问的人都会败给某一领域的有经验的人或专家。人要懂得尊重有经验的人,不要自以为是,耍小聪明,这样才能少走错路、弯路。

过高估计自己的人一定会摔倒

洪都拉斯草原上有一种滑背鸟,它们身上能分泌一种凝脂油,使全身的羽毛非常滑溜,很难被抓住。靠着这个先天优势,它们总能躲过天敌的袭扰。

说来也怪,滑背鸟的天敌里面并没有长尾猴,可在现实中,多数死亡的滑背鸟却都是栽在了长尾猴的身上,这是为什么呢?原来,滑背鸟喜欢啄食一种野果子,可这种野果子只有长尾猴能够找到。因此,滑背鸟嘴馋的时候便会跟踪长尾猴,当发现长尾猴手里有野果子时,它们便会找准机会突然发起攻击。毫无防备的长尾猴受到攻击,冷不丁地吓了一跳,常会松开爪子慌忙逃窜。这样一来,果实便会掉落,这时,滑背鸟就会趁机叼走果实。

等受了惊的长尾猴回过神来，滑背鸟已经跑了。长尾猴不甘心被滑背鸟窃取果实，于是伺机报复。第二天，这只长尾猴便会主动寻找果实，然后拿着果实走来走去，而悄悄跟上来的滑背鸟便会开始攻击。这时这只长尾猴就会顺势把果子往地上一扔，然后跑开。滑背鸟刚想叼走果实，不料从旁边蹿出另一只长尾猴，它瞬间便把滑背鸟摁在了地上。滑背鸟以为靠着身体滑可以逃脱，可聪明的长尾猴长了经验，它们不但学会了相互配合，而且这只负责抓捕的长尾猴还做好了充分的准备，在行动前它专门到有泥沙的地方，让双爪全部沾满泥沙，这样就很大程度地增加了摩擦，能牢牢地将滑背鸟摁住……

德国著名的戏剧家莱辛说："自负是安抚愚人的一种麻醉剂。"一个人再有能力也不会是完美无缺的，千万不要太自负。自负的人往往不能正确地评价自我，因此也削弱了对周围环境的洞察力，从而降低分析和判断问题的能力，以致与本来很适合自己个性发展的理想环境相对立。恺撒大帝就是"成于自信毁于自负"的典型。

愚昧和固执，是人生的最大敌人

一个神父住在山上的教堂里。有一年，下了一场非常大的雨，洪水开始淹没山下的村庄,这位神父在教堂里祈祷:"万能的神啊,你一定要救救遭遇洪水的人们。"

不久,洪水已经淹到山上,并且水位到了他跪着的膝盖。有一个救生员驾船来到教堂跟前,他跟神父说:"神父,请上我的船吧!洪水马上就要淹没你的教堂了!"神父说:"不!我深信上帝不会丢下我的,你先去救别人吧。"

又过了不久,洪水已经淹没半截教堂,水位到了神父的胸口,神父依然站到祭坛上继续祷告。

这时,一位警察驾着快艇冲到祭坛旁边,他跟神父说:"神父,跟我走吧,不然你会被淹死的!"神父固执地说:"不,我是上帝虔诚的信徒,他会来救我,我要守住我的教堂。你看,那边还有很多人等着你去救他们。"

又过了一会儿,洪水淹没了整个教堂。神父只好爬到教堂屋顶,勉强抓住十字架。这时,教堂的屋顶飞过来一架飞机,飞行员一边扔出一个绳梯,一边大叫:"神父,快上来,这是最后一次机会了,不然你可真的要被洪水淹死了!"

神父看了看头上的飞机,依然意志坚定地说:"不,我不能丢弃我的教堂!我相信上帝会来救我。上帝与我同在,阿门!"

无情的洪水终于淹没了教堂最后的十字架,固执的神父同十字架一起沉没了……

等到神父回到天堂,看见上帝后他很生气地质问:"主啊,我把我的一生都奉献给了您,兢兢业业地侍奉您,为什么你不肯救我?"

上帝说:"我怎么不肯救你?一开始,我让救生员驾船救你,你不要,我以为你怕不安全;后来,我又让警察开快艇去救你,你还是不要;最后,我又派了一架直升机来救你,以最尊贵的仪式迎接你,结果你还是不愿意接受。所以,我以为你急着想要回到我的身边来,可以好好陪我。"

人生感悟

固执的人往往坚持己见、不懂变通。在与人相处时,常常缺乏民主作风、一意孤行,只相信自己不相信别人。然而,人生总是充满变故,在生活中太多的障碍,皆是由于过度的固执与愚昧的无知所造成。丢弃固执的心理,在别人伸出援手之际,别忘了,唯有我们自己也愿意伸出手来,人家才能帮得上忙!

方向不对,越努力越尴尬

有一个落魄潦倒的穷画家,一直坚持着自己的理想,除了画画之外,不愿从事其他的工作。而他所画出来的作品,又一张也卖不出去,搞得三餐老是没有着落,幸好街角餐厅的老板心地很好,总是让他赊欠每天吃饭的餐费,穷画家也就天天到这家餐厅来用餐。

一天,穷画家在餐厅中吃饭,突然间灵感泉涌,不顾三七二十一,拿起桌上洁白的餐巾,用随身携带的画笔,蘸着餐桌上的酱油、番茄酱等各式调味料,当场作起画来。餐厅的老板也不制止他,反倒趁着店内客人不多的时候,站在画家身后,专心地看着他画画。

过了好一会儿,画家终于完成了他的作品,他拿着餐巾左顾右盼,摇头晃脑地欣赏着自己的杰作,深觉这是有生以来画得最好的一幅作品。餐厅老板这时开口道:"嘿!你可不可以把这幅作品给我?我打算把你所积欠的饭钱一笔勾销,就当作是买你这幅画的费用,你看这样好不好啊?"

穷画家感动莫名,惊异道:"什么?连你也看得出来我这幅画的价值?啊!看来,我真的是离成功不远了。"

餐厅老板连忙道:"不!请你不要误会。事情是这样子的,我有一个儿子,他也像你一样,成天只想要当一个画家。我之所以要买这幅画,是想把它挂起来,好时时刻刻警惕我的孩子,千万不要落到像你这样的下场。"

人生感悟

坚持到底是众所皆知的成功法则,但坚持错误的方向而且始终不愿修正,却是导致失败最重要的原因。一个没有选对发展方向的人,就好比一支没有找准靶心的箭,无论你怎么努力,也无法实现自己的理想。穷画家选择了一条不适合自己发展的道路,他再努力也没能成为一个出色的画家。成功者在做一件事情之前,首先会问自己:我这样做对吗,这是最佳选择吗?

树大招风,避免遭人嫉妒引来祸害

曾国藩虽然身居高位,却丝毫不张扬,一直处事谨慎,低调行事。

有一回,他的家人准备在老家重新修建一所房子,他的弟弟请人设计好了图纸后,派人将图纸送到了曾国藩手中。曾国藩看过以后,感觉房子盖得有些大了,便将图纸进行了修改,将原设计中的"大房子"改成了"小房子",要弟弟照此图纸建房,并在信中解释道:"我所修改的图纸原来规模太宏大了,在这个动荡的年代里,书院修建得过于壮丽,特别不合时宜,容易遭到劫数。弟领悟盈虚消长的道理一直很有心得,应该三思而后行,这是极重要的嘱咐。"

在朝堂之上,曾国藩也同样低调。有些官员为了引起皇帝的重视,就经常给皇帝上奏折,以此来表现自己。但曾国藩从来不这样做,不但自己不这样做,还在信中叮嘱弟弟也不要这样做:"金陵的战况,弟自己上奏也可以,但是弟要以不常常奏事为妥当,凡是总督、巡抚以经常奏新鲜事、不同寻常来表现自己。你我二人正处在鼎盛的时期,弟在这些地方要退一步想想。"

曾国藩经常教育弟弟:"树大易招风,官大易招祸,人如果太高调了,祸事很可能马上就来了。但凡做大官,处于安逸、荣耀的境遇,就随时可能招来危险、导致羞辱。古人常说富贵经常让人走向危险,就是这个意思啊!"

人生感悟

有这样一句名言:"低调做人,你会一次比一次稳健;高调做事,你会一次比一次优秀。"低调做人是步入社会的必然要求。要想在办公室中保持心情舒畅地工作,并与领导关系融洽,那就多注意你的言行。对于姿态上低调、工作上踏实的人,上司们更愿意起用他们,甚至会委以重任。

真正有实力的人,从不炫耀

一个年轻气盛的壮小伙牵了一个价值百万的纯种藏獒出来遛弯,逢人便炫耀他的狗,还说,人要是没个四五百斤的力量都拽不住它。

这时候他看见路边坐着一个秃顶老头,身边还坐着一只毛都快要掉光了的狗。他的藏獒对那只狗一顿嚎叫,但那只老狗理都没理藏獒。

小伙子心里非常不乐意,对老头说道:"老头,你的狗那么大,是什么狗啊?咱俩的狗斗一下?你的狗输了给我500,我的藏獒输了给你2000。"

老头说:"我正在为我的老伙计下个月的伙食发愁呢!要不赌大点?我的狗输了给你5万,你输了给我3万。"小伙听后,马上急了:"我这是纯种藏獒。别说我没告诉你。赌了!"

两只狗交锋没两分钟,藏獒就败了下来,再也不敢嚎叫。小伙认赌服输,拿出了3万块钱。他郁闷极了,没想到自己的藏獒竟然会输,垂头丧气地问:"大爷,你那是什么狗啊?怎么能这么勇猛?"老头边点钱边说:"我也不知道现在它算啥狗,没掉毛以前是叫狮子!"

小伙子哭笑不得!

人生感悟

大卫·汉生说:"真正有学识、有涵养的人,是不会刻意炫耀自己的。"你炫耀什么,说明你缺少什么。低调有实力的人,他们往往会处于平静祥和的状态,就像那位老人和那条"老狗",只是淡定从容地存在着。你已经是狮子了,何须证明?何须炫耀?我们的生活不是用来和别人比较的,只需活成最好的自己就足够精彩。

辑十三
没有一个慷慨的人
是贫穷的

人心再复杂，也要保护好内心的善良

欧文·科里，是美国著名的喜剧演员，被人称为"老戏骨"，还曾被誉为"世界上最具权威的人"。

科里告诉记者，到现在为止，他也没有脱离演艺事业，上周他刚刚飞往芝加哥，在当地的一家俱乐部里进行了为期两个晚上的表演。在80岁时，他又多了一个身份：最著名的"乞丐"。

你去曼哈顿街头可能会看到他，只见他衣衫褴褛、胡子拉碴，头戴一顶鸭舌帽，帽子边缘露出乱蓬蓬的白发。他的身体很瘦弱，看起来有些弱不禁风。

他乞讨的方式很独特，只向过往的司机讨要零钱，拿到钱之后会免费送给司机一份自己买来的报纸。每次讨要，他都是笑眯眯的，态度非常温和，还时常与司机们开玩笑，之后还不忘幽默地与"施舍"给他零钱的司机说再见，颇为有趣。司机见他慈祥、和善、风趣，还不乏幽默感，也都会慷慨相助，从不让他空手而归。

虽然讨到的都是硬币，但一天下来还是能讨到一大笔钱，他算过自己每天都能讨到100美元左右，运气好的时候能讨到200多美元。白天讨到的钱，他都会在晚上整理出来，一包一包地包装好，然后存放起来。

现在，他已经90多岁了，十多年来，他风雨无阻，讨到了不少钱。然而，他没有花掉一分讨来的钱。每当积攒到一定的数额，他就捐献给一个为古巴儿童购买医疗用品的慈善机构。十多年来，他把辛辛苦苦讨到的所有的钱都捐给了这个慈善机构。

当然，欧文·科里也并不缺钱，他住的是价值350万美元的豪华别墅。他之所以十年如一日地装扮成乞丐沿街行乞，完全是为了慈善。迄今，虽然已经97岁高龄，但他的演艺事业并没有停止，同时，他的"乞丐"工作也没有停止。他说："我想帮助他人，为此我也收获了很多。"

人生感悟

周国平有这样一句话："人啊，你要有善良的心，丰富的心灵，高贵的灵魂，这样你才无愧于人的称号，你才是作为真正的人在世间生活。"一个人，可以没有让旁人惊美的姿态，也可以忍受缺金少银的日子，但离开了善良，却足以让人生搁浅、褪色。不管外表如何平凡，但是内心的善良却可以使人不平凡。

有一种善良10亿美元也买不到

萨尔曼·可汗出生在美国新奥尔良市，父亲来自孟加拉，母亲来自印度。可汗很小的时候，父母就离了婚。在13岁那年，他父亲因病去世，母亲从此成了他唯一的亲人。可汗从小就聪明好学。后来，可汗通过自己的努力考上了美国麻省理工学院，然后一口气读完了数学、计算机科学专业，拿到了两个本科学位。接着他还拿到了哈佛大学的硕士学位。毕业后，"全能型"的可汗进入了美国的一家基金公司工作。

2004年的一天，可汗的表妹戚纳迪亚遇到了数学难题，向他求助。可汗通过聊天软件、互动写字板和电话，帮她解答了所有问题。很快，他的侄子、外甥、外甥女也上门讨教，这下可汗忙不过来了。他索性把自己的数学辅导材料制作成视频，放到YouTube网站上，方便更多的人分享。从此一发不可收，他一次次把自己关在衣帽间录制视频，从小学数学，到高中的微积分，再到大学的高等数学，所有内容都讲了个遍，一年下来，共录制了4800个视频。

2007年，他创建了免费教育网站，并用他自己的名字来命名，称之为"可汗学院"。由于他的视频非常简练生动，能在10分钟内把一个数学概念趣味盎然地讲完，美国的2万多所学校，上数学课时老师已经不再讲课，学生们只观看可汗的视频，老师只负责答疑。很快，这个网站每月的平均点击量达到200多万次。

就这样，可汗凭借一根网线颠覆了美国的传统教育，掀起了一场数学教育的革命，他被誉为"数学教父"。

2010年春，可汗从在线支付平台发来的邮件得知，有人给他的账户注入了1万美元，捐款人是安·杜尔。可汗写信致谢，称这是他迄今收到的最大一笔捐款，并表示如果可汗学院有校园，他乐意将第一座教学楼以"安"的名字命名。

然而，不久又有一家风险投资机构找到他，欲投资10亿美元，可他毫不犹豫地拒绝了。他说，要是接受这10亿美元，他想让所有孩子，特别是那些发展中国家的孩子，免费收看他视频的愿望就要落空。

2012年，可汗成功登上《福布斯》杂志封面。《福布斯》撰文称这是一个1万亿美元的商业机会，而当今市值最高的苹果公司，也不过才7000亿美元。但他依然不为所动：照样不接受任何风险投资机构的资金。

可汗的善良与执着感动了许多人，安·杜尔在捐助1万美元后，又慷慨地掏出一张10万美元的支票，坚持要给可汗发工资。此后，她成为可汗学院免费的"啦啦队长"。

比尔·盖茨在多个重要场合提到可汗，邀请可汗到微软公司做客，并通过基金会向可汗捐款150万美元。

善良的力量,让可汗放弃了成为世界首富的机会。可汗说,他的人生价值＝他为社会创造的价值／他所获得的收入。这个比值越大,他人生的价值就越大。在他看来,为社会创造的价值,并非金钱,而是社会效益,是让亿万贫穷的孩子学到更多的知识。

爱因斯坦说:"一个人对社会的价值,首先取决于他的感情、思想和行动对增进人类利益有多大作用,而不应看他取得什么。"所以我们的自我价值要服从社会价值,无论能力大小,我们都可以为社会做一份贡献。

多一点体谅,多一点温暖

有一位初出茅庐的日本画家,独自一人居住在西班牙的马约尔加岛,已经3年有余了。

有一年他的母亲实在忍不住相思之苦,便从日本飞到西班牙来看望他。几日之后母亲让他和自己一块儿回日本住一段时间,他爽快地答应了。

回家的那天,他和母亲很早就起床了,两个人气喘吁吁地从公寓的四楼把旅行箱搬下来,然后把它们放在无人通过的路边,坐在箱子上等出租车。

由于马约尔加岛不是城市,出租车不会经常往来,当然也无法通过电话叫车,只能在路边等着。谁也不知道出租车何时能来。

大约过了20分钟,从相反车道过来一辆出租车,他立即起身招手,可是当出租车靠近时,他才发现车内坐着一位乘客,于是他有些失望地放下了手,眼睁睁地望着出租车缓缓地驶去。

然而,那辆车行驶了不到50米就停住了,原来车上的那位乘客下了车。

"噢,真幸运,那人在这里下车呀。"

下车的是一位看起来颇有修养的老绅士。他对这个偶然感到很高兴,并迅速把旅行箱放进车的后备厢中。

坐进车后,他告诉司机,"去机场。"并说吗,"我们真幸运,谢谢你。"

然而司机却耸了耸肩膀说:"要谢,你们就谢那位老先生吧,他是特意为你们而早下车的。"看到他和他的母亲都很疑惑,司机又解释道:"那位老先生本想去更远的地方,但是看到你们后就说:'我在这里下车,让那两位乘客上车吧。这么早拿着旅行箱站在路边,一定是去机场乘飞机。如果是这样,肯定有时间限制。我反正没什么急事,我在这里下车,等下一辆出租车。'所以你们要谢就谢那位老先生吧。"

他很吃惊,恳请司机绕道去找那位老先生。当车经过老先生身边时,他从车窗大声向那位悠然地站在路边的老先生道谢。老人微笑着说:"祝你们旅途愉快。"

后来,他在给哥哥的信中这样写道:"我对他人的体谅与那位老先生相比程度完全不同。我即使体谅他人,自己在心里也会想:能做到这点就不错了……自己随意决定体谅他人的限度,我对此感到羞耻。我现在真想成为像那位老先生那样的人,成为那种不经意之中就流露出对他人深深体谅的人。"

人生感悟

雨果曾说:"最高的圣德便是为他人着想。"爱因斯坦也说:

"对于我来说,生命的意义在于设身处地替人着想,忧他人之忧,乐他人之乐。"一个时时刻刻为他人着想的人是高尚的,也是美丽的。

没有一个慷慨的人是贫穷的

有个农夫信仰基督教,对上帝十分虔诚。

他为人乐善好施,经常资助贫困的人们,还向各个慈善机构捐赠大笔钱款。

邻居和亲友们都不明白,他捐赠如此之多的钱财,为何仍然这么富裕。

有一天,邻人问他:"我们不明白,你捐出去那么多的钱,而且频频去施舍,可你怎么却越来越富有呢?"

农夫说:"这还不好解释?你看,我用铲子不断地往上帝的仓库里铲,而上帝也不断地往我的仓库里回铲。你想想,我的铲子能有上帝的大吗?"

人生感悟

屠格涅夫说:"要找出来我值多少,那是别人的事情,主要的是能够献出自己。"没有一个慷慨的人是贫穷的,他的回报会远远超过他的付出。做一个慷慨的人,才配受人感谢,才会感谢别人。慷慨,不仅能带给我们心灵的充实,还能扩展我们生命的尺度。

弱者需要同情,更需要帮助

5岁的汉克和爸爸妈妈哥哥一起到森林干活,突然间下起雨来,可是他们只带了一块雨披。爸爸将雨披给了妈妈,妈妈给了哥哥,哥哥又给了汉克。

汉克问道:"为什么爸爸给了妈妈,妈妈给了哥哥,哥哥又给了我呢?"

爸爸回答道:"因为爸爸比妈妈强大,妈妈比哥哥强大,哥哥又比你强大呀。我们都会保护比较弱小的人。"

汉克左右看了看,跑过去将雨披撑开来挡在了一朵风雨中飘摇的娇弱小花上面。

人生感悟

在生活中,有很多无依无靠值得我们去同情去帮助的人。当你面对一个弱者时,你一定要设身处地为他着想,经常想一想,假如你是他,你会怎样?当你去帮助一个弱者时,你一定要平等地做他的朋友,而不是可怜他,更不要居高临下去施舍他,而是把自己发自内心的爱传递给他。

换位思考,那样你就会理解别人了

在普吉岛的ClubMed度假村发生过这样一件事情,让这里的一位工作人员至今都难以忘怀。

一天,她像往常一样带领来这里游玩的小朋友们参观,一路上并没有什么异常。可在最后检查人数的时候,她发现竟然少了一个孩子。当时她整个人都蒙了,天哪!我竟然把一个孩子给弄丢了!工作人员心想。

焦急之下她四处寻找,15分钟过去了,半个小时过去了,她还是没有看到走失小孩的踪影,于是蹲在旁边的甬道上哭了起来,边哭边想,如果这件事被孩子的母亲知道了,她一定会要我的命的,打骂,然后就是到主管那里去告状。

正在这时,她的一位同事带着一个哭到抽搐的小男孩走了过来,并告诉她这就是那个走失的孩子,孩子的母亲也正在赶来。她赶忙收起了眼泪,满脸歉意地安慰起了这个西方小孩。

没过多久,孩子突然向迎面跑来的一个女人奔了过去,工作人员知道这一定是孩子的妈妈。男孩见到自己的妈妈,哭得更是稀里哗啦了。她知道,迎接她的将会是怎样的一顿训斥。

可是,只见这位妈妈蹲下来抱住自己的儿子,然后很理性地告诉他:"宝贝,已经没事了,妈妈在。"然后又附在孩子的耳边小声地说了句:"你看那边的那个阿姨,因为找不到你而显得多难过啊,她一定不是故意的,你可以过去亲亲她吗?安慰她一下!"

只见男孩听话地转身走到了工作人员的面前,亲了亲她的脸颊,然后用那柔软的小手拍了拍她的肩膀,说:"阿姨,不要害怕,我已经没事了。"

人生感悟

汽车大王福特曾说:"假如有什么成功的秘密的话,就是要学会换位思考,了解别人的态度和观点。因为这样不仅能更好地与对方进行沟通,而且可以更清楚地了解对方的思维轨迹,从而有的放矢、击中要害。"假如我们能站在对方的角度重新考虑一下问题,那么生活中很多复杂的矛盾就都能够迎刃而解了。

帮助别人就是在帮助自己

一位积德行善的老者在临终祈求上帝,让他去见一见天堂和地狱的真实生活。

上帝答应了,随即派下一位天使,先带领老者来到了地狱参观。地狱里并没有人们想象中那样漆黑,首先映入眼帘的是一张很大的餐桌,桌上摆满了美味佳肴,看上去让人觉得十分有胃口。老者说:"地狱也是很好的啊,为什么人们纷纷抢着去天堂呢?"天使微笑着回答:"咱们不急,你继续往下看就会明白了。"

过了一会儿,用餐的时间到了,只见一群骨瘦如柴的饿鬼满眼放光地坐到了餐桌的面前,每个人的手中拿着一双长十几尺的筷子。他们奋力地用它去夹菜,可是由于筷子实在太长了,即使夹得到,也无法放入口中。

看到这里,老者实在不愿再待上一秒钟了,于是让天使赶快带自己离开。

下一站到达了天堂,让老者觉得失望的是,他看到的是竟然同样的情景,同样的满桌佳肴,就连每个人手中的筷子都如同地狱中的那样长,唯一不同的是,这里的人们面色红润有光泽,一点都不像吃不到饭的样子。不一会儿,开饭的钟声响起了,只见所有人都拿起了那长长的筷子,他们费力地夹起菜,然后送入对面的人口中,因此每个人都可以吃到这样的美味佳肴,并且因为是别人喂给自己吃,所以他们的脸上都显现出了愉快的表情。

老者看到这里,不禁为天堂中人们的行为热泪盈眶。他转过身问道:"天使小姐,我死后也可以来到这里吗?"天使微笑着回答:"当然可以,善良的老人,你已经做了足够多的善事,上帝会允许你来到这里的。"

拉布吕耶尔说:"最好的满足就是给别人以满足。"你把最好的给予别人,就会从别人那里获得最好的,帮助他人就是帮助自己。你帮助的人越多,你得到的也越多。你越吝啬,就越一无所有。只有付出得越多,我们的内心才越充盈,幸福感才越强。助人不仅是付出,也是收获。

伤害别人,最后受伤的恰恰是自己

一个越战归来的士兵从旧金山打电话给他的父母,在电话中他说道:"爸,妈,我终于打完仗可以回去了。但你们能不能答应我一个不情之请,让我把一位朋友一同带回家?""当然可以,孩子。想必你的那位朋友一定在部队中帮过你不少忙,我们感谢他还来不及呢,快带回来给我们见见。"士兵的父母高兴地说。

儿子又接着说道:"可是有件事情我必须告诉你们,我的朋友在越战里受了重伤,少了一只手臂和一条腿,他现在走投无路,我想请他回来和我们一起生活,而不仅仅是来家中做客。"

只见电话的那头沉默了一会儿,说:"儿子,我想我们完全可以给他一些钱，帮他找个安身之处。可是要长期和这样的残障人士一起生活，那简直太不明智了。你简直无法想象，这样的人会带给我们多大的负担。毕竟我们还有自己的生活要过，不能就让他这样破坏了。按我说的去做吧，帮他安顿好后，就赶忙回家来，总有一天你会忘记他的存在，而他也会拥有自己的生活。"

就在此时，只听父母这头的电话里传出了"嘟嘟嘟"的响声，儿子已经挂上了电话。他们以为儿子只是一时的意气用事，可让他们万万没想到的是，此后竟然再也没有了儿子的消息。

几天后，这对父母接到了来自旧金山警局的电话，电话声称他们亲爱的儿子已经坠楼身亡了，并断定这只是一起单纯的自杀事件。两位伤痛欲绝的老人连忙乘机飞往旧金山，在警方的带领下来到了一家医院的太平间去辨认儿子的遗体。当他们看到儿子尸体的一刹那，当场傻掉了，因为眼前的儿子居然只有一只手臂和一条腿。

人生感悟

诗人奥登说过："人受恶意之作弄，必作恶以回报。"如果你陷害别人，也许哪天你也会遭人陷害。同理，当你带给别人欢乐，你就会得到欢乐。我们不要以为伤害了别人，受伤的仅仅是别人，其实最大的受害者还是我们自己，因为别人只有恨，而我们却要受到良知的拷问，心中会充满懊悔与内疚，直到永远。不要轻易去伤害任何人，因为不是一句简单的道歉就能弥补自己的心灵创伤。

做人不能太自私,要学会为别人着想

一天,一位牧童在放羊的过程中,遇到了一群两眼放光的饿狼,一时间羊群被迅速冲散。其中一只领头羊跑的速度最快,它听到后面的同胞在不断地惨叫,想必是已经被饿狼撕咬住了喉咙,它迅速地跑进了山里不见了踪影。

待到太阳下山之时,领头羊拖着疲惫的身体向牧场走去,中途遇见了一只漂亮的梅花鹿,梅花鹿慌忙地告诉羊说:"羊大哥,你还不知道吧?刚刚在对面的山坡上发生了一场血战,你的很多同胞都死在了那里。你可千万不要往那个方向走啊!"

领头羊礼貌地说:"我怎么能不知道呢?我想我也许是那场血战唯一的幸存者。不过,我现在要回去了,回到我的主人身边。"

"噢!你一定是被吓得脑子坏掉了!你现在回去就算碰不到狼,也早晚会被那狠毒的牧场主宰掉的!为什么不趁着这次机会逃跑呢?像我一样,在这丛林里肆意嬉戏不是很好吗?"梅花鹿不解地说道。

"亲爱的梅花鹿小姐,谢谢你的忠告。可是你不知道,如果我不回去的话,那么放我们出来的牧童不知道要遭受那狠心的农场主怎样的毒打。虽然我的同胞都没有幸免于难,但农场主人是最看好我身上的羊毛的,我回去了最起码能减轻一些那个孩子的罪过。"

梅花鹿听后,在黄昏中目送着这位回去送死的羊大哥,眼中充满了泪水。

哲学家莫尔在《乌托邦》一书里说过,"金银远远赶不上铁

的用处大"。意思就是:为他人着想的人,即便自己给出的只是铁,于别人来说则会成为金。一句真心的话,一个安慰的眼神,也会成为别人前行的动力。

把你的才华用在对的地方

  那是公元 1887 年,在一家小小的杂货店,一位年过六旬、外表高贵的绅士来到杂货店购买水仙花。他取出一张 20 美元的纸钞票,交款后等着找钱。店员接过钱后,准备给他找钱。她的手因整理水仙花而湿淋淋的,她突然发现纸钞上掉色的墨水滴落到了她的手上。

  店员感到很震惊,并且停下来考虑该怎么办才好。她内心斗争了片刻,很快就做了决定。这位顾客叫爱曼纽宁格,是一位她的老朋友、老邻居和老顾客。店员觉得,他大概不会给自己一张伪钞,所以就找钱让他离开了。

  在当时,对于一个店员来说,20 美元毕竟不是一个小数目,她思之再三,最后还是把钱交给警方进行了鉴定。有一位警察认为这并非伪钞,而其他的警察则对颜色为什么会被擦掉感到困惑。在责任感的驱使下,他们开展了调查,结果在宁格先生家的阁楼里发现了制作美元的设备,发现了一张正在制作的 20 美元钞票,还发现了宁格先生画的三张肖像画。

  宁格先生是一位很优秀的画家,他的造诣颇深,能用手绘制那些 20 美元的钞票。他的一笔一画,鬼斧神工地画出这种能蒙过众人的伪钞。但真的假不了,假的也真不了。这位店员的湿手识破了伪钞,使其真相败露。

  宁格先生被捕后,那三张肖像画的公开拍卖款是 1.5 万美元。令人难以理解的是,他用来画一张 20 美元钞票所花的时间,跟画一张价值 5000 美元的肖像画所需的时间几乎是相同的。有充分的证据说明,宁格先生这位聪明而又有天分的画家竟成为一个伪钞的制作者。其实,损失最惨重的人正是宁格先生本人。如果他能合法地出售他的才华,不仅会成为很富有的人,而且在这一过程中也会给别人带来很多喜悦与利益。

一般情况下,有才华的人会比普通人更容易达到成功的彼岸,前提是方向正确。才华用错地方,只会加速一个人的陨落。毕加索说过:"准确地选择,你的才华会得到更好的发挥。"

与人分享,你会收获双倍的回报

一位精明的花草商,千里迢迢从欧洲引进了一种名贵的花卉,将它悉心培育在了自家的花圃里。功夫不负有心人,一年后花圃中开出了一大片花朵,引来了不少商人前来购买,让这个花草商足足地赚了一笔。

一些亲戚朋友得知后,也想种植这样名贵的花,纷纷来向花草商讨要。可是对方却一粒种子都不肯给,生怕今后别人赚跑了他的钱。他还想着再继续培育一波,等到来年开春再大赚上一笔呢!

正如他所愿,第二年他的花圃里已经开出了五六千株名贵的花卉,五颜六色的,很是诱人。不过值得注意的是,这些花好像比去年小了一点,而且颜色也没有当初的纯正。但这没有阻止商家对外来花卉的好奇心,前来购买的人依旧络绎不绝。

到了第三年的春天,这位花草商的花圃里已经繁育出了上万株名贵的花,但令他沮丧的是,他的花却小得可怜,花色也跟以往差了很多,看上去也不怎么高贵了。这一年他失败了,他的花很大一部分都砸在了手里。

难道这些花变异了不成?花草商带着不解的心情找来了一位著名的植物学家,希望从专家那里得到答案。植物学家四处转了转,边走边问道:"你的邻居也在种花吗?"

"是的,我们的村庄都是以种植花卉谋生的,不过他们种的花品质很低劣,跟我的简直无法比。"这花草商有些得意地回答。

"哦,这就对了,我已经知道问题的所在了。"植物学家慢悠悠地说。

"问题在哪里?"花草商急于想知道答案。

"就在于你的花卉被风传授了花粉后,又染上了隔壁花圃里其他品种的花粉,以至于基因变异,一年不如一年。"植物学家沉吟了半天说。

花草商问道:"那怎么才能防止被别的品种的花传粉呢?"

植物学家笑道:"方法只有一种,那就是让你的邻居也植上这种名贵的花。"

于是,花草商把名贵花种分发给了自己的邻居。次年春天开花之时,他的花又变得和头年一样大、一样美了,他和邻居一起在这一年里发了大财。

人生感悟

分享是一座天平,你给予他人多少,他人便回报你多少。相反,如果你是一个自私的人,那么你就永远也不会得到真正的快乐,永远交不到知心的朋友!与人分享,快乐就是两份快乐,痛苦则是半份痛苦。

为别人留条后路,就是为自己积德

一天,恶狼在捕猎的过程中,偶然间发现了山脚下有个小洞,很多小动物都会临时来到这里避难、避雨。这下可把狼给高兴坏了,它心想,只要自己每天守住洞口,就会有各种小动物送上门了,简直没有比这再好的事情了。于是,它在洞口找到了一处隐蔽的地方,藏匿于此,单等着动物们前来送死。

第一天,洞中来了一只羊,恶狼立马扑上前去,可谁知羊却找到了洞中的一个小偏口从中逃出去了。气急败坏的恶狼找来很多大石头,把刚刚羊逃走的那个小洞口死死地封上了。心想,这回再也不会让你逃掉。

第二天,洞口来了一只兔子,狼费力追捕,把兔子逼到了洞中。本以为这次是万无一失了,可兔子还是从洞侧面的更小一点的洞口逃掉了。于是,狼仔细在洞中巡视了一遍,把旁边大大小小的洞口全部堵上了,别说羊、兔子了,这下就连鸡、鸭等小动物也跑不了。

第三天,松鼠来到洞中避雨,狼飞奔过去,追得松鼠上蹿下跳。最终,松鼠从洞顶上的一个通道跑掉。恶狼气得直跺脚,连忙把洞中上下左右所有的小孔都堵得严严实实,心想,这回就算蚯蚓来了,我也得让它困死在洞穴里!

谁知,傍晚老虎途经此地,看到洞口旁的树丛里趴着一只两眼放光的狼,老虎不管三七二十一上前就是一顿厮打,狼吓坏了,仓皇逃到了山洞里,由于就剩下一个出口,无法逃脱,最终,它被老虎吃掉。

《菜根谭》中有一句话:"径路窄处,留一步给人行;滋味

浓时,减三分让人尝。"意思是说,在经过狭窄的路时,要留一步让别人走得过去;在享受甘美滋味时,要分一些给别人品尝。这也是说为人处世不要只想到自己,还要想到别人,赠人玫瑰,手有余香。

无论力量多么渺小,也不是你放弃报恩的理由

有一只小鹦鹉,在飞回家的路上,看到一片青翠的森林,就飞进森林里玩耍。

森林里的动物,看到美丽的小鹦鹉,都跑来和它打招呼,与它玩耍。比较大的动物不但不欺负它,还对它很热情,就像对待自己的兄弟姊妹一样。小鹦鹉感觉到这个森林的动物非常友善,就开心地住了下来。

住了一阵子,小鹦鹉就开始想念家人,它心想:"这个森林虽然美好,终究不是我的家。"于是,小鹦鹉向森林中的动物道别,大家都依依不舍。

回到家的小鹦鹉,偶尔飞过森林,还是会停下来拜访从前的老朋友。

有一天,这座森林发生了大火,熊熊的烈火包围了整座森林,鸟兽全部陷在里面,无法逃命。

小鹦鹉在远远的地方看见了,立刻飞到森林里救火,它飞到溪边将自己的羽毛沾湿,再飞到森林上空,把翅膀上的水洒到森林里。

来来回回,小鹦鹉飞了几百趟,它的动作引起了天神的注意。

天神问它说:"喂!小鹦鹉,你为什么如此愚笨?这森林大火,焚烧何止千里!难道你想用翅膀里的几滴水把它浇熄吗?"

小鹦鹉一边流着眼泪,一边不断地向林中洒水,对天神说:"我也知道非常困难,可是我从前住在这森林的时候,林中的百鸟走兽都非常

仁义善良，对待我就像亲兄弟一样，如今它们在受苦，我不忍坐视。我一定要把大火扑灭，即使拍断翅膀，也不会停止。"

天神听了非常感动，说："让我来帮你吧。"

于是，天神吹了一口气，化成一阵大雨，火很快就浇熄了。

尼采说："感恩即是灵魂上的健康。"一个人的力量无论多么渺小，只要心怀一颗感恩的心去努力去付出，都会成就一片温馨。如果你对别人的帮助置若罔闻，认为别人帮助自己是理所当然，那么在你下次落难的时候，就不会有人向你伸出援助之手了。

给予比索取更幸福

圣诞节时，鲍勃的哥哥送他一辆新车。圣诞节当天，鲍勃离开办公室时，一个男孩绕着那辆闪闪发亮的新车，一脸羡慕地问："先生，这是你的车？"

鲍勃点点头："这是我哥哥送给我的圣诞节礼物。"

男孩满脸惊讶，支支吾吾地说：

"你是说这是你哥哥送的礼物，没花你半毛钱？我也好希望能……"

当然鲍勃以为他是希望能有个送他车子的哥哥，但那男孩所谈的却让鲍勃十分震撼。

"我希望自己能成为送车给弟弟的哥哥。"男孩继续说。

鲍勃惊愕地看着那男孩，冲口而出地邀请他："你要不要坐我的车去兜风?"

男孩兴高采烈地坐上车,绕了一小段路之后,那孩子眼中充满兴奋地说:"先生,你能不能把车子开到我家门前?"

鲍勃微笑,他心想那男孩必定是要向邻居炫耀,让大家知道他坐了一部大车子回家。

没想到鲍勃这次又猜错了。"你能不能把车子停在那两个阶梯前?"男孩要求。

男孩跑上了阶梯,过了一会儿鲍勃听到他回来的声音,但动作似乎有些缓慢。原来他带着跛脚的弟弟出来,将他安置在台阶上,紧紧地抱着他,指着那辆新车。

只听那男孩告诉弟弟:"你看,这就是我刚才在楼上告诉你的那辆新车。这是鲍勃他哥哥送给他的哦!将来我也会送给你一辆像这样的车,到那时候你便能去看看那些挂在窗口漂亮的圣诞节饰品了。"

鲍勃走下车子,将跛脚男孩抱到车子的前座。满眼闪亮的大男孩也爬上车子,坐在弟弟的旁边。就这样他们三人开始了一次令人难忘的假日兜风。

那一次的圣诞夜中,鲍勃才真正体会耶稣所说的"施比受更有福"的道理。

人生感悟

卢梭说:"人在心中应该设身处地想到的,不是那些比我们更幸福的人,而只是那些比我们更值得同情的人。"给予是一种幸福,它会令你更富有,这种富有通常跟财富无关,更主要的是精神上的富有。《圣经》里有这样一句话:"好施舍的,必得丰裕;滋润人的,必得滋润。"

善小而为是大善

几天前,卫斯理和一位朋友在纽约搭计程车,下车时,他的朋友对司机说:"谢谢,搭你的车十分舒适。"这司机听了愣了一愣,然后说:"你是混黑道的吗?"

"不,司机先生,我不是在寻你开心,我很佩服你在交通混乱时还能沉住气。"

"是呀!"司机说完,便驾车离开了。

"你为什么会这么说?"卫斯理不解地问。

"我想让纽约多点人情味,"那位朋友答道,"唯有这样,这城市才有救。"

"靠你一个人的力量怎能办得到?"

"我只是起带头作用。我相信一句小小的赞美能让那位司机整日心情愉快,如果他今天载了 20 位乘客,他就会对这 20 位乘客态度和善,而这些乘客受了司机的感染,也会对周遭的人和颜悦色。这样算来,我的好意可间接传达给 1000 多人,不错吧?"

"但你怎能希望计程车司机会照你的想法做呢?"

"我并没有希望他。"卫斯理的朋友回答,"我知道这种做法是可遇不可求,所以我尽量多对人和气,多赞美他人,即使一天的成功率只有 30%,但仍可连带影响到 3000 人之多。"

"我承认这套理论很中听,但能有几分实际效果呢?"

"就算没效果我也毫无损失呀!开口称赞那司机花不了我几秒钟,他也不会少收几块小费。如果那人无动于衷,那也无妨,明天我还可以去称赞另一个计程车司机呀!"

卫斯理对他说:"你这种人也可以列入濒临绝种动物了。"

"这些人也许会因我这一句话而更起劲地工作,这对所有的人何尝不是一件好事呢?"

"但光靠你一个人有什么用呢?你不过是一个普通市民罢了。"

"我常告诉自己千万不能泄气,让这个社会更有情原本就不是简单的事,我能影响一个就一个,能两个就两个……"

"刚才走过的女子姿色平庸,你还对她微笑?"卫斯理插嘴问道。

"是呀!我知道。"他的朋友答道,"如果她是个老师,我想今天上她课的人一定如沐春风。"

人生感悟

下坡处,有一块西瓜皮,捡起来,可以避免别人摔跤;坐公交车看到有人晕车,起身把靠窗的位子让给他,可以让他舒服一些;十字路口,发现有老人惊慌失措,就把他扶到安全处,可以避免车祸发生,在我们的身边有许许多多不足挂齿、平平凡凡的小事,如果我们把这些小事都做好,那就是人之大善。

成人之美,温暖别人,也温暖自己

一位母亲握着即将离开这个世界、还不到10岁的儿子的手,问道:"爱地巴,你有过什么梦想吗?你想过长大后要做什么呢?"

"妈咪,我一直希望长大后能成为消防队员。"

母亲强忍悲伤,微笑着说:"我来想想看能不能让你的愿望成真。"

当天傍晚，她到密歇根州贝莱尔小镇的消防队，找到了消防队员约翰，他有一颗宽大的心。这位母亲向他解释儿子临终的心愿，并请问是否能让他坐上消防车在街角转几圈。

约翰说："当然可以，我们还可以做得更好。如果你在星期三早上7点把你儿子带到这里来，我们会让他当一整天的荣誉消防队员。他可以到消防队来，和我们一起吃饭，一起出勤。对了，如果你把他的尺寸给我，我们还可以帮他定做一套真正的消防制服，附加一顶真的防火帽。"

3天后，消防队员约翰带着爱地巴，帮他穿上消防制服，护送他从医院的病床到消防车上。爱地巴必须端坐在车子后面，约翰引领他回到消防队，他仿佛置身于天堂。

当天贝莱尔镇有3起火警，爱地巴每次都得出勤务。他乘坐不同的消防车，还有救护车，甚至消防队长的专用车。他还为当地的新闻节目拍录影带。

美梦成真以及加诸他身上的所有爱和关怀，令爱地巴深深感动，他比医生所预期的多活了3个月。

一天晚上，他所有的生命迹象开始急剧下降，护士长急忙打电话通知家属到医院。

然后她想起爱地巴曾担任消防队员，因此她也打电话给消防队长，问他是否能派一位穿制服的消防队员到医院来，在爱地巴临终前陪伴他。队长回答道："我们可以做得更好。5分钟之内就到。你能帮个忙吗？当你听见警笛响、看到警灯闪时，请通知医院，这不是真正的火警，这只是消防队来见他们好伙伴的最后一面。请你打开他房间的窗户，谢谢。"

大约5分钟后，一部消防车到达医院，把云梯延伸到爱地巴三楼窗前，有14位消防队员、2位女消防队员爬上云梯进入爱地巴的房间。经过他母亲的同意，他们拥抱他、握他的手，告诉他他们有多爱他。

爱地巴咽下最后一口气前，看着消防队长说："队长，我现在能算是真正的消防队员吗？"

"算!爱地巴。"消防队长说。

带着这些话,爱地巴微笑着闭上了眼睛。

著名社会学家费孝通先生曾说,"各美其美,美人之美,美美与共,天下大同"。每一个人的举手之劳,都可以点亮并温暖别人的心。在别人有困难的时候,伸出援助之手,也许一个小小的成人之美,很微不足道,但却让每一位受助之人如沐春风,甚至受益一生。

小到一只蚂蚁,也值得我们去保护和珍惜

斯蒂芬是一个聪明又仁慈的富豪。一天,他在散步时,发现一个小男孩蹲在路边,手里拿着一根草茎在地上摆动着。斯蒂芬好奇地俯下身子,抚摸着小男孩的头,问道:"小朋友,你在干什么呢?"

小男孩头也不抬地回答道:"我在为一只蚂蚁引路。"

斯蒂芬听了,忍俊不禁地说:"一只蚂蚁需要你引什么路?"

小男孩认真地回答道:"这只蚂蚁和同伴走散了,正惊慌失措地四处寻找它的同伴,我要把它引到它们的队伍中去,这样它才有生存下去的机会。"

斯蒂芬又仔细地看了看,原来小男孩在用草茎将一只走散的蚂蚁慢慢地引到蚁群中去。在小男孩的努力下,那只走散了的蚂蚁终于被小男孩引到了那些蚂蚁群中。见到同伴,那只走散了的蚂蚁立刻欢快地和大家碰着触角,显得十分亲热和兴奋。

斯蒂芬不禁对小男孩这种心地善良的做法很是欣赏，他说道："谢谢你，为那只走散了的蚂蚁找到了同伴，也找到了生存下去的机会。"

人生感悟

一个不具有悲悯之心的人，是断不会懂得珍爱自己的，更谈不上去关爱和扶助别人。悲悯是善的源头，做人要常怀悲悯之心，用悲天悯人的情怀相互扶持、彼此慰藉。丰子恺曾劝告小孩子不要肆意用脚去踩蚂蚁，不要肆意用火或用水去残害蚂蚁。他认为那样做不仅仅是出于怜悯之心，更是怕小孩子那一点点残忍之心以后扩展开来，会驾着飞机装着炸弹去轰炸无辜的平民。

打动别人的，往往是你的爱心

有位老人，无儿无女，又体弱多病。于是他决定搬到养老院去。老人宣布出售他漂亮的房子。闻讯者蜂拥而至，争先恐后地要买老人的房子，底价10万英镑已经被人们炒到12万英镑。价钱还在不断攀升。老人深陷在沙发里，满目忧郁，是的，要不是健康状况不行，他是不会卖掉这栋陪他度过大半生的房子的。

一个衣着朴素的青年来到老人眼前，弯下腰，低声说："先生，我也好想买这栋住宅，可我只有1万英镑。可是，如果您把住宅卖给我，我保证会让您依旧生活在这里，和我一起喝茶、读报、散步，天天都快快乐乐的——相信我,我会用整颗心来照顾您!"

老人颔首微笑,把住宅以1万英镑的价钱卖给了他。

  有人在声色俱厉的暴力下,不臣服;有人在金钱美色的诱惑前,不投降。但几乎所有的人都会在爱面前心甘情愿地投降。一点爱就足以感化和温暖一个灵魂!每一个接近你的人都有如沐春风的感觉,那是因为你心中有爱。

接受别人的善意也是一种美德

  有一位表演大师上场前,他的弟子告诉他鞋带松了。大师点头致谢,蹲下来仔细系好。等到弟子转身后,又蹲下来将鞋带解松。

  有个旁观者看到了这一切,不解地问:"大师,您为什么又要将鞋带解松呢?"大师回答道:"因为我饰演的是一位劳累的旅者,长途跋涉让他的鞋带松开,可以通过这个细节表现他的劳累憔悴。"

  "那你为什么不直接告诉你的弟子呢?"

  "他能细心地发现我的鞋带松了,并且热心地告诉我,我一定要保护他这种热情的积极性,及时地给他鼓励,至于为什么要将鞋带解开,将来会有更多的机会教他表演,可以下一次再说啊。"

人生感悟

卢梭说:"怀着善意的人,是不难于表达他对人的礼貌的。"大方地接受别人的善意,和慷慨地表达对别人的感谢一样,都是生活中弥足珍贵的美德。表达感谢和接受善意的双方,都将会因此而生出更丰盈的生命能量,并且让周围的人,也从中获得正面的力量。